魅丽文化 花火工作室

顾北城，我还是喜欢你 2

柠檬羽嫣 / 著

江苏凤凰文艺出版社
JIANGSU PHOENIX LITERATURE AND ART PUBLISHING, LTD

图书在版编目（CIP）数据

顾北城，我还是喜欢你．2 / 柠檬羽嫣著．-- 南京 ：江苏凤凰文艺出版社，2018.9

ISBN 978-7-5594-2281-1

Ⅰ．①顾… Ⅱ．①柠… Ⅲ．①长篇小说－中国－当代 Ⅳ．①I247.5

中国版本图书馆 CIP 数据核字（2018）第 124415 号

书　　名	顾北城，我还是喜欢你．2
作　　者	柠檬羽嫣
出版统筹	汪修荣 邹立勋
选题策划	吴小波 肖　童
责任编辑	胡小河 姚　丽
文字编辑	肖　童
责任监制	刘　巍 江伟明
封面设计	郭　颂
出版发行	江苏凤凰文艺出版社
出版社地址	南京市中央路 165 号，邮编：210009
出版社网址	http://www.jswenyi.com
印　　刷	湖南凌宇纸品有限公司
开　　本	880mm×1230mm　1/32
字　　数	130 千字
印　　张	10
版　　次	2018 年 9 月第 1 版，2018 年 9 月第 1 次印刷
标准书号	ISBN 978-7-5594-2281-1
定　　价	34.80 元

目录

CONTENTS

目录

CONTENTS

第一章

[1]

已婚妇女苏情生

母亲身体好转的时候，为了生计，苏情生开始出去寻找工作。

性别：女。

婚姻状态：已婚。

专业：心理学。

年龄：26。

毕业之后一年多的时间工作单位：空白。

陈峻一来探她母亲的病时顺便瞄了一眼她的简历，想也没想就说：“你肯定找不着工作。”

又说：“来你陈哥公司工作吧！”

还说：“来当老板娘最好了。”

苏情生白了他一眼，在这个当口儿，陈峻一终于反应过来，“你……你什么时候变成已婚的？”

苏情生低头改简历没说话，第二天，陈峻一脸上青一块、紫一块回来的。

但一向不靠谱儿的陈峻一这一次倒是没有说错，苏情生果然没找到工作，接下来的一个月里，苏情生碰了一鼻子的灰，她报以极高期望的心理咨询机构的HR只扫了一眼她的简历就给她退回来了，话也很是直白："毕业这么长时间没工作，就意味着没有固定的客户，年轻长得又好看的女性咨询师会让人觉得更不可靠，你也无法为我们招来客户，还剑桥博士毕业，心气必定不低，这哪儿是招员工，简直就是请个祖宗回来。"

她一直引以为傲的好运气在这个时候，似乎已经用尽了。

苏情生追在HR身后一个星期，软磨硬泡想得到一次机会证明自己没有那么高的心气和要求，不管是什么病人都会接、而且有足够的能力来应对病人，肯定能给公司带来收益。

HR被她磨得不胜其烦，大手一挥，"你想证明自己？好啊，那你先去公关组给公司拉来几笔投资我就相信。"

苏情生面露难色，"我……我结婚了……"

HR掉头就要走，苏情生赶忙上前拦住他，问："薪金待遇怎么样？"

"基本工资加提成。"

苏情生看着对方给出的数字，咬了咬牙，说："好。"

特意去买了一只鸡给母亲炖了补补身体，到医院的时候没想到陈峻一正在病房里和母亲说笑，苏情生走上前去有些意外地对陈峻一道："你这段时间来的都快比我还勤了！"

陈峻一敛了笑容看了她一眼，声音微沉："情生，我在等你。"

将苏情生带到病房外，一向不正经的陈大少爷用难得正经的语气说："情生，我有一个好消息和一个坏消息。"

苏情生被他严肃的样子弄得心里有点儿发毛，打诨道："还有好消息？那我可要听听。"

"你父亲去和我父母谈过了，听说顾北城这次带G.U.回国是为了完成父母的遗愿，建成以他们为首的医药联合体，你们家倒下以后顾北城的下一个目标就要轮到我们了，所以我父母决定注资景辉制药先一步建成所谓医药联合体，但同时，我们会成为你们家公司最大的股东。"

这些天来，她的父亲苏同辉和哥哥苏明尚一直都在为公司的事奔走，她没敢多问，但顾北城带着这十多年来的亡家之恨、顾家上上下下的六条人命，他对苏家公司下的是狠手，想要起死回生哪里那么容易？背着一身的负债，陈家肯注资应该已经是最好的结果，这的确是个好消息。

苏情生点了点头，“谢了”，顿了一下又问，“那坏消息是什么？”

“我母亲已经在为我物色别家的女儿了。”

如今苏家落魄到需要靠陈家救济，那么他们联姻的价值已经不在，大家都是商人，自然算得清楚，虽然陈家长辈之前一直在说有多喜欢她来做这家的媳妇，但那所谓喜欢，在这个时候真的一文不值，毕竟苏家和陈家在同行竞争了这么多年，没结仇已算是不错。

若说难过倒是不至于，但心里多少有些空，毕竟活了二十多年，她才刚刚开始体会人情冷暖。

她低头沉默了片刻，而后若无其事地抬起头向陈峻一咧嘴一笑，“这不应该是两个好消息吗？”

陈峻一瞪着她，“狼心狗肺！”

半晌，又说：“情生，只要你愿意，我一定会……”

苏情生匆忙打断他，“我已经掉进泥潭了，越挣扎陷得越深的那种，你现在一切都很好，别向我伸手，你救不了我，我也不想沾你满手泥。”

她说的这些他从看到“已婚”的那一刻就已明白，明知毫无希望，却还是忍不住垂死挣扎。

“我知道了。”

临走，陈峻一却还是不忘说：“如果哪天过不下去了，别忘了来找你陈哥哥。”

苏情生鼻子一酸，却还是强撑着笑意，嘴硬道：“我才不会过不下去，我找着工作了！”

陈峻一一怔，完全是意料之外的样子，“这不科学……”

苏情生抬脸向他得意地一笑。

但那其实不过是她的面子话，苏情生很清楚。

将陈峻一送走，苏情生回了母亲的病房，为母亲搬好小桌子准备用餐，程玉琳看着自己女儿脸上的黑眼圈，重重的一叹气，恨铁不成钢道：“你当初要是选了陈峻一多好，现在嫁进陈家也不用吃这么多的苦。”

就算在这种时候，母亲所看中的也并非与陈家联姻能给苏家带来多少利益，不过是想保全她少吃点儿苦罢了。

苏情生将碗递给母亲，不以为意地笑了笑，“你早说过我没眼光了”，怕母亲替她担心，又说，“其实我现在也没多苦，真正难的事都是爸爸和哥哥在扛着，这些生活上的事都算不得什么麻烦，我在英国上学的时候也是这样过的，还有后来在顾北城那里也是……”说到这里，提起了那个人的名字，苏情生意识到自己失言，突然停住。

母亲看着她，又是重重的一叹气。

苏情生趴在母亲的床边，轻声安慰母亲道：“我现在不想那么多，只想赶紧挣钱养活自己和你们。”

母亲揉了揉她的脑袋，没有说话。

第二天一大早，苏情生去了公司上班。

好不容易找到公关部，办公室的门是虚掩着的，她敲了敲门，里面的人不约而同地向她看了过来，其中离门最近的一位正对着镜子擦着口红，头也没抬地问：“找谁啊？”

苏情生有些拘谨道：“我是昨天被招进公司的，今天来报道。”

听她这样说，对方的动作先是一顿，随后啪的一声合上了手里的化妆镜，起身向她走了过来，目光将她上下仔细打量了一遍，见苏情生身上的衬衫严严实实地系好了所有的扣子，裤子是定制的正装西裤，冷笑道："你就是他们说的那个博士吧！"

苏情生点了一下头。

对方又冷笑了两声，转头就走了。

部门的领导文姐跟她大致交代了一下注意事项和工作内容，给她在角落找了一张桌子，转过身的时候却也忍不住摇了摇头。

这之后几次外勤，她都小心翼翼地跟在后面，每次见到客户，文姐都会先向对方介绍："这是我们部的新人，剑桥回来的博士，我们公司用人标准有多高您能明白了吧！"

每一次，对方总是用异样的目光望向她，像是在看一个怪胎。

接下来的事情就都与她无关，不论是在办公室的沙发上还是在饭桌上，她看着部门里的同事和客户谈笑风生，她连一句话都没能接上，但文姐依然每次都会让她跟着，与其说是让她去学习，倒不如说是在等她知难而退。

午休的时候去卫生间，还没进门偶然听到里面的聊天儿声："你说那剑桥博士为什么要在咱们这待着啊？"

另一人不以为意道："听说人力资源那边答应她只要她在这待满三个月、签下二单以上，就让她去事业部做回心理治疗师。"

紧接着是一声轻蔑的笑，"签下二单？就她这样，我看连单的影子都见不到！"

"谁说不是，按理说能去英国留学，她不应该缺钱，又何必……"

"她岂止是不缺钱，她第一天来的时候那身正装你知道吗？Vencent 的，我查了一下，高端定制西装品牌，国内都见不着！"

"啊？这也太夸张了，是不是山寨的啊？"

"这倒真没准儿……"

苏情生推开卫生间的门，里面的人看见她瞬间安静了，但随后想了想，似乎又没什么好怕她的，便没理苏情生，相互笑着招呼道："我们去买喝的吧！"

“好啊！”

几个人经过苏情生的身边时，苏情生突然开口叫住她们：“是Vincent。”

她们的脚步一顿。

苏情生冷声道：“我正装的牌子是Vincent，英国纯手工定制。”

苏情生说完，不再理会她们，向里面走去。

片刻之后，她身后的人才回过神儿来，气道：“她……她是在和我们炫耀吗？”

“走吧，别理她！”

一行人呼啦啦的离开，就听卫生间的门嘭的一声撞上，里面一下子安静了下来，苏情生轻舒了一口气，还没来得及去体会自己此刻的心情，就见最里面那个格子的门突然被人推了开，是文姐从里面走了出来。

文姐的目光似是在看她，却又只是从她身边径直走过，就在苏情生以为她不会理会自己了的时候，洗完手的文姐在这时开了口：“如果还想在这里待下去，就别把人都得罪光。”

之后又是嘭的一声，只剩下苏情生一个人站在原地。

[2]
他就是要她死

文姐说的并没有错，这之后，没有人再同意让她跟着出外勤，苏情生成了办公室的“留守”人员，这样下去，不出一个月，她自己就要准备走人了。

她趴在桌子上，觉得好像有点儿委屈，可细细想来职场从不是一件容易的事，她要承受这些是因为自己背着生存的压力，怨不得别人；而她之所以突然之间要承受这么大的生存压力，是因为家里的公司被自己的丈夫打压濒临破产，也怨不得别人；而自己的丈夫之所以会打压她家的公司，是因为她的父母在很多年前做了坏事，更怨不得别人，这样想来，好像也没有什么好委屈的，心情也好了许多。

一上午无所事事，临近中午的时候苏情生正准备去食堂吃饭，刚出办公室，却见迎面走来一名衣着光鲜的男子，见她从公关部的办公室出来，拦住她问道：“文姐在吗？”

“你是？”

“事业部李凯俊，之前那个教育公司员工心理测量项目的事要找文姐。”

“文姐开会去了。”

那男子了然的一点头，“帮我把这个材料带给文姐，告诉她和客户的会面时间定在明天晚上了”，打量了一下苏情生，又说，“让她找两个艳丽点的公关，这可是我忙了大半个季度的收成，别给搞砸了！”

苏情生接过，应道：“好。”

那人转身欲走，却又突然想起了什么，回身道：“对了，你们部是不是有个剑桥的博士？让她跟着一起去，这个老板喜欢‘文化人’。”

他说完，没等苏情生回答，就转身走了。

但苏情生万万没料到这个喜欢“文化人”的老板是谁。

第一眼看见这位光头杨老板的时候，她只是觉得有哪里说不出的眼熟，她起初以为那只是自己的幻觉，然而当李凯俊向他介绍完她是“剑桥大学心理专业的博士”的时候，杨老板放着她身前公关部一干精英不管，一双眼睛盯着她几乎要冒出光来，指着她说：“让她坐在我身边。”

在一群人错愕的目光中，苏情生终于想起了眼前的这位“金主”，当年她还在国内作为陈峻一的女朋友的时候，曾陪陈峻一出席商业晚宴，那时刚刚涉足制药界的杨老板曾特意过来找陈大少爷想谈合作的事，结果两杯香槟下肚的陈大少爷扫了一眼他递来的公司简介的封面，就草草地拒绝了，之后酒醒，想起杨老板提到他们公司与陈氏业务方向有所重叠，顺手把这位杨老板挤出了制药界，哪知道这位杨老板改行做教育，照样混的风生水起。

时隔这么多年，杨老板依旧能第一眼认出苏情生，可见当初那个梁子在他心里结的有多深，苏情生心里只觉得糟糕，然而抬头，却正对上李凯俊有些紧张的目光，这是他忙了大半个季度的收成，也可能是她为数不多的……机会。

只要完成两单，她就能离开公关部，反正这单生意双方原本就是都有意向的，她就坐在旁边，忍过这顿饭就行，总归当着这么多人的面，这位杨老板也不能怎么样不是吗？

她正想着，一起出来的公关部的同事小关姐叫她："干吗呢？没听见杨老板叫你过去坐？"

苏情生看着笑容中不怀好意的杨老板，也只能硬着头皮过去坐了。

忍吧，这顿饭最多能吃多久？两个小时？三个小时？忍过这180分钟、10800秒，她就解脱了。

但她低估了杨老板，从她落座的这一刻起，他就再也没提过雇用她所在的心理机构为他们企业做员工的心理评估的事情，只是不停地招呼大家喝着酒，直到李凯俊有些等不下去，忍不住率先开口问道："杨总，咱们合作的事……"

光头杨总大手一挥，"哎，不急，正喝到尽兴的时候，谈什么公事？你这个人啊，就是太严肃了，苏小姐，你说是不是？"

他问到自己，苏情生也只能尴尬地笑了一下，原以为算是应付过去了，酒喝得她有些头晕，她低下头掐了自己的大腿一下，尽全力让自己清醒一点，许是察觉到了她这个动作，那杨总紧接着说："刚才看苏小姐的酒量似乎不错的样子，这样吧，苏小姐把这瓶酒喝了，我们就开始谈合作的事好不好？"

他招呼服务员拿过来一瓶新酒，举到苏情生的面前，"这可是瓶香槟啊，以苏小姐现在的身价，怕是再也喝不起这种东西了吧？"

苏情生抬起头，只见他手里拿的正是当年晚宴上陈峻一喜欢的香槟，而这杨老板对她家濒临破产的事果然一清二楚。

该来的终于还是来了。

她的酒量其实一点也不好，能撑到现在靠的全是意念，在场的人都能看得出来，说她酒量好不过是那杨总为了欺辱她所编出的瞎话罢了，可此刻坐在这间屋子的人里，跟着杨总来的自然不会站出来反驳他们的领导，而她在公关部一起来的两个同事与她的关系本就不好，此情此景，就当热闹看怕是还挺有意思的，再加上都指着这单生意的提成，谁会出来替她说话？

如果还想待下去，就不要把人都得罪光，在这个时候想起文姐的那句话，竟真有几分“醒世名言”的感觉。

苏情生不由得自嘲地一笑，她拿过桌子上的那瓶香槟，似是在看上面的字，又似是什么也没有看，她沉了声对那位杨老板道：“如果我把这瓶酒喝了，你就签单是吗？”

那杨总不屑地看着她，讥诮道：“好，你喝了我就签！”

苏情生拿过开瓶器，将酒瓶嘭的一声打开了。

一旁的李凯俊终于沉不住气开口道：“杨总，毕竟是一个女孩子，喝下这一大瓶酒不得出人命啊，您要不换个条件？要不我们帮她一起喝了？保证一滴不剩！”

那杨老板回答的却是斩钉截铁，不留半分余地，“我就要她喝！”

他就要她死！

苏情生一声冷笑，举起酒瓶、仰起头，四下一时寂静，所有人的目光都聚集在她身上，酒精和肾上腺素一起上涌，她只觉得脑子里乱哄哄的，几大口酒下肚已经到了她极限的极限，她也不知道自己还能坚持多久，脑子里所想的已经是倒下的时候应该往左还是往右、能不能算工伤，却在这时，只听一旁的李凯俊严肃道：“杨总，您这是在干什么？”

所有人循声望去，只见这位杨老板正拿着手机对着苏情生录像，而这件事的当事人苏情生在这个时候终于也发现了。

李凯俊上前去挡住杨总的镜头，赔笑道：“毕竟是我们公司的员工，您这样就不太合适了……”

杨总一把推开李凯俊，“让开，别跟我说什么不合适，也不掂量掂量自己现在是谁，想要钱那是要有代价的！”

掂量掂量自己现在是谁，看似在对李凯俊说话，却是说给苏情生听的。

李凯俊还在竭力阻拦，“杨总……”

哗啦——

只听清脆的一声响，是苏情生将酒瓶子直接砸到了地上，酒液还有碎玻璃四溅，在场之人莫不被这场面惊呆了。

在这一片倒吸气的声音中，苏情生对着那位杨老板冷笑道：“这么多年了，你有本事去找陈峻一报仇，只会干些落井下石的事，恶心！”

听到这话，杨老板脸都绿了，拍案而起，“你说谁呢？”

苏情生却理也不理，转头就走，拉开门就要离开。

那杨总当然是不放，追过来抓住她，扬手就要打她，却被李凯俊拉住，他冲着苏情生道：“快走！”

杨总挣开李凯俊，招呼他自己的人，指着苏情生说：“把她给我拦住！”

这一来二去，一群人堵在走廊里，场面闹得有些大，那杨老板一个劲儿地想要冲过来，却被李凯俊死命拦着，杨总瞪着李凯俊，“你不想要你的生意和提成了是不是？”

李凯俊拼命赔笑脸，“哪能不想要啊，谁跟钱有仇？可也不能闹出人命不是？”

听着生意要黄，一旁公关部的女同事却有些待不住了，挡在苏情生的去路上，“愣着干什么？快给杨总道歉！”

苏情生冷眼看着她们，“你们让开。”

走廊本就不算宽，一群人堵在这里，挡了来往人的路，来这儿订饭局的大多非富即贵，酒店的侍者也在一旁帮着劝架，只想把这一群人送回房间里，大老板他们不敢惹，自然是帮腔劝苏情生道歉，苏情生喝了那么多酒，本来就头晕，此刻已经有些眼前发黑，那些人见她不防备，将她向杨老板的方向又推了推，“快回去给杨老板道个歉。”

苏情生抵不过他们力大，险些被推倒在地上，李凯俊一个人也根本拦不住那杨老板，苏情生心里一紧，正不知该如何摆脱，却在这时，纷乱的人群中，她忽然听到男子温润低沉的声音：“这里怎么了？”

苏情生只觉得这个声音有些耳熟，心里沉了沉。

抬头，果然见到了一个熟悉的人，她的师兄，沈慕言。

视线相接，苏情生下意识地别开了头，合了眼，揉了揉自己的脸颊，只觉得这场景有些嘲讽。

许久不见，真的是许久不见，可怎么就在这里遇见了呢？

一旁的服务生赶忙道：“客人不好意思，发生了一点误会，很快就能处理好。”

眼见着就能好好收拾一番苏情生，那杨老板有些不高兴，“你是谁啊？管我们这边的事干什么？”

沈慕言向前两步，不着痕迹地挡在了苏情生的身前，他看向那光头老板，眸光冰冷，话说的却仍是礼貌的，给足了那杨老板的面子，“你好，我是G.U.的副总，我姓沈，我们公司有位贵客很快就要到了，为了能让这次会面有个良好的环境，想请您这边给个面子，大事化小了吧！”

他说着，向那杨老板递了一张名片。

杨老板接过，看着上面赫然写着G.U.的名字，作为曾经混过制药界的人，他自然听过这家公司的赫赫威名，G.U.的财大气粗和G.U.老板的铁腕，因而态度有些放软，“这……”

沈慕言见状，转身看了一眼苏情生，苏情生会意，迈步离开。

但那杨总见苏情生这样就要脱身了，又有些不甘，“可是……”

刚开口，就见沈慕言转过头来看向他的目光凌厉如刀，那杨老板被这目光看得心里一凛，就听沈慕言在这时压低了声音开口，先前的礼貌与客气在这一瞬间统统消失，“如果不想死得太惨，我劝你别再开口。”

苏情生是扶着墙出的酒店。

沈慕言并没有跟出来，毕竟他还有重要的客户要见、毕竟以他们双方现在的身份，他并不应该再多关心她什么，而这件事最好的地方是，苏情生也并不想在他面前变成可怜的样子。

她想起从前唐筝的话："我不需要你可怜我。"

那时苏情生旁观者清，说："我也不想可怜你，谁让你活成了可怜的样子。"

可不知道什么时候，她也活成了这个样子。

她忽然觉得有点儿想哭，可伸手一摸脸，脸上却是干的。

原来她已经哭不出来，原来这点儿委屈已经不会再让她哭出来，她好像变得更坚强了。

她坐在路边的马路牙子上，拿出手机，输入了一串数字，屏幕上已经自动显示出了联系人的姓名：我老公。

即使她半夜醉倒在路边，也不能再打电话让他带她回家的老公。

顾北城。

她抱着手机，将这个名字放在靠近胸口的地方，只觉得心里好像被谁剜了一刀，滴着血的疼。

深吸了一口气，她冷静下来的时候正准备将这串数字一一删去，却在这时发现自己刚刚不知道什么时候碰到了拨号键，而此刻这个电话已经被接通！

她有些慌乱地将电话放到耳边，慌乱道："不好意思，我按错号码了！"

电话那边的人没有说话，只是从听筒里，苏情生能够听到隐约的呼吸声。

是他。

她忽然有一点儿哽咽。

两个人谁也没再说话，就这样一言不发地打了许久的电话，并没有在等待什么，因为他们都知道，什么也不能说。

最终还是苏情生先撑不住了，她有些艰难地轻笑了一声，说：

“我舍不得挂电话，可再这样下去，我会哭的，在我哭得回不了家之前，帮我结束了这通电话吧。”

接下来的几秒仍是沉默，随后只听手机提示嘀的一声，顾北城真的挂断了电话。

苏情生双手抱膝，将头埋在里面，许久，终于还是哭了。

陈峻一一路是冲过来的，许是被苏情生的话刺激了，那杨老板把她喝酒的视频存成彩信发给了他，他赶到以后第一时间来找杨老板算账，但他赶到的时候，那杨老板已经离开了，他只来得及在酒楼的周围找到坐在夜风里醒酒的苏情生。

他走过去，有些心疼地将大衣披在她的肩上，原本想问她是不是疯了，让她去他们公司她不去，居然跑来当什么公关，可看着她有些狼狈的样子，已经什么都说不出来，苏情生的性格他怎么会不知道，问了也不会有什么别的答案，只能满是歉意道：“对不起，因为我让你受委屈了。”

苏情生状似轻松地笑了一下，“也不全是因为你，主要是那杨老板太小人了。”

陈峻一连连点头，“对，那个王八蛋，以后我见着他一次收拾他一次，见着他两次直接弄死！”

苏情生拍了拍他的肩以示鼓励，“好好干。”

但还没等陈峻一收拾那个杨老板，她就已经因为这个人被开除了。

杨老板宣布之前谈的合作直接吹了，并且以后都不可能再和这家公司合作，还特意点出是因为苏情生，总经理听说以后震怒，直接下令将她开了，并且表示管她什么剑桥、剑路的，以后都不可能再招她。

苏情生收拾东西的时候，部门里的同事三两成团看着她指指点点、说说笑笑，因为心里早有预期，苏情生倒也没有在意，只是搬着东西走自己的路。

[3]
你那么无所不能，还不是拿我没办法

但总经理的狠话撂完半天都没过，就又低了头亲自给她打电话求她，因为又来了一家规模要大得多的公司来谈合作，可对方对机构里工作人员的学历和专业性要求很高，总经理托人打听了一圈，听说这家公司的副总好巧不巧是剑桥毕业的，他当即想到了刚刚被他开了的苏情生，想着有她在的话两个剑桥的校友聊起上学时学校的事自然会亲近很多，这桩生意也就差不多了，这才厚着脸皮又把电话打了回来。

苏情生静静地听完他的话，冷声道："我已经被开除了。"

"只要你帮忙谈下这单生意，立刻转入事业部做心理治疗师，而且这单1%的提成还给你。"

"什么时候？"

总经理也觉得时间有点儿急，"对方大老板只有今晚有时间。"

"我今晚有事。"

"2%，给你2%的提成！"

苏情生见好就收，毕竟她更需要这份工作和提成，"时间和地点发到我手机上。"

但在过了约定时间将近半个小时，这位大客户终于推开饭店包间门的时候，苏情生呆在了原地说不出话来，公司的各高层像众星捧月一般围了过去，而在众人包围之中眉眼冷淡的那个人，还是她法律上的丈夫。

顾北城。

一番介绍和寒暄后，总经理招呼着苏情生向顾北城和他身旁的沈慕言介绍道：“这是我们公司新来的员工，剑桥大学心理系毕业的博士。”

沈慕言很是捧场地应道:“好巧,我也是剑桥大学心理系毕业。”

那总经理假装自己是第一次听说,激动地笑道:“真的是好巧。”又向苏情生使眼色，示意她接话。

可在这样的场合之下，面对着沉默的顾北城和面露悲悯的沈慕言，苏情生什么话也说不出。

说什么呢？

好巧？

有什么可巧的？他们之所以会认识就是因为导师让她去师兄那里面试，而他们今天之所以会坐在这里，如果她没猜错，就是因为昨天她在走廊里被沈慕言撞了上。

所以为什么要来谈什么所谓生意？为什么要促成这桌饭局？为什么要让她这样坐在他们面前？

这就是她现在所做的事，这就是她落魄的生活，既然知道了，又何必面对面揭穿？

一时之间，气氛陷入了死寂。

她们公司的大董事连忙道：“饭还没吃呢，先吃菜、吃菜，顾总和沈总快尝尝，特意为您点的，不知道合不合口味？”

公司领导的算盘打得很好，先一边吃饭一边聊天沟通一下感情，再喝喝酒，酒喝到了，这生意也就八九不离十了，然而整个饭局中，顾北城始终保持沉默，面无表情地听着他们说话，菜也吃得很少，只有沈慕言偶尔搭个腔、笑一笑，场面才不至于太尴尬。

总经理不断地示意苏情生向顾北城和沈慕言敬酒，苏情生没有办法，只能咬着牙逼自己笑出来，洋酒、啤酒、红酒，只要是她敬的，顾北城就一一喝下，总经理大受鼓舞，加快了示意她敬酒的速度。

苏情生昨天的酒还没醒彻底，今天再次见底，原本逞强不想给他看到自己软弱的样子，却在一次又一次的反胃再也压不住了的时候，终于放下酒杯忍不住冲出了房间。

她在卫生间里大吐了一场，用冷水拍在自己的脸上，想让自己清醒一点，却又觉得快要窒息。

房间里，总经理向顾北城赔着笑，“我们这个新人酒量不是很好，要不我们先谈谈合作的事？”

顾北城示意沈慕言拿出一天之内拟好的收购方案，放在转盘上转到了他们面前，公司的领导们笑眯眯地拿起，看到上面的字却当即白了脸色，“这……这是……”

顾北城站起身来，开口说了他今天晚上的第一句话：“我会收购你们公司。”

总经理难以置信道：“为什么？我们平时井水不犯河水，今天酒也喝得好好地，怎么突然……”

顾北城看着他，冷声道：“你让我妻子劝我酒，我当然要喝！”

一语出，那经理已经惊呆了，半晌，才颤着声音问：“妻……妻子？”

谁？刚刚出去的那个苏情生？

不是吧？堂堂 G.U. 集团的夫人跑出来找工作，这家人是在拿他们寻开心？

可顾北城的表情却是再认真不过，“剑桥心理系博士，我亲手带出来的治疗师在你们这里竟然被打发去了公关部，这种毫无专业性可言的公司，我怎么可能决定投资？”

顾北城的话字字千钧，砸在了在场之人的心里，那经理意识到顾北城是认真的，拿着收购书的手都在抖，G.U. 老板的铁腕他们都有所耳闻，被他盯上……

总经理的心沉到了谷底。

他想要求情："顾总，顾……"

顾北城却没有丝毫理他的意思，拉开门就走了出去。

他是在走廊拐角的地方找到的苏情生，她靠在冰冷的墙面上，脸上水渍未干，碎发凌乱地贴在前额上，睁开眼看向他的时候，双眼通红。

他走到她的身前，高挑儿的身形挡住了自他身后投来的灯光，将她笼罩在了他身前的阴影下，这场景让苏情生不由得想起了他们刚确定关系不久时，她自作主张跑到电视台去时的情景，他曾在这样的角落里，俯下身，亲吻她。

此情此景，恍如隔世。

他看着她的样子，有些心疼道："为什么要接受这种工作？"

苏情生起初看见他的时候觉得自己丢人，可丢人丢到了极点就已经坦然了，因而平静道："因为穷。"

他的嗓音微哑："乖，把离婚协议书签了。"里面的钱足够她渡过难关。

她微仰起头看向他，竟还能生生地挤出一个笑模样，开口，是一如往日的固执和孩子气，眉眼间竟还有当初得意的模样，她说："我就不！"

你看，你那么无所不能，还不是照样拿我没有办法？

顾北城几乎是本能地想要俯身亲吻她。

然而鼻尖碰触到一起的时候，他终究还是停了下来，他很想将她抱进怀里、很想安慰她、很想给她依靠，可想来想去，他想到的却是两个字：不能，他终究是决绝的放手，却连多看她一眼的力气都没有。

拐过转角的时候，顾北城听到身后传来了她的哭声，他仔细地回想了一下，她从前很少哭的。

公司上层发生了惊人的变动，尽管内部要求封锁消息，但还是不胫而走，公司被G.U.收购了。

苏情生被调到了事业部作为心理治疗师，偶尔遇到总经理，对方对她都是三缄其口、绕道而行，苏情生知道顾北城和沈慕言在她这件事上一定让他们封了口。

查看来访者资料、约见来访者，她的工作终于算是步入了正轨，然而前两天信誓旦旦说要收拾那杨老板的陈峻一却是铩羽而归，他在英国Oyle刚吃了败仗，陈家老爷子的气还没消，更何况陈氏注资苏家的景辉制药在资金上本就已经吃紧，陈家在教育界本来就毫无涉足而且也不打算涉足，陈峻一居然为了逞一时意气想要追到教育圈里跟人家斗，陈家老爷子抡着拐杖想要揍他。

从家里灰头土脸地出来，陈峻一满是愧疚的向苏情生道歉，苏情生又拍了拍他的肩表示理解："没事，以后还有机会，君子报仇十年不晚。"

但她根本没等到十年，连十天都不到，杨老板所在的那家教育机构易主了，新主也不是别人，就是G.U.。

苏情生在G.U.的大楼前等了许久，终于等到了沈慕言，她追着沈慕言问道："G.U.和教育界并无瓜葛，在要建医药联合体的时候，这么贸然动作，公司内部不会有意见吗？"

沈慕言原本并不想与她说这些，但被她追问的没有办法，也只好说："意见肯定是有的，但谁不知道北城的手段一向铁腕，都生怕下一个遭殃的就是自己。"

回头，沈慕言见苏情生面露愧疚，又不由得安慰她道："不过你别担心，北城他不会做亏本买卖，那杨怀立贪心被人抓住了把柄，所以收购并不费多大劲，而接下来的买主也已经找好，G.U.并不会真正插手这家公司运营的事。"

苏情生点了点头，表情却并没有轻松多少，沈慕言因而逗她道："我的小祖宗，你可别再被人欺负了，你要是再被欺负几次，我们公司的业务就要上通天文、下知地理了！"

苏情生深吸了一口气，假装开心的笑出来，点了点头，"我的工作已经步入正轨，不会再被欺负了，我会勤快一点儿好好干的！"

沈慕言看着她的笑容，不知道该说些什么，半晌，才道："小师妹，差不多的时候就把离婚协议签了吧，别太苦了自己。"

苏情生却是固执的摇头，"我不。"

沈慕言回到办公室的时候，顾北城正站在落地窗前一言不发。

将报表放到顾北城桌子上，沈慕言轻叹了一口气，"她已经走了。"

顾北城低声应道："我知道。"

他双手插兜，看着窗户外面，就好像他真的能看到什么一样，可这里再不是伦敦、不是老楼，三十多层摩天大厦的高度，他连一个影子都看不到。

"她在外面等了这么久，只是想问你在要建医药联合体的时候贸然收购了那家教育公司，公司内部不会有意见吗，没想到她对医药联合体的事倒是清楚。"

听到这话，顾北城转过身来，却是半分意外也没有，"她只是不说，但从来不是不知道我在做什么、她父母又在做什么，她没去公司帮她的父母，大概也是不想再夹在中间，所以宁可在这家小机构里待着。"

沈慕言蹙眉，"就算是这样你还是一定要离这个婚吗？"

顾北城看着自己桌面上那大火之后唯一留存下来的他小时候与父母的全家福，想起她得知自己母亲病倒入院时抱着自己母亲痛哭的样子，面无表情坚定道："离。"

沈慕言望着嘴硬的顾北城冷笑了一声道：“那你这次就不应该帮她，等她在公关的酒桌上被人凌辱、践踏够了，也就该识相地低下头去把离婚协议书签了好拿到钱活下去。”

沈慕言特意将“凌辱”和“践踏”两个词说得很重，字字都像是针扎在顾北城的心上。

顾北城别开了目光，重新转向窗外的世界，只留给沈慕言一个冷峻而挺拔的背影，就在沈慕言以为他不会再说话了的时候，却听到他忽然开口：“那不行。”

第二章

[1]

少年唇红齿白，笑容明亮如光

苏情生的运气在她做回治疗师之后终于好像回来了一些，虽然在这样的营利机构里如何找到咨询者是一个难题，然而巧的是在她来到事业部上班的第二天，苏情生刚刚好在大厅里碰上了一位迷路的厌食症患者。

她看出了对方的无措，主动上前搭话，在得知对方是第一次来到这样的机构并且是想要寻求帮助的时候，苏情生向她介绍了自己的身份，并将她领到了一间小的会议室请她稍等片刻，随后返回办公室存放自己的物品并拿出自己的名片和机构的简介，用客观真实的介绍让她相信自己且更好的做出判断，然而等到苏情生再回来的时候，只见部门里另外一名高年资的咨询师吴姐不知道和那患者说了些什么，已经将那名厌食症患者从会议室里领了出来，而后径自带到了一间治疗室内。

苏情生的潜在客户被抢了。

正好目睹了苏情生将患者带到会议室以及吴姐进会议室抢人，李凯俊在一旁不由得感叹道："哇，吴姐还真是保持了一贯的作风，不分新老贵贱，谁的来访者都抢！"

但人已经被吴姐带走了，她不可能冲进治疗室去抢人，部门的内部争斗让来访者看了笑话，只会觉得这家机构不可靠，所谓鸡飞蛋打，谁也讨不了好。

李凯俊也是这样想的，尤其是在见识过苏情生当着一桌人的面砸碎了酒瓶子以后，更怕她这次也冲动行事，安抚她道："不过你现在去也不可能再把这个来访者拉回来了，与其冲过去把来访者吓跑，不如等她走了再和吴姐好好谈谈，让她以后别再和你抢人了。"

苏情生知道他在担心什么，点了点头，"我知道。"

一个小时的咨询时间很快结束，吴姐回到办公室的时候，苏情生主动走上前去，礼貌地将她请到办公室外面，想要同她谈一谈，许是怕她说不过吴姐，又或者是怕她再做出什么冲动的举动，李凯俊跟着一起出了来。

苏情生开门见山，"吴姐，按年纪你是我的前辈，我很尊重你，但我想作为一个咨询师，任何人都很难容忍别的咨询师来抢自己的来访者这种事，所以我想请你下一次不要再这样了。"

那吴姐听到她的话，好像是听到了什么笑话，用一种很夸张的表情指着自己说："我？抢你的来访者？我的来访者多的我都排不过来，还需要抢你的人？"

"刚才那位厌食症是我带到会议室的，难道不是你趁我不在，将她领到了治疗室吗？"

吴姐不以为然，"我哪儿知道是谁把她领到会议室的？我进去的时候她就说她想找一位咨询师，没准儿她看我更有经验、更可信就选了我啊。"

吴姐不仅不承认抢了病人，话里话外还在嘲讽苏情生年轻没有资历。

李凯俊有些看不下去了，"吴姐，我早上亲眼看到你看着苏情生离开会议室以后就进去了，你不可能不知道是苏情生先接待了这个来访者。"

听李凯俊这么说，吴姐有些不高兴了，白了李凯俊一眼，“跟你一点儿关系都没有的事，你怎么这么积极地跳出来替她说话？你不会是看上她了吧？”

那吴姐的嗓门儿很大，引得楼道里路过的人纷纷驻足看向他们。

李凯俊蹙眉，“你别瞎说！”

那吴姐冷笑了一声，“这就急了？我听说公关部那边之前杨老板的饭局你也拼命维护她来着，这小妮子在公关部那边一单都没谈成居然就过来做咨询师了，该不会是你去找了你在人事部的那个亲戚，趁着公司被收购正乱，给弄进来的吧？”

眼见着已经有人围观，李凯俊看了一眼苏情生，对吴姐怒道：“你别瞎说！”

那吴姐见这场面兴致却是愈发好了起来，嗓门儿也又扬了一个八度：“哎呀，还脸红了！”

李凯俊被吴姐这无赖逻辑气得脸有些涨红，正要说些什么：“你……”

却在这时，有人带着怒意叫住了他们：“你们在吵什么！”

苏情生回头一看，是总经理，在看到她的那一刻，他像是受到了什么惊吓，瞳孔都快大了一圈。

吴姐见领导来了，赶紧诉说自己的“委屈”：“这个新人非说我抢了她的来访者……”

话还没说完，就被总经理凌厉地一眼瞪了回去。

吴姐觉得奇怪，只见总经理身后又走过来两位身着挺括西装的男士，为首的面容英挺冷峻，气场极强，而他身边的男子则是自带了一种玩世不恭的贵公子的气质，一看就知都不是常人。

总经理一转眼又赔着笑迎了过去，估计眼前的情形瞒也瞒不过去，生怕顾北城觉得苏情生受了委屈一怒之下把他这个总经理开了，赶忙解释道：“我们这的老咨询师对新人不太熟悉，不小心抢了新人的来访者，我这就让吴姐还一个来访者回去，以显公平。”

那吴姐有些不甘心，刚要开口争辩：“我……”

就见总经理飞快地转过头来又瞪了她一眼，吴姐再迟钝也知道这里面必有玄机，不敢再多说话，只能瘪了瘪嘴，委委屈屈地低下了头。

顾北城看了一眼那吴姐，又看了一眼在他过来的时候特意向后挪了挪、不想被他发现的苏情生，他的声音微沉：“不用了。”

那总经理一愣，“啊？”

顾北城眸光凉薄，扫过苏情生所在的方向，嗓音中尽是冷漠：“来访者被别的咨询师抢走只能证明这个咨询师自己不称职，为了这么点儿小事，闹得风风雨雨，被外人看了，公司的形象何在？”

苏情生的心里蓦然一凛，几乎是本能地抬起头望向了顾北城，即使是她刚刚到老楼就闯了祸引来警察的时候，他也未曾用这样严厉的语气指责她，可现在……

她微抿了下唇，别开眼，“是我的错，是我小题大做了。”

沈慕言一副恨铁不成钢的样子看着她，心里只想：你错哪儿了你就错，明明是顾北城故意找碴儿，你怎么就错了？

然而偏头看了一眼面若冰霜的顾北城，沈慕言连忙违心地应道：“公司的管理必须加强，不要再出现这种有损公司颜面的事了！”

总经理听着他们的话完全摸不着头脑，只能盲目地点头。

顾北城没有再理会他们，转身就离开了。

吴姐在当天下午还给了苏情生一个来访者。

总经理理解不了顾北城当着众人所说的那番话是什么意思，索性也就不去理解了，没准儿人家就是当着那么多人做做样子也说不准，所以送走了顾北城和沈慕言两尊大神，他立刻折回来要求吴姐赶紧还个来访者给苏情生。

吴姐自然是不甘心，追问总经理为什么，对方却也说不出个所以然来，只是催促她赶紧还就是了。

吴姐直接将患者的资料甩在了苏情生的桌子上，当着全办公室的人大声道："你这么大费周章不就是想要一个患者？喏，给你。"

苏情生看着她扔过来的东西蹙眉道："我不是那个意思……"

她的话还没说完，就见吴姐翻了一个白眼道："你可真没意思。"

话音落，吴姐扬长而去。

苏情生只觉得有些头大，她拿起吴姐留下的那个资料夹，封面上咨询师的姓名并不是吴姐，而是一位因为公司变动离职的咨询师的名字。

资料夹里面是一位刚刚十八岁的青年男性来访者的情况介绍，名叫祝之言，是一位十五岁考入国内顶尖大学的天才少年。

前任咨询师所给的第一个印象是阳光，笑起来很好看的一个男孩子，身形高挑儿，轮廓俊朗，一身白色的运动服，一看就是收割了万千少女心的少年。

陪他来的是他的女朋友于琳然，当咨询师问到为什么要来做心理咨询的时候，祝之言笑了一下，面带宠溺地看着自己身边的女朋友，"她不放心我。"

相比于祝之言的轻松，于琳然就显得不安许多了，她小心翼翼地看了一眼祝之言，而后小心翼翼地说："之言的母亲……"

话还没说完，就被祝之言打断了："是养母。"

于琳然连忙应："是养母，两个月前因为空难去世了，这两个月来之言太过平静，我有点儿担心他压抑自己……"

祝之言却在一旁斩钉截铁道："我没事。"

于琳然没有再反驳，但眉眼间的表情却是不认同的，想了想，又说："昨天之言开车的时候，在路上和旁边的一辆车斗起了气，没看见红灯，差点儿酿成一起连环车祸……"于琳然说着，轻合了眼，看出来她余悸未了，片刻之后，才又开口道："我觉得这可能是和他最近的情绪状态有关，所以让他一定要来接受咨询。"

祝之言的眉紧蹙了起来，"昨天是那辆车先超车挑衅在前，不是我要与他斗气！”

于琳然没有再说话，脸上却是已经疲惫的神情。

咨询师提出“情况已经大致了解，家属可以先在外面等候”并将于琳然领出咨询室的时候，她拉住咨询师像抓着救命稻草，压低了声音小声道：“之言他……一直不是很稳定，我们交往的两年多时间里，大大小小闹过几十次分手，但每一次他来求我，我都会心软，伯母去世之后这两个月里情况更加严重，我们已经分手又复合四次了，我真的快要受不了了……”

咨询师轻拍了一下于琳然的肩，“我会尽力。”

但在祝之言那边，事情却是另一番模样。

之所以会来做咨询，是于琳然以分手为要挟，祝之言才不得不来这一趟，对咨询师提出的问题他大多是微笑着敷衍，当咨询师问道：“你和养母的关系怎么样？”

祝之言也只是轻描淡写地说：“还行。”

但从他之前特意纠正自己女朋友“母亲”的说法来看，这里面必有隐情。

“可以简要说说你养母去世时的情况吗？”

祝之言微蹙眉，答的冷静倒有些冷漠：“坐飞机回A市的路上发生了空难。”

咨询师继而问：“得知这个消息的时候你心里的感觉是什么样子的？”

先前还漫不经心的少年猛然间抬起眼看向咨询师，那一瞬之间的眸光凌厉到骇人，“你觉得我应该有什么感觉？”

咨询师试图引导：“比如觉得天都塌了类似的感觉？”

祝之言冷笑了一声：“如果我说没有呢？你是不是就准备把一堆的‘帽子’扣在我头上了？”

他说着，站起身来，扔下一句“无聊”，转身就要往外走，他身后的咨询师也站了起来，试图叫住他：“我没有想要评判你的意思，我只是想要了解你真实的想法……”

哪知话还没说完，祝之言突然转过头咆哮一般向他大喊道：“你根本什么都不了解！”

那一瞬间的爆发让咨询师几乎惊呆在了原地，只觉得下一刻，已经斯文不再的祝之言就可能冲过来将他揍一顿，他不敢再说话，连动都不敢多动一下，眼睁睁地看着祝之言拉开门走了。

被收养的经历、不正常的交往模式、危险驾驶的倾向以及突然爆发的愤怒情绪，诊疗记录最后的那一行，之前的那一位咨询师写的是“边缘型人格障碍？”。

李凯俊见吴姐竟然主动向苏情生还了病人，不由得稀奇，凑过来看到最后这几个字立即明白了其中缘由，“人格障碍，而且是最严重的B组类型，怪不得……”

别说能不能治好，在咨询的过程中稍有偏颇人身安全都有可能受到威胁！

原本随着祝之言不留一言的离开，这一段治疗关系也就到此为止了，但几天前，祝之言的女朋友于琳然打来了电话，预约了祝之言之后的咨询，但因为他之前的咨询师已经离职，将他转到了吴姐那里，而吴姐又将祝之言转给了她。

李凯俊看得直摇头，“虽然现在下边缘型人格障碍的诊断还为时尚早，但这位来访者的状态也好不到哪里去，你毕竟是一个新人，要不还是算了？”

李凯俊的话说得已算含蓄，边缘型人格障碍在业内有一个不太好的称呼，叫作“咨询师杀手”，虽然这样形容缺乏尊重，但已可以看出这种情况对咨询师是多大的挑战。

苏情生看着自己手里的资料夹，抿唇思索了片刻，才开口道：“我之前在英国的时候随老师学习过人格障碍的治疗，我对自己有信心，而且……”她想起刚刚吴姐将资料扔给她时的样子，不由得摇了摇头，“总不能硬塞回不想收这个来访者的咨询师手里吧？”

李凯俊虽然有心帮忙，但对边缘型人格障碍的诊治并无经验，想了想，也只能说：“那你多上心，如果觉得有些吃力不要强求，我帮你找更有经验的治疗师处理。”

苏情生点头，“我明白，谢了！”

在电话里和祝之言预约好咨询的时间，可以听出祝之言对这件事并不感兴趣，再来咨询应该还是于琳然的主意，但在约定的日期，祝之言还是按时出现在了等候室里，和之前的记录一样，是一个看起来非常阳光、俊朗的大男孩儿。

苏情生在门口轻敲了敲等候室的门以引起他的注意，“请问是祝之言先生吗？”

对方自然地转过头来，却在看到她的那一瞬间，忽然一怔。

被他的目光盯得有些不太自在，苏情生唤他：“祝先生？”

祝之言猛然回过神儿来，冲着她笑了一下，道：“你的裙子……很好看。”

苏情生低头，其实只是一条普通的白色长裙，好像并没有哪里值得祝之言失神这么久。

她礼貌地笑了一下，“谢谢”，又说，“祝先生，我们去咨询室吧？”

祝之言点了点头，“好。”

面对面坐下的那一刻，苏情生还在想这么样的开篇才能让他既能认真起来又不会那么抵触，她小心地措了辞：“祝先生，您上一次的咨询情况我已经从上一位咨询师的记录中有所了解，请问这一次您来，是又有什么困扰了吗？”

听到她这样说，祝之言有些不好意思地笑了一下，“上次来的时候情绪不太好，是不是吓到之前那位咨询师了？如果可以的话请替我向他说声抱歉！”

这样的开始与预想不尽相同，苏情生点了下头，“那位咨询师已经离职了，但我想作为咨询师，他一定能够理解的。”

眼前的祝之言很是和善，这让苏情生多少有些意外，虽然如此，但这是两个人第一次见面，还在建立信任的阶段，她因而只是试探地问：“那请问祝先生这一次来，是有什么困扰要与我聊聊吗？”

祝之言略微沉思了一下，“我想苏小姐已经知道了，我养母在两个月以前因为空难去世了。”

祝之言只是陈述了这个客观事实，而并没有提及自己的感受，苏情生知道这个时候她最好不要发表任何言论，只是轻应了一声：“嗯。”

“可能是我最近情绪不太稳定吧，让我的……朋友，有些担心。”

他口中的朋友应该就是指他的女朋友，于琳然，虽然对“朋友”这个用词有些奇怪，苏情生并没有深究，只是继续问：“那你觉得他们应该担心吗？”

祝之言不以为然地笑了一下，“也许吧”，顿了一下，他忽然抬起头，正对上苏情生的视线，“你担心我吗？”

苏情生因他突如其来的问题一怔。

祝之言却忽然笑了起来，唇红齿白，笑容那样的明亮而阳光，他开口，似是有些歉意，“是我唐突了，于你而言我只是一个普通的求助者，我不该这样来问。”

他说着轻耸了一下肩，似是对她刚刚的沉默并不在意。

苏情生微低了头。

进退得宜、阳光睿智的少年，坦白来说，他所问的并不算错误，她是他的咨询师，从专业的角度上来讲就是要能够与他共情，只是因为先前的咨询记录，她在心底对他的戒备更重，因而连交谈都是格外小心，这是她的问题。

这样的开端实在不好，苏情生索性合上了记录本，抬头直视着祝之言，“我们就随便聊一聊你的生活吧，你有什么想说的吗？

比如你小的时候在孤儿院的日子你还记不记得？比如后来被养母收养以后……”

她的话还没说完，就见祝之言突然面无表情地开口：“我被性侵过。”

没有丝毫征兆，突如其来的这个词：性侵……

苏情生在一瞬之间哑然，但仍本能地让自己保持面部表情的平静。

半晌，她才问：“什么时候的事？”

“我在孤儿院的时候，细想想我也记不清了，又或许从来不想记得。”

“你有和其他人说过这件事吗？比如你养母？”

祝之言笑了一下，微涩，“我哪里敢和她说这件事？刚刚从孤儿院里被领养回来的孤儿，生怕因为这件事再被送回去，我养母只知道我和别的孩子不太一样，带我去做过不少心理咨询，但我就是不想说，这是我第一次和别人说起这件事。”

相比于祝之言的平静，苏情生反而觉得有些窒息，她看着眼前的男孩儿，有些不忍地问：“那你……为什么要告诉我？”

“没什么为什么，就是看到你，突然想说了”，顿了一下，祝之言注视着她问，“是不是吓到你了？”

是。

不仅在于得知他幼年时被性侵的残忍，更在于祝之言对她的“信任”让她觉得愕然。

她重新打开记录本，避免目光的直视，答道：“还好，不过你刚刚说起这件事的时候似乎很是平静，想来已经走出了当时的阴影？”

祝之言又是轻描淡写的一笑，“我只不过是假装平静罢了，毕竟这是这么多年来，我唯一擅长的一件事罢了。”

苏情生下意识地抬起头，只见少年明眸皓齿，笑容明朗，可不知怎么，透过这笑容，苏情生却看到了被撕裂开、还淌着血的伤口。

他在把他的伤口，撕开给她看。

祝之言却忽然又变化了语气，似是很轻松一般道：“之后我的人生就比较无趣了，那是一个乡下的孤儿院，根本没有多少人会在意。我养母却不知道为什么，每到周末都会提着很多东西来孤儿院看我们，她那个时候就像是一个仙女，全孤儿院的孩子都追着她叫‘妈妈’。后来在我九岁的时候，养母正式收养了我，养母只身带着我，搬到A市生活，再后来我还算聪明，十五岁的时候考上了A大金融系，现在正准备自己创业，是不是很无聊？”

从在孤儿院、到被收养、到十五岁考上大学、再到十八岁创业，苏情生并没有看出这样的人生哪里无聊，可刚刚那个笑容阳光的少年在这个时候说出的话，却像是看透人生风雨的老者，又或许他是真心觉得无趣。

这之后两个人又聊了一些算不上有多重要的事情，虽然祝之言对她的态度要比对之前那位咨询师好上太多，但对于每个问题，苏情生都还不敢深问，生怕一不小心，鲜血淋漓、伤人伤己。

很快，咨询时间到了，苏情生送他出咨询室的时候，祝之言主动提出预约了之后一个月每周一次的咨询，临走的时候向苏情生伸出了手。

原本只是礼节性的握手，可触碰到少年温热的手心，苏情生却说不清有哪里不对。

祝之言走后，李凯俊看着少年远去的背影对她感叹：“厉害，没想到吴姐他们都不敢收的来访者，你却很有办法！”

苏情生蹙眉，面对这样的夸奖心里却像是刚刚跑完一场马拉松一样的疲惫，她模棱两可地应了一声：“或许吧。”

[2]

怎么还有人像你一般眼神不济看上苏情生

现实没有辜负她的预想，两天之后，下班正要离开办公室的时候，苏情生一抬头正看到了站在那里的祝之言。

少年有些局促，带着明显的不安，问她："我可以和你聊一聊吗？"

知道自己没有预约，此时又是下班时间，提出这样的请求多少有些失礼，祝之言连忙解释道："我知道这个请求不合规矩，但前天回去之后我开始做噩梦，梦到……很多年前的事情，我实在找不到其他人可以来说这件事了……"

很多年前的事情……

难道是……

苏情生原本是要拒绝的，为了咨询的规矩、也为了自己，但看着祝之言面露痛苦的神色，苏情生终究是不忍心，轻叹了一口气道："我们去咨询室吧。"

祝之言连续做了两晚相同的噩梦，梦里的他还是就岁的年纪，养母知道了他曾被性侵的事情，决定将他送回孤儿院。

时至今日，他的养母仍让他有随时都可能被抛弃的感觉。

他眉眼间氤氲着痛苦的神色，却并不能再说出更多，苏情生也不强求，只是在一旁静静地陪着他。

也不知过了多久，祝之言的心绪似乎终于安定了一些，抬眼看表，此时已经是晚上七点多，他满是歉意道：“不好意思，耽误你怎么长时间。”

“没事。”

“方便的话我请你吃个饭吧。”

咨询师和求助者要尽量避免咨询室外的接触，还记得在裴雪晴的事情上，有人就曾特意教育过她。

那个时候的他们……

苏情生回过神儿，轻摇了摇头，“不必，你要是觉得不好意思，按时长付了咨询费就够了。”

“那苏小姐要去哪儿？我是开车来的，送苏小姐过去吧！”

苏情生连忙谢绝：“我自己走就好，说起来，我看前任咨询师的记录里提到你近期有危险驾驶的倾向，短时间内最好不要自己开车。”

听她这样说，祝之言也只好点了下头，“好。”

离开办公楼的时候已经将近八点，沈慕言长长地打了一个哈欠，半玩笑意有所指道：“每天这里和G.U. 两边跑，感觉自己快瘦了十斤，你说这里就是一个小的心理机构，也没什么你在乎的人，干吗非在这办公不回G.U. ？”

顾北城拉开驾驶侧的车门，睨了他一眼，“话这么多，看来不是很累，应该给你多排点加班？”

沈慕言连忙摆手，“别别别，您老好歹是结过一次婚的人了，我还光棍一个，万一一不小心‘过劳死’什么的岂不是亏大了？”

结过一次婚……

沈慕言是字字要往他心里扎，偏偏还字字都让他扎成了，顾北城沉默着没有说话，只是径自坐进了车内。

沈慕言赶紧跟着上了车，毕竟他的车还在G.U.大楼那边，生怕晚一步就被惹毛了的顾大Boss扔在这儿了。

车子开出地下车库的时候沈慕言的目光随意一扫，只见办公楼大门前的那个纤瘦的身影有些熟悉，他下意识地抬起手指向那边的方向，“那是……”咬了咬牙，“你前妻……”

顾北城一眼扫过来，沈慕言赶忙噤了声。

但顾北城的车却是越来越慢，停在了路边。

苏情生是在打车，她的运气不错，没等多久就有一辆出租车路过，沈慕言看着顾北城面无表情地看着苏情生上了车，随后若无其事的正要开车离开，却在这时，跟在苏情生身后出来的人却引起了他们的注意。

对方并不是与苏情生同行，一直和苏情生保持着一段距离，似乎并不想被苏情生发现，视线却一直落在苏情生的身上，而在苏情生坐上出租车后，对方也小跑两步进了路边不远处的一辆车，随后这辆车尾随着苏情生所在的出租车进了主路。

沈慕言亦觉得有些不对，“北城，这个人……”

他的话还没说完，顾北城已经跟着对方的车进了主路。

注意力都在前面的出租车上，跟踪苏情生的人并没有注意到后面的顾北城，这一路跟车对顾北城而言并不难，他们最终停在了一家医院前，沈慕言看了一眼医院的名字，“这不是苏情生母亲……”却没有再说下去。

顾北城依旧是沉默的。

到达目的地的苏情生进了医院，跟踪她的人并没有跟着进去，只是停车在门口看了看，随后就掉头离开了。

“AW6389”，顾北城快速地报出对方的车牌号，对沈慕言道，“去查一下这个人是谁。”

事关苏情生的安全，沈慕言自然不会玩笑，“我明白”，想了想，又问，“要告诉苏情生吗？”

从目前的情况看，对方的意图似乎并不是伤害苏情生，他们此刻的关系毕竟特殊，顾北城迟疑了片刻，最终还是道：“先别说，看看查出来的结果吧。”

母亲终于要出院了。

因为家里情况糟糕且多变，先前为了不让母亲担心以致刚好的病又复发，父亲索性让母亲在医院里多住了一段时间，每天报喜不报忧，现在家里和公司的状况终于稳定下来了，也总算可以接母亲回家了。

一大早，苏明尚就开车来到了医院，因为先前苏家的宅子被抵了债，一家人都住在早前放在苏情生名下才得以幸免于难的一套公寓里，要扔的东西比要搬的多，因而整个过程也很快。

将母亲扶到车上，苏情生返回病房取来最后一包换洗衣物，正往外走的时候，没想到在楼道里遇到了一个熟人，祝之言。

对方看见她似乎也很是惊讶，“苏小姐？你怎么在这里，是生什么病了吗？”

苏情生摇了摇头，“是我母亲今天出院，你呢？”

“我来找认识的医生开点助睡眠的药”，祝之言说着，看到苏情生的手里拎着一个大包，主动想要伸手接过，“我帮你拎吧！”

“不用，我哥哥在外面等我，我拎出去就好。”

祝之言却是坚持，“那也还有一段距离，我帮你吧。”

他已经抓住提手的一侧，并没有放的意思，苏情生迟疑了一下，也只好松手，“那……谢了。”

祝之言一路帮苏情生将东西拎到了苏明尚的车旁，苏情生向他道了谢，祝之言连忙摆了摆手，“没事，不用客气”，又说，“那我先走了，我们还是咨询室见！”

苏情生应：“好。”

眼见着祝之言的身影渐渐远去，苏情生打开车的后备厢，正要将东西塞进去，不知道什么时候下了车的苏明尚走到她身边帮她，问：“刚才那个人你是怎么认识的？”

“祝之言？他是到我们单位做咨询的一位来访者，怎么了？”

将东西放好，苏明尚合上后备厢，才说：“那是于业风投未来的女婿，我和父亲前一段时间四处找投行，曾在一次宴会上见过他，据说于家当家很看好这个年轻人，头脑非常好，但私生活上据说却是乱的可以，我怕你和他搅到一起，所以提醒你一句。”

苏情生忍了忍，还是没忍住，“哥，他才十八……”

“你别看他年纪小，但在有些方面说不定比你还成熟一些，万花丛中过，与于家女儿的感情也是分分合合，也就是因为这个，于家当家至今没让他多插手于家的生意。”

私生活乱、与于琳然分分合合，苏明尚这两句话里已经带出了边缘性人格障碍的两个特点，虽然之前与她的咨询中祝之言表现的一切正常，但是……

苏情生轻叹了一口气，正有些发愁，就听自己的哥哥在一旁一脸嫌弃地补了一句：“再说了，就你这眼光……”

苏情生的内心：……

沈慕言的调查结果很快出来了，跟在苏情生后面的那名男子还真不是什么恶贯满盈的暴徒，而是于业风投大老板独女的男朋友。

“两个多月以前，他养母是在他十八岁生日当天回A市的路上遇到的空难，这次来这里做咨询好像也是因为这件事，具体的咨询记录只在咨询师那里，可如果苏情生和他只是普通的咨询师和求助者的关系，并没有其他瓜葛，他私底下跟踪苏情生的举动就显得更危险了……”

那就说明这个求助者很可能对咨询师产生了难以言说的情感……

顾北城眉头紧锁，正在沉思着什么，就听沈慕言风凉道："你说苏情生长得也没有倾国倾城、性格也不是八面玲珑，做起事来又固执又爱多管闲事，怎么除了你以外还有人眼神这么不济，就瞧上她了？"

顾北城没有说话，只是瞪了他一眼，沈慕言却是一副无所谓的样子，再接再厉道："以她那个性格，别真和祝之言惹出什么纠缠不清的事来就行，这要是放以前苏家没事那会儿倒也还好，可现在要是让于家的人发现了，不得把苏情生给吃了？"

顾北城自然明白沈慕言是在激将，可偏偏后面这句话沈慕言说的却没错，感情上有什么暧昧倒是不至于，但以苏情生对之前裴雪晴和唐筝的热心，确实有可能和祝之言也纠缠过深。

他向后靠在椅背上，用手揉了揉太阳穴，踌躇良久，最终只是说："你去提醒一下她，别说和我有关。"

沈慕言一副事不关己的轻松愉悦，"以上次W的事情看，你觉得她要是打定了主意，我能劝得动她？"

顾北城沉默了片刻，又是一声轻叹，"你先去，剩下的我会看着办。"

沈慕言觉得这些日子以来自己有些分裂。

一脸严肃地找来苏情生，沈慕言将偶然看到祝之言跟踪她去了她母亲所在的医院的事告诉给她，并表示自己只是尽一个公司管理者的道义，怕她真出什么事，眼见着苏情生面露感动地看着自己，他又从容地加了一句："免得影响公司声誉。"

听到沈慕言这样说，苏情生确实有些意外，下意识地蹙了眉，"他是不是只是偶然顺路而已？毕竟我后来也碰到他去那个医院开药，又或者可能因为那天耽误了我时间有些愧疚，不放心我一个人回去，所以送一送我？"

"你后来在那个医院碰到他了？"沈慕言的神情愈发严肃了

几分，“你有没有想过这可能是他刻意在接近你？”

“也不是一点也没有这么想过，但我比他大那么多，也没有什么地方有多好，让他一见钟情，又接手他的咨询并没有多久，就算是移情也不应该这么快，相比之下倒是觉得偶然的可能性更大一些。”

虽然在顾北城面前说苏情生什么都平平，但那不过是沈慕言的激将法，此刻听到苏情生自己也这样说自己，心里也说不出是怎么滋味，想告诉她你要是没什么好的，顾北城怎么会那么喜欢你，可开口却只能胡说八道道：“有的男生就喜欢比自己大很多的，可能比较有母爱的光环吧。”

苏情生故作轻松地笑了笑，似也有几分认同，“谁知道呢！”

半晌，又问：“顾北城……他知道这件事吗？”

沈慕言赶忙道：“这件事是我自己看到的，顾北城一点也不知道，你别多想，到时候难受的还是你自己。”

苏情生耸了耸肩，“那就好，我怕他担心。”

她说这句话时似是毫不在意，可沈慕言却看到她轻舒了一口气。

他强迫自己板住脸，用最冷硬的语气对她说：“北城他不会担心与自己无关的人的。”

苏情生低了低头，比刚才还要勉强笑了笑，小声说：“我知道，万一呢。”

见她这个样子，沈慕言有再多的狠话也说不出来了，犹豫了许久，最终也只是重重地叹了一口气，还是那句老生常谈的劝告：“小师妹，差不多的时候就把离婚协议签了吧。”

她忽然仰起脸，笑着，却是依旧地固执，“我不。”

这之后的咨询，祝之言在约定好的咨询时间之前一个小时就已经到了，用他自己的话说是因为刚好在附近，没什么事就过来了。

虽然即使提前一个小时苏情生也并不忙，但想到不久之前沈慕言和自己说过的事情，心中多少有些顾忌，她将祝之言带到了等候室内，用公事公办的态度道：“现在还没有到约定的时间，我还有些事情要处理，请你稍等。”

这样说，其实是为了向祝之言强调他们之间只是咨询师和求助者的关系，有明确的界限，并不是私交，有必须守的规矩。

祝之言倒是毫不介意，和煦一笑，“我知道，你忙你的就好，我在这里等你。”

明明是句没什么错的话，可不知怎么，苏情生却从他的语气中觉得他三言两语之间，就已将她刚才画出的界限一抹而光。

苏情生只觉得有些头大，可此时再多说什么倒显得刻意，若是无意间激惹了祝之言只会更为麻烦，她因而只是轻点了一下头，随后转身正要离开，却听祝之言忽然又叫住了她：“对了，苏……情生，最近似乎没有再见到你穿之前那条白裙子？”

苏情生停顿了片刻，才想起他所说的白裙子是他们第一次见面那天她所穿的那条再普通不过的裙子，她微蹙眉，问：“那条裙子有什么特别吗？”

祝之言轻摇了摇头，“没什么，就是很好看而已。”

之后的一个小时，等候室里的祝之言很是耐心，似乎是怕打扰到苏情生工作，他连一次催促都未曾有过，只是坐在等候室里的沙发上，透过房间透明的玻璃墙，望向斜前方向咨询师办公室所在的位置，安静却又专注。

苏情生偶然转头看向他目光投来的方向，四目相对，他也并无尴尬，只是坦然的冲她一笑，苏情生被他盯得有些不自在，但见他如此大方，也只能礼貌地回以一笑。

苏情生几乎是卡着分秒进的咨询室。

心理治疗室内，少年的笑容明朗，一点也不像是受到困扰需要求助于人的模样。

苏情生的开场简单而平实："这几天过得怎么样？还会梦到你养母要送你回孤儿院吗？"

祝之言摇了摇头。

"还会梦到你养母吗？"

祝之言沉默，笑容渐渐淡了。

"会梦到她在做什么？"

祝之言看着苏情生，过了一会儿，才面无表情道："给我做饭，她平时工作很忙，一大早就出门，经常加班，但只要一回家，就在给我做饭，不论是清早还是深夜，她总是特别喜欢做饺子，即使做饺子很费时间也在所不惜，因为她以为我特别喜欢吃，她说这一点我是随她，却不知道我是知道她喜欢才假装喜欢讨好她的。"

"这近十年来她一直不知道你是假装喜欢吃饺子的吗？"

"后来知道了。"

"怎么知道的？"

祝之言答的异常平静："有一次我发火的时候说的。"

明明祝之言才是要讨好别人的那个，他却敢向自己的养母发火？

苏情生试图更正他的措辞，"你是说你和你养母吵架的时候？"

听到苏情生的措辞，祝之言却是哂笑了一声，"我养母从来不会和我吵架，和我相处的过程里，她总是小心翼翼、如履薄冰，连句狠话都不会跟我说，一直带着一副隐忍的表情，永远都是我一个人在无理取闹，就好像我真的是……"

他突然停了下来。

意识到自己的语气已经不再那么平静，他下意识地蹙了眉。

苏情生只觉得有些意外，祝之言所描述的情形与她原先所预想的完全不同，那个因为怕被养母抛弃连日被噩梦惊醒的少年，却让养母隐忍的过活，从祝之言的描述来看，他的养母待他应该算是极好了，可为什么祝之言却是这样的……讨厌她？

她只觉得他的这句话里隐藏着什么，可想来想去怎么想也想不到他没说完的究竟是什么，她试图追问：“就好像你真的是什么？”

可冷静下来的祝之言却只是笑了一下，“没什么。”

他说没什么，就那样坦然地看着她，好像真的什么也没有，隐藏对眼前的少年而言是再容易不过的事情，这就是他这么多年的生活。

每到关键的时候，他总能轻易逃脱，苏情生抓不住他。

这样下去只会将咨询拖得漫长而没有意义，她没有立刻接话，而是低了头看着自己的笔记本，若有所思。

她必须想出一个办法来。

她的突然沉默让面前的祝之言有些坐不住了，先一步开口道：“对从小家庭幸福的咨询师你而言，我所说的是不是很难让人理解？”

苏情生猛然抬起头，“你怎么会知道我的家庭如何？”

祝之言意识到了自己的失言，一怔过后连忙解释道：“那天在医院门口看到你哥哥从车上下来觉得有些眼熟，回去的路上想起你哥哥和你父亲曾经去找过……于业风投，我们见过，你又姓苏，想必应该是苏家的女儿，听说苏家的家庭和睦是在圈里出了名的。”

他说着，微微弯起来唇角，似是在羡慕苏情生的家庭。

但这当然不是全部的真相。

那天晚上跟着苏情生来到医院门口之后，他就去查了她。

祝之言所说的都在情理之中，表情也很是真诚，可说不清为什么，苏情生就是无法完全信任他，可他毕竟是她的来访者，她是咨询师，不应将过多的注意力放在咨询室之外的事情上，因而调转话题又聊回了他的人生，但祝之言与她所说的内容与其说是咨询，倒不如说更像是朋友间的闲聊。

这样的咨询很难有多大的效果，可祝之言却是乐在其中。

咨询结束的时候苏情生委婉地提醒他："如果你觉得现在的状态不错，并没有很大的困扰的话，我们可以适当地减少咨询的次数。"

祝之言却果断地拒绝："没这个必要。"

而这之后，每次咨询之间，祝之言过来的时间提前到了约定前的两个小时，每次在等候室一待就是很久，安静地看着办公室里的苏情生，他的注视常常让苏情生如芒在背，很不舒服。

而除了苏情生以外，同样不舒服的还有一个人，祝之言的女朋友，于琳然。

[3]

她的婚姻不幸，但她爱她的丈夫

气势汹汹杀到公司来找祝之言的新咨询师的时候，于琳然原本只是生气是什么样的咨询师为了多挣钱，将祝之言每次的咨询拖的如此之久、安排的又如此之密，然而当见到苏情生的那一刻，她很快改变了想法。

她想到祝之言近来对自己的态度说不出有哪里不对，总觉得疏远了不少，虽然以前两个人也经常分分合合，但却从来不像这样，其中必定有这个女咨询师的缘故，面对苏情生，保持着礼貌却毫不客气地质问苏情生：“自从重新开始来你们这里做咨询以来，之言往这里跑的越来越多，为了来这里甚至连专业课都不上了，虽然这样说有点儿唐突，但你是不是对之言有什么别的想法才像这样利用咨询拖着他不放？”

苏情生被她的问题问得一怔，但细想来，祝之言这段时间往这里跑的这么勤，从于琳然的角度来看，自然对她颇有不满，再加上她是年轻女性，于琳然的不信任也并非不可理解。

她迟疑了一下，正在想该如何向她解释现在的情况，还没来得及开口，紧随于琳然之后赶到的祝之言冲了过来，拦在于琳然面前向苏情生道歉道：“对不起，是琳然冒犯了，我这就带她离开。”

他抓住于琳然的手腕就要拉她走，然而他的态度却让于琳然更加确定他和苏情生之间一定有点儿问题，她用力想要挣开祝之言的桎梏，祝之言的力气却是越来越大，在她的手腕上生生地抓出了红印。

于琳然大喊了一声：“疼！”

祝之言才猛然回过神儿来，松了松手。

也就是在于琳然挣扎的过程里，苏情生才注意到于琳然穿的是一身白色长裙，披肩长发，与她第一次为祝之言做咨询的那天她的装扮竟是惊人的相似，苏情生的心里蓦然一凛，敏感地察觉到有哪里不对。

缓过劲儿来的于琳然怒意更重，难以置信地对着祝之言质问道：“你从前从没有对我用这么大力气，你和这个咨询师到底是怎么回事？”

于琳然盛怒之下声音也是响亮，在本就安静的心理咨询区域走廊里还带着回音，引来不少好奇的目光。

祝之言有些烦躁，只想快些将她带走，搪塞道：“没怎么回事，就是咨询而已，难道当初不是你一定让我来接受咨询的吗？”

于琳然甩开他的手，“我是让你来做咨询，是为了让你回归正常的生活，可你现在连课都不上了，就为了往这边跑，这是正常吗？”

祝之言不耐道：“那些课上不上对我没有任何影响，你不要再在这里小题大做了，跟我走！”

“我不走！”

眼见着他们的动静实在太大，已经影响了部门正常的工作，苏情生试图劝解道：“于小姐，要不我们先到会议室，坐下来心平气和的好好聊聊？”

于琳然却是决绝，“我要见你们公司的领导！”

于业风投的独女，自然知道在这种时候怎么能对她最为有利的解决问题。

部门经理见走廊里一团乱，原本正不耐烦，但听说是于业风投的独女来了，赔着笑迎了过来，偏偏看见惹不起的贵客盯上的不是别人，竟然是苏情生。

左右得罪不起，一脑门儿的官司不知从何解决，经理只能连忙弓着腰劝于琳然给他们一个机会，坐进会议室给她解释，从于琳然的表情上来看她的态度有所松动，然而就在他们觉得成功有望的时候，却听一旁的祝之言冷声道："没什么可解释的，我们分手吧！"

祝之言的话说得冷静而坚决，并非一时赌气，而是已经下定了决心。

他说完，视线望向了苏情生所在的方向，苏情生被他这突如其来的举动惊到，不知该作何反应，只是难以置信地看着他。

没有等到他所期待的反应，祝之言又看了她一眼，而后径自转身离开了。

在那一刻，于琳然完全愣在了原地，虽然他们分分合合很多次，早已是常事，然而她很明确地感受到这次是不一样的。

当着这么多人的面，祝之言丝毫颜面也没有留给她的离开，她如遭雷劈，定在原地许久回不了神儿，而在这个时候，她此时最恨的人一脸严肃地对她说："于小姐，我想和你谈一谈。"

于琳然转过头来，冷眼看着苏情生，"谈？你是想炫耀你的胜利吗？"

苏情生开口，却是毫不犹豫道："我结婚了。"

于琳然一怔，目光下移到她的手上，"可你没戴戒指……"

苏情生面无表情，"我的婚姻不幸，但我爱我的丈夫。"

话音落，人群中起了嘈杂的议论声。

她的话字字坚定，于琳然仔细地盯着她看了许久，只觉得她的表情是真诚的，而她无意中触到了苏情生婚姻不幸的伤心事，想来有些失礼，于琳然态度终于软了下来，迟疑了许久，低声道："对不起……"

"现在可以和我谈一谈了吗？"

于琳然点头。

将于琳然带到一间治疗室，将门关好，苏情生开门见山，向于琳然表明自己的目的："之前祝先生曾经对我的一件白裙子表达过兴趣，今天偶然见到于小姐的裙子与我的那条很像，想请问一下于小姐这只是一个偶然还是祝先生确实喜欢女生穿白色的裙子？"

于琳然对于苏情生的话有些意外，先是愣怔了一会儿，仔细回想过后才开口道："之言他确实喜欢我穿白色的长裙，有一段时间我买了许多自己很喜欢的花色的裙子，但之言他似乎不太高兴……"

果然。

穿白色长裙的长发女性，这个形象对祝之言有着特别的意义，第一次来见她时，原本对咨询很是抵触的祝之言态度之所以转变，如果苏情生没猜错，就是因为那天她的装扮无意中完全符合这个形象。

从于琳然的描述中可以推测，祝之言对这个形象的着迷远在于琳然之前，所以祝之言心里的这个人不是于琳然。

而于琳然在这个时候终于也意识到了这点，她的神色一凝，望向苏情生："你是说……"

她的脸色白了一白。

苏情生迟疑了一下，还是问道："你知道祝之言认识的人里有什么人喜欢穿白色的裙子吗？"

于琳然思索了片刻后有些艰难地摇了摇头，"我不是很了解之言认识的人，除了我们共同的朋友和之言的母亲，我几乎……"

说到这里，于琳然却忽然意识到了什么，"之言的母亲，祝阿姨，虽然她现在因为年龄和工作的原因很少穿白色，但我去过之言家里，看到过祝阿姨衣柜里有很多条白色的裙子，阿姨还说她现在的身材已经穿不了了，要送给我……”

祝之言的养母？

怎么会是他的养母？

这么长时间以来，祝之言着迷于这个形象以至潜意识中总是不自主地向与其相像的人靠近，如果真的是他的养母的话，祝之言应该对他的养母有很深的感情才对，养母意外去世他就算不是悲恸欲绝也不该像现在这样冷淡，这又要怎么解释？

“你了解祝之言和他养母的关系吗？”

“不好”，于琳然回答的肯定，“之言与他母亲的关系一直不是很好，我去他们家做客的时候，总觉得之言和祝阿姨说不了几句话就会很生气，有的时候是你无法理解的情绪，我曾经想劝他对阿姨多理解一点，但他只是很冷淡的说我不明白。”

不明白……什么呢？

苏情生蹙眉，“那他养母对他怎么样？”

“很好，听说祝阿姨原本也是小城市来的，一个人带着之言在A市打拼，在她们公司从一个普通员工走到今天部门经理的位置很不容易，在这样大的压力之下，她却从没有忽视过之言，她每天都会很早起给之言准备好早饭的便当，这个习惯一直延续到了之言上大学，而且每天都会给之言发消息问他这一天的情况，虽然绝大多数情况下，之言根本不会回复，祝阿姨的生活状态真的简单到在我看来有些苦了，有一次我问她这么多年是怎么坚持下来的，她说都是因为之言才坚持了这么久，在她的心里把之言看的真的很重。”

一个好到异乎寻常的养母、一个潜意识中很爱养母却又对养母漠不关心的少年，这其中一定有什么重要的事是她和于琳然都不知道的。

苏情生思索了片刻，慎重地对于琳然道："虽然祝之言从不肯承认，但他对他的养母应该是有比较深的感情的，他的养母去世不久，他可能会有一些失常的行为和语言，个人建议还是先不要与他计较为好，至于他现在的情绪状态，我会为他再想办法。"

于琳然伸手捂住自己的脸，沉思了片刻，低声道："现在想想，虽然之言平日里对祝阿姨很冷淡，但他从不是不在乎祝阿姨，我记得当初祝阿姨生日的时候我提醒他，他虽然没做任何回应，但从他的表情来看他一点也不惊讶，大概是一直记得的。"

其实这一切，早有征兆。

但苏情生没有接话，她知道此刻于琳然最在意的并不是祝之言与他养母的关系。

于琳然使劲揉了揉自己的脸，是疲惫的样子，她忽然自嘲地一笑，"我比之言大三岁，周围的人大多不看好我们，说之言和我在一起不过是图我们家的钱财罢了，可这么多年来无论他在外面怎么乱、无论我们说过多少次分手，我都很确信他并不是真的想离开我，之言是我们学校的绝对特别的存在，阳光睿智，眼神中却又带着不属于他这个年龄的深沉，篮球赛的时候在场一半的女生都在给他加油，可人群中，他远远地看到了我，那一刻仿佛是注定，我知道我在他心里是不一样的，可我却没有想到是因为什么。"

苏情生试图去安慰她："他并不是不爱你，只是他不知道怎么样去爱别人。"

"也许吧"，于琳然摇了摇头，语调却是平静的，"可我之所以能够容忍他一而再再而三地去而复返是因为我以为他爱我，如果连这个都是假的，我不知道我还有什么理由说服自己放弃自尊也要和他在一起。"

"他从小生长的环境……和我们不太一样，给他一点时间……"

"我已经受够了用他孤儿院的经历当作理由，没有人是在绝对好的环境下成长的，那些不好的经历从来不应该是伤害爱你的人的理由，如果他真的爱我、真的在意我，他怎么可以一次又一次，那样理所当然？”

若是在以前，她或许还可以自欺欺人，可当她亲眼看到了祝之言看苏情生时的目光，那么像当初他们相遇时的样子，甚至更加的专注，他终于还是找到了在他心里比她更像祝阿姨的人，“分手”这两个字他说的毫不犹豫，原来这么多年的情分在他的心里并没有留下什么、原来这么多年来她在他的心里不过是祝阿姨的影子、原来这么多年来他还没有懂得什么是爱情。

从咨询室的沙发上起身的那一刻于琳然已经下定了决心，也许祝之言提出的分手，对他们双方而言都是种解脱。

[4]

他从没想过有朝一日会恨她，可恨一个人这样容易

第二天约定的时间，苏情生在治疗室内见到了祝之言。

虽然昨天刚刚和自己的女朋友说了分手，但祝之言的心情似乎还不错，见到苏情生，还能微笑着打招呼：“下午好，昨天给你添了麻烦，真是不好意思。”

苏情生摇了摇头，“没事。”

祝之言接的自然：“作为补偿，今天晚上让我请你吃一顿饭吧。”

苏情生却是不以为然的一笑，“作为补偿，今天我问你的问题你都要好好回答了。”

祝之言想也没想应道：“那是自然。”

苏情生开口，直切要害：“你爱你养母吗？”

这个问题让祝之言直接愣住了，随后有些强行笑了笑，避重就轻道：“苏小姐好像对我和我养母的事很感兴趣？”

苏情生没有回答他的明知故问，只是继续道：“我和于小姐聊过，听说你的养母是一个非常好的母亲，尽自己全部所能给你提供最好的条件，真心真意地关心你，在我们的眼里她都是无可挑剔的，我们都不能明白的是为什么每当你提起她总是带着很大的怨气？”

“无可挑剔？”祝之言重复了一遍她的用词，半晌，没有解释，只是摇了摇头，“你们不明白。”

“那就让我明白！”苏情生看着他，态度坚决，“这已经是你第五次来做咨询，然而我们却连这样基本的问题都没有解决，再这样下去咨询没有任何意义，如果你不说出原因，那么我们的咨询就到这里了。”

祝之言的表情中流露出一丝慌乱，“这个问题就这么重要吗？”

得到的是苏情生斩钉截铁的回答：“重要。”

祝之言依旧是尽自己所能的回避，“你们不了解她……”

苏情生并不就这样放过他，激将道：“我们不了解她什么？她将你从孤儿院领回，一个人在这样的大城市里艰难闯荡，一心一意是为了给你提供最好的生活条件，哪怕自己再苦再累也从来没有忽视过你，关注着你一点一滴的成长，这样的养母难道不是已经无可挑剔了吗？”

祝之言起初只是不断的摇头，然后随着苏情生的不断纠缠、语气渐渐加重，他几乎是本能地站了起来冲着苏情生怒吼道：“那如果是亲生母亲呢？”

虽然有所准备，但还是被他突然的爆发吓到，苏情生本能的打了一个颤，治疗室内弥漫着诡异的沉默，片刻后，苏情生才恍然反应出他说了什么，愕然地看着他问道：“你说……什么？”

祝之言抿唇，从他的神情中苏情生能看出他的后悔，不知是为自己的失言还是刚刚吓人的行为。

“她是你……亲生母亲？”

祝之言没有说话，只是别开了眼。

是真的。

这位从九岁时开始收养他的无可挑剔的养母，就是他的亲生母亲！

苏情生压制住内心的惊愕，尽可能平静地轻声问：“你是什么时候知道的这件事？”

“中学。”祝之言深吸了一口气，这是他第一次和别人说起这件事，可已经到了这个地步，他不说出所有的事实，只怕苏情生真的会离开他。

他微低了头，“有一次我……养母的生日，她母亲来到A市探望她，那天我下学早，进屋的时候不小心听到了她们的对话。”

他听到那个他该称呼为“姥姥”的人用一种恨铁不成钢的语气对他的母亲说：“当初你未婚先孕，我是为了让你以后的生活不用背负那么大的负担，才把这孩子送到了乡下孤儿院，可你又把这孩子从孤儿院领回来，变成了养子，你说你图什么？你现在也老大不小的了，还拖着一个孩子，谁敢找你？”

“妈，你别说了，之言是我的孩子，就算一直一个人，我也会把他抚养长大。”

“你就嘴硬吧，以后有你的苦吃！对了，你打算什么时候告诉他他的身世？就这样一直瞒着他吗？”

“之言现在还小，等他再长大一些吧……”

那时提前下学的祝之言手里拿着为自己养母准备的一束康乃馨，轻手轻脚地走进房间，原本是为了给养母一个惊喜，却怎么也没想到听到了这样的一段对话，“姥姥”的嗓门儿大，他站在厨房的外面，每一个字都听得一清二楚，却又觉得自己好像是聋了，怎么也理解不了自己所听到的内容。

他也不知道自己呆站在厨房外愣了多久，但他还清楚地记得母亲转过头来看到他的那一刻，面上的震惊程度丝毫也不亚于他。

他转身，将手里的康乃馨放到饭桌上，一句话也没说，转身要回自己的房间。

母亲追过来拦住他，单膝跪在他面前对他说：“之言，无论你刚才听到了什么，那都不是你以为的那样，你还小，等你长大以后妈妈会和你解释的！”

他没有说话，只是咬住唇，用力想挣脱母亲的手，母亲不肯放，“答应妈妈，忘了之前你听到的话，好吗？”

祝之言也说不清听到这句话的时候自己心里到底是什么感觉，下一刻，他已经不受控制地脱口而出：“我忘不了！”

小的时候在孤儿院，因为挑食长得又瘦又小，经常被欺负，被年龄大一点的孩子抢走好吃的菜、抢走爱看的书，就连喜欢的新衣服都会被别人抢走先去穿脏了再还回来，而他只要敢说一句“不”，就会被揍得抱头哭。

每次那些大孩子惹了祸，就会把事情栽赃到他头上，众口一言，主管孤儿院的胖女老师也不喜欢他，他连解释的机会都没有，每次都会被罚站一天，每天夜里的噩梦都是胖老师凶恶地对他说：“我们孤儿院不会再收留你这种恶劣的孩子了！”他会被吓得在梦里哭湿了枕头，第二天早上醒来，攒出最甜的笑容去讨好那个老师。

他是这世上最不受欢迎的存在，连他自己都讨厌自己。

直到有一天，一位有着乌黑长发宛若精灵的阿姨身着一身白裙，在明媚的阳光中走进了孤儿院，她那么好看、温柔，在孤儿院所有孩子的眼里都是天使一般的存在，一来就被所有的孩子团团围住，而他根本找不到机会靠近她，只能在角落里巴巴儿地看着。

就在这个时候，这个阿姨看到了他。

这之后他的人生就像是被幸运之神格外眷顾，在一群孩子中，祝阿姨对他格外关照，总是会给他单独带一些小玩具还有吃的什么的，祝阿姨说他聪明又可爱，那是他在别人口中从没听到过的词汇。

其他的孩子因此嫉妒他，变本加厉地欺负他，可他都不在乎，因为他心里有了支撑他的信念。

祝阿姨。

半个月一次的探望成了祝之言全部的期待，这世上只有祝阿姨一个人会将他喜欢吃的东西记得一清二楚，再千里迢迢地带来给他吃；这世上只有祝阿姨一个人会关心他的成长，陪着他做那些无聊又无趣的作业；这世上只有祝阿姨一个人，会在看到他被别的小朋友欺负了以后，生气地去找院长阿姨替他出头。

他记得那时早已见怪不怪的院长阿姨不以为意道："孩子这么多，矛盾和冲突总是有的，我们要锻炼他们自己解决问题的能力。"

祝阿姨撩开他的衣服将他的后背露给院长看，"自己解决就是解决成这样吗？"

院长看着他身上的伤痕，一时语塞，却还是嘴硬道："孩子这么多，我们也不可能每分不差地看着，你要真这么喜欢这个孩子，你把他带走啊！"

"我……"祝阿姨气结，涨红了脸盯着院长，却再说不出一句话来。

他看出祝阿姨的为难，小心翼翼地拉了拉祝阿姨的袖子，"祝阿姨，我没事的，这点小伤对男子汉而言不算什么。"

听到他这么说，祝阿姨蹲下身来满怀歉意地将他抱进了怀里。

与祝阿姨的难过不同，这一刻的他却是幸福的。

他想了想，小心翼翼地问："祝阿姨，我可以叫您'妈妈'吗？"

内心紧张地等了许久也没有等到答案，却觉得抱着自己的人一抽一抽地，是祝阿姨哭了。

他是孤儿院里的孩子，但他有了妈妈，这是他经历过的第一件幸福的事。

而第二件，是在他九岁那年，他被妈妈带出了孤儿院。

他一直觉得自己是那么一个废物又无能的孩子，即使在孤儿院都是饱受欺凌、掉进人堆里找不到的那种，上天待他真的不薄，让他遇到了祝阿姨。

这之后他加倍努力，想成为最好的孩子让祝阿姨不会后悔、让祝阿姨为他骄傲，六年念完小学和初中，区榜眼的身份进入高中，大家都说他是天才，可只有他知道夜里那些对他纠缠不放的噩梦，梦里的祝阿姨不再温柔，一转眼就变成了当年那个胖老师的样子，指着他说“我不会再收留你这样恶劣的孩子了”，深夜醒来，枕头已湿了半边。

他拼了命地想要证明自己、拼了命地想要所有人都喜欢他。

这么多年以来，他的内心没有一分一秒的安定。

到了后来，他甚至想有一天能找到自己的亲生父母，他要向他们证明，抛弃他是一个多么错误的决定，他要让他们后悔！

直到这一天，在他心里天使一般的养母与残忍抛弃他的亲生母亲之间，重合了。

这是他从没有想过的事情，是他怎么也想不到的事情。

他只觉得自己的脑海里好像经历了一场恐怖袭击，只剩下了一片废墟，他看着眼前养母焦急又担忧的面容，熟悉又陌生。

他曾经以为这一生最幸福的事就是遇见了他的养母，他从没有想过为什么孤儿院那么多孩子中养母独独选中了他，他以为是冥冥之中自有安排，却没想到这一切都不是偶然。

他永远也不敢去想，对他那么好的养母，竟然就是抛弃他的亲生母亲，原来所有的这一切，都是愧疚。

这句话划过脑海，祝之言原本乱作一团的脑子终于渐渐清明起来，心也一寸寸地沉了下去。

他看着自己的养母，带着十三岁孩子不该有的冷静与克制问：“你是我的亲生母亲吗？”

祝母突然怔住，说不出话来。

祝之言眼中的失望不加掩饰。

他从没想过有朝一日他会恨自己的养母，可原来恨一个人那么容易。

大概是因为愧疚，祝母会在生活上格外关心他，会买最好的电脑给他，无论他惹出多大的祸，她也从不训斥于他，他使尽浑身解数故意找碴儿和她吵架，她也总是用一种隐忍的神情看着他，从不还嘴，可她越是这样，他就觉得自己越像是被捡回来的孩子。

隔壁的同学嫉妒他成绩好，四处嘲笑他是孤儿院被领养回来的孩子，他扬手一拳打在了对方身上，对方闹到了校长办公室，祝母来了再三道歉，换来对方趾高气扬的一句“孤儿院里捡来的孩子，我们不跟他一般见识”，那个时候，他有多希望母亲能够告诉他们他是她的亲生孩子，不是捡来的！

他就那样眼巴巴儿地看着母亲，可母亲除了低着头道歉，再没说过其他。

他没忍住，在校长的面前，追过去又给了对方一拳。

被迫休学半年，这之后他加倍努力，十五岁考上大学，只为了早一点离开祝母。

反正他只是她捡来的。

他永远也不会原谅她。

进了大学之后，他虽然是最小的，但好在个子长高了，并不明显，而他的内心渴望成年已久，他拼命地学习、利用各种机会去挣钱，想要早日独立，可偏偏努力了那么久，他却从没有真正脱离了养母的家，并不是养不起自己、也不是无处可去，可冥冥之中，他总是控制不住自己，走回那个他想要挣脱的地方。

于是他加倍努力地和母亲吵架、大闹，因为他不仅厌恶祝母，更厌恶自己。

明明人家早就不想要你，你却死皮赖脸地还要回来！

活该你被抛弃！

活该你讨人嫌！

他就这样一路折磨自己、折磨祝母，直到不久前，他十八岁生日的当天，收到的却是祝母空难的消息。

听完他的描述，苏情生沉默了许久，终是问：“你后悔吗？”

祝之言却是平静，“后悔什么？”

“后悔在你母亲去世前没有好好待她。”

祝之言看着苏情生，冷声道："在我小时候最需要她的时候，她也未曾好好待我。"

他心中对于母亲的怨这么多年丝毫未减，最起码，他自以为自己还是那么怨恨自己的母亲。

现在祝母已经去世，想要让祝之言与自己的母亲和解只怕更为困难，若是想修复他幼时的伤痕就很可能会对他现在造成新的创伤，更何况祝之言是边缘型人格障碍，对她又产生了移情，让这一切变得难上加难，虽然她不想承认，但凭她一己之力很难再将治疗继续下去。

她沉思了一下，开口道："我们今天就先到这里吧，你能告诉我是对我们治疗非常重要的第一步，但这同样也说明了你情况的特殊，我需要仔细思考一下下一步的治疗计划。"

祝之言有些勉强地笑了笑，透出些许不安，"我是不是吓到你了？"

苏情生摇头，"不是，但这的确是这么久以来，我第一次真正了解你的人生。"

祝之言看着她，"你答应过你会帮我。"

"我知道"，苏情生平静道，"但今天时间不早了，早点儿回去休息吧。"

[5]

顾北城，你前妻被人挟持了

时间的确已经不早，从治疗室出来回到办公室收拾东西的时候，其他的同事大部分都已经下班，只剩下个别的几人零零星星的同事还没有下班。

苏情生在办公室内环视了一周，她虽然刚来不久，与大部分人还不熟悉，但以她这段时间的观察来看，这里相关专业训练有能力应对人格障碍且经验丰富的治疗师并不多，在这得知了祝之言内心真正的问题所在之后，她不敢轻易将他交给她不了解的治疗师，但她同样清楚的是，在祝之言的问题上，她必须寻求帮助了。

思前想后，能够有能力为祝之言做治疗而她又能联系的也只剩下一个人，她的师兄，沈慕言。

拿着手机走回治疗室，背对着门站在窗前，苏情生给沈慕言打去了电话，也许不是很忙，短暂的等待后，沈慕言接通了电话，她还在踌躇以现在她和顾北城的关系该怎么向沈慕言开这个口，却听沈慕言早有预料道："小师妹，祝之言的事你一定要管吗？"

苏情生起初有些惊讶，但转念想起不久前于琳然来公司时的大动静，沈慕言他们不可能一点没有耳闻，再加上他们之前对祝之言的了解，猜出她此番打电话的原因也不足为奇。

她轻抿了下唇，坚定道："我答应过要帮他，就不能辜负他的信任。"

沈慕言却是不以为然地笑了一声，"他才不是信任你，他只是想在你身上找他养母的感觉罢了。"

师兄的消息果然灵通。

"也许吧，可那不只是他的养母，那还是他的亲生母亲。"

沈慕言一怔，显然没有想到这样的情节，"你说什么？"

"祝之言是祝母年轻时未婚先孕有的孩子，在把他送到孤儿院九年后又将他领养了回来，祝之言在十几岁的时候偶然得知了这个事实，发现对自己那么好的养母竟然就是当初抛弃自己的人，这相当于让他经历了第二次被抛弃"，苏情生深吸了一口气。"你说的没错，在我面前，他永远无法客观、坦诚地面对治疗，我不能再继续给他做咨询了，这对我们双方而言都是折磨和徒劳，可我想来想去，想不到除了师兄你还有谁有这个能力接手，师兄，帮帮我吧……"

苏情生一口一个师兄叫着，绕开顾北城，沈慕言毕竟还是她的师兄，她只希望看在他们同门的面子上，沈慕言能答应帮她。

沈慕言轻叹了一口气，其实苏情生大可不必说到这个地步，只要她开了这个口，他就必然要帮，且不说他是她师兄，若是她真的因为祝之言遇上什么麻烦，只怕顾北城也不会放过他。

他开口，刚要答应，却在这时，只听到电话那边传来一声惊叫，紧接着听筒里传来巨大的咣的一声，像是手机掉在了地上，之后电话就断了。

沈慕言莫名心里一紧，赶忙将电话回拨过去，可收到的提示音是"无法接通"，再之后，就成了关机。

糟糕！

沈慕言不知道此刻苏情生在哪儿，只能立刻冲下了楼去，先去他们的办公室看看，办公室里的其他人见他突然出现莫不是一惊，他只是着急地问："你们看见苏情生了吗？"

"刚刚还在……"有人指着他到苏情生的位子上一看，苏情生的包还在这里，也就是说苏情生应该是在这个楼里打的电话。

整层楼一间一间屋子找，除了一间莫名被锁上了的治疗室，怎么敲门也得不到任何回音，除此之外连苏情生的影子都没看到。

沈慕言沉了脸色对跟在他身后的人道："把这间治疗室的钥匙拿来！"

他故意将声音放得很大，让里面的人能够听到，这之后隐约能听到屋子里有人说话，随后是苏情生的声音："我正在和祝之言做咨询，大家不用担心也不用进来。"

苏情生果然在里面。

她刚刚说过自己不能再给祝之言做咨询而求助于他，转眼就和祝之言坐进了治疗室里，这其中必有蹊跷，按照苏情生所言，祝之言此刻就在屋里，难道苏情生此刻……是被挟持了？

沈慕言的心里一紧，继而试探地问道："你确定你一个人可以？"

有片刻的沉默，随后是苏情生说："可以，之言他……是能分清是非的人。"

她的确被挟持了！

意识到这一点，沈慕言用手势示意旁边的人去报警，表面上却还是不慌不忙地说："那就好，我们先走了。"

祝之言毕竟是怀疑有边缘型人格障碍的人，给他的压力过大，怒极之下会做出什么谁也无法确定，又或许一会儿情绪缓和过来，苏情生能说服他冷静下来也未尝可知，毕竟苏情生也不是第一次只身面对这种危急情况，相比于连环杀人犯W，祝之言毕竟只是一个一时昏了头的孩子，他们若是硬闯只怕反而会促使祝之言慌乱之下会做出什么事伤害到苏情生。

让所有人站到治疗室门上猫眼能看到的范围之外，短暂的思索过后，沈慕言顶着巨大的压力给顾北城打去了电话，又顶着巨大的压力开口说了第一句话："顾北城，你前妻被人挟持了。"

与沈慕言打电话被人突然打掉了手机的时候苏情生转头看到怒气冲冲的祝之言，心里只觉得咯噔一下。

因为落下了东西而返回来取，祝之言没想到在门口听到她说要将他的咨询转给别人，他只觉得自己的脑子里嗡的一声，不受控制地扬手冲着苏情生的脸重重地打了下去，他冲着她质问道："为什么我将你想知道的都告诉你了，你却还是要抛弃我？"

苏情生只觉得眼前黑了一瞬，随后头晕了起来，但人还是清醒的，只觉得眼前的情形真的是糟糕透了！

祝之言对她的移情原本就源于他的母亲，他的母亲抛弃了他，而现在在他的眼里，她也抛弃了他，这么多年来，他对祝母的怨在这一刻在她的"提醒"之下悉数回到了他脑海中，一触即发。

她试图让他冷静下来，向他解释当下的情况："我不是要抛弃你，而是你经受的创伤远比我预想中要深，已经超出了我的能力范围，我想让你得到更好的帮助。"

"骗人！"祝之言冲她怒喝道，"你分明就是把我当作麻烦和负担，迫不及待地想要甩掉我罢了！我早该想到的，你们都是这样，我那么喜欢你、那么喜欢你，可你……"

他此时的怒意远比不久前他向她说出祝母的事情的时候更加吓人，苏情生的心里一紧，只见烦躁至极的祝之言将房门锁了上，在屋子里折返走了两圈，也没能冷静下来丝毫。

明白此时再多的解释他都不会相信，苏情生不用多余的字句，只是用最确定的语气对他说："我从没有把你当作麻烦。"

"你撒谎！"祝之言说着，猛然转过身来，手上的袋子不知是有意还是无意甩了起来，又砸到了苏情生的头！

苏情生眼前有点儿花，却还是强迫自己清醒起来，坚定地重复了一遍："我从没有把你当作麻烦，你相信我！"

祝之言将手里的东西扔到一旁，怒意更盛，"你刚刚打电话的时候亲口说给我做咨询是徒劳和折磨，现在就想反悔吗？"

这的确是从她口中说出的词，却不是他所理解的那个意思，他此刻已经失去了理智，越解释只会让他觉得她不过是抠字句的把戏，毫无诚意。

她正不知该怎么办，就听有人敲门，屋外传来沈慕言的声音："有人在吗？"

只见本就在气头上的祝之言神色一变，几乎是本能地伸手抓住了一旁的椅子，警惕地看着门口的方向，只要有人冲进来，他立刻就会把椅子抡过去，苏情生察觉到不妙，伸手握住他抓着椅子的手腕，冲他摇了摇头。

不要出声，外面的人一会儿就会走的！

沈慕言敲了一会儿门，见没人理会，就去别的屋子看了，趁这个时机，苏情生试图劝说祝之言："我从没有把你当作负担，你喜欢的也从不是我，只是我们初见时我穿的一身白色长裙让你想起了一个人罢了，之言，你还记不记得，除了我、除了于琳然，还有谁爱这样穿？"

对于她的问题，一向聪明的祝之言却似乎并不能理解，"你想说明什么？"

"在你小的时候，你曾经觉得像天使一样的人，她是什么样子的？"

祝之言的目光躲闪了一瞬，苏情生知道他明白她话里所指的是谁，她继续对他道："之言，你喜欢的不是我，而是记忆中那个像天使一样的人，只是因为我穿着白色裙子的样子有点儿像她，你把本该给她的喜欢误给了我。"

祝之言斩钉截铁地否认："你胡说！跟你说了那么多你还是不懂，我现在一点也不喜欢她！我恨她！是她抛弃了我！"

苏情生预料到他会否认，耐心开导道："她是你幼年最黑暗的岁月里的天使，是你那些年唯一的期待，你或许因为得知她就是抛弃你的亲生母亲而对她怀有怨恨，可在你的潜意识里，你依然爱着当初的那个天使，你在所有人的身上寻找她的影子，而我不过是其中的一个影子罢了。"

"这就是你为自己想出的说辞？"

"这不是说辞，而是事实，之言，你冷静下来好好想一想……"

"我很冷静！"

咚咚咚——

焦急的敲门声又回来了。

刚刚有些放松下来的祝之言在听到这个声音后，整个人又紧绷了起来。

门外的沈慕言让人去取这间治疗室的钥匙，祝之言几乎是本能地拿起桌子上的一支签字笔对着她的脖子，低声说："让他走！"

苏情生看着小青年近在咫尺的威胁，心里只觉得隐隐发凉。

她说祝之言是明事理的人，是为了劝祝之言冷静下来，也是为了告诉沈慕言，里面出事了。

外面又重新归于安静。

她盯着祝之言对着她的签字笔尖，一言不发。

祝之言瞪着他，"怎么不说话了？"

"我说过我从没想过抛弃你，可你不信。"

"因为那不是真的！我亲耳听到了！我听得一清二楚！如果不是被我偶然听到，如果……我是不是就像傻子一样永远也不会知道真相？"

苏情生原本受了伤头晕得厉害，几次三番的纠缠，人已经有些吃不消，祝之言此刻气的不只是她，而是从她身上看到了祝母的影子，想起当年他偶然听到才会得知的他幼年时的真相，想起了那么久的欺骗，而今天的事偏偏与当年那么像！

苏情生百般疲惫之下有些无可奈何地摇了摇头，“如果你坚信那不是真的，你这样关着我又能得到什么？”

事情发展到这一步很大程度上是祝之言的一时冲动，至于想要得到什么……

他冷笑了一声，不知是在笑她还是在笑自己，他说：“大约……是想让你后悔吧。”

顾北城已然不记得自己是怎么赶到这边公司的了，只记得一路上打了不少电话都是徒劳，于家说于琳然和祝之言这次是彻底结束了，祝之言再怎么样与于家无关，而历经千辛万苦找到祝之言所剩的唯一亲人——他的外婆后，对方却不在本市而在老家，不仅如此，老人说就算她在现场也没用，祝之言最恨的就是她，是她亲手将他送到了孤儿院，也是她百般阻挠自己的女儿将这个孩子再带回家。

挂断电话的时候，顾北城觉得自己的眼前忽然黑了一下，他不知道发生了什么，只觉得心里一紧，此刻车速正快，他既不敢继续向前开，却更不敢突然停车，他使劲儿闭了闭眼，万幸的是再睁开的时候已然恢复，大概只是个意外。

赶到苏情生所在的治疗室外不远的地方，沈慕言将目前的情况飞快地向他说了一遍，他听着，面色越来越沉，周围得知公司出事赶回来的经理看着，连半个字都不敢多说，也只有沈慕言在这个时候才敢问：“你想怎么办？”

怎么办？

救人！

顾北城没有说话，毫无犹疑地快步走到治疗室前，扬手用力地砸门，看的在场之人莫不是一惊，沈慕言只怕他会刺激到祝之言，赶忙冲过去想要拦住顾北城：“你要做什么？”

顾北城没有回答，而是更用力地砸门。

里面传来苏情生的声音：“谁啊？”

顾北城沉声道：“我。”

接下来是沉默。

她没想到他会来。

许是终于等不下去了，祝之言自己开口追问道：“你是谁？”

“苏情生的丈夫，”不顾周围围观的人倒吸气的声音，顾北城停顿了一下，厉声道，“祝之言，我知道你，我看到过你跟踪她，苏情生不喜欢你是因为我，是我让她离你远点儿不要再给你做心理咨询，把她放了，有什么不满冲我来！”

祝之言显然有些意外，“不可能，我去查过，她没结婚！”

顾北城没有丝毫犹豫，“我们是一月八日上午十点在伦敦结的婚。”

一月八日上午十点……

治疗室内，苏情生合了眼，原来他和她记得一样清楚。

祝之言看向苏情生，从她的表情中，祝之言看出门外的人所言非虚。

他的眼神中透出些许动摇，有些难以置信地问：“你真的结婚了？”

苏情生没有说话。

却在这时，外面再生变故，只听外面有人在问：“谁报的警？”

警察到了。

祝之言猛然一惊。

实在不是时候！

顾北城用眼神示意沈慕言将警察带到一旁说明情况，他明白此时祝之言必然慌乱，如果他和警方同时施压，怕他会做出什么自己都意想不到的事情。

顾北城用尽可能平静而坚定的语气对里面的祝之言说：“之前有人报了警，警察已经来了，他们会把这当成情况紧急的人质挟持事件，你不出来他们就会冲进去，这是我们双方都不想看到的事情，你想要一个原因和说法，我明白，你出来，我们面对面解决！”

祝之言没有说话，原本握紧成拳的手松了松。

苏情生见状，向他道：“你不是想知道我为什么不喜欢你？我有所爱之人，他就在外面，你不想见见他吗？”

祝之言回头望向她，四目相对，只见她的神情坦然，他迟疑了一下，走到门前的猫眼处，向外看了一眼。

苏情生没有跟过去，她明白她现在要做的是尽可能与祝之言保持距离，以免开门之后发生预想之外的事情，祝之言情急之下会真的挟持她。

从猫眼所能及的范围内，祝之言看到门外只站着一名男人，三十出头的年纪，白色的衬衫、黑色的西裤，骨子里透着一股倨傲之气，此刻大概是因为担心，眉头始终紧锁。

他听到对方说：“我手里就有这间治疗室的钥匙，但我想你自己走出来面对我。”

不知道等了多久，顾北城听到了门锁被打开时那清脆的嗒的一声，随后，虽然房门被人从里面拉开了一条缝，见顾北城的身后真的没人，才慢慢地将门开大了些。

顾北城强忍住自己想要看向屋里苏情生的冲动，只是对祝之言道：“你不认识我，但我们见过。”

这句话超出了祝之言的预料，“什么时候？”

顾北城的目光注视着他，答的肯定：“在一个月前于家的晚宴上，那天你的女朋友于琳然穿着一身白色的长裙，而你……”

经顾北城的引导，祝之言看着顾北城的眼睛，本能地去回想一个月前晚宴时的情景，却怎么也想不起自己在什么时候见过眼前的人，就在他有些慌神儿的刹那，只听顾北城开口道：“三、二、一。”

下一刻，他只觉得眼前一片模糊，意识也随之而去。

快速催眠。

顾北城扶住倒下的祝之言，交由警察将祝之言带出治疗室，危机终于解除，顾北城也顾不上其他，快步走进治疗室，只见苏情生的脸上已然有些肿了，是被人打过的样子，他的心里且惊且恼且怒，关心的话哽在喉咙里竟一个字都说不出，只是直直地盯着她的脸颊。

许是察觉到他的目光，她伸手摸了摸自己的脸，牵了牵唇角，嘴硬道："我没事。"

顾北城看着她狼狈的样子，只觉得一股邪火自心底起，他忍不住质问她："你是不是疯了，连边缘型人格障碍的患者都敢接？"

她故作轻松地笑了笑，是一副无所谓的样子，"还不是为了钱？"

又是为了钱！

他气急，凶她："为什么不签离婚协议？"

苏情生抬起头看着他，竟还能若无其事地笑了笑，说："我总是觉得我一直那么幸运，不签那个协议，说不定我们真的还有希望。"她顿了顿，又小声说："你别这么凶，我会委屈地想哭的。"

希望？还有什么希望？他把离婚协议书都扔给她了，他不要她了她知不知道？

顾北城被她气得咬牙切齿，"你还委屈？自己逞强惹出来的事，你说哪里委屈你了？"

可他这样说着，却还是没忍住伸手将她揽进了怀里。

她永远都不知道，他刚刚有多害怕，开车过来的一路上，他眼前浮现的尽是半年前 W 在她脖颈儿上抓出的那一道瘀紫，那之后几夜她噩梦连连，却从来逞强不肯告诉他，他禁不住在心里一遍遍地问自己，他怎么能让这样的事情在她身上发生第二次？

想到这里，他整个人都止不住地在颤抖。

明明已经让沈慕言提醒过她，她为什么还要和祝之言纠缠不清？

就算再爱多管闲事，经历了W的事她为什么还是不长记性？她这个样子，他要怎么才能放心的留她一个人？

原本还强撑着镇定的苏情生在额头抵住他胸口的那一刻只觉得鼻翼一酸，硬撑出的笑容在那一刻悉数瓦解。

苏情生没忍住，在他怀里真的哭了出来。

她是害怕的。

虽然相比于连环杀人犯W，边缘型人格障碍的祝之言似乎威胁小得多，可上次在伦敦的电视台，她知道他就在离她不远的地方，心里就会莫名地生出一些勇气，可这一次……

这一次啊，她是一个人。

她忽然有点儿庆幸自己被挟持，让她有一个机会可以意外地见到他。

噔噔噔——

敲门声在这个时候不合时宜地想起，苏情生抬头看向门外，是这次出警的警察，“请跟我们回局里做一下笔录。”

顾北城坚决道：“她要先去医院。”

苏情生拽了拽他的衣角，摇了摇头，“我没事，我们先去做笔录吧。”

她有惦记的事。

顾北城早有预料，“祝之言？”

她轻轻地点了一下头。

[6]

之言，妈妈犯过错，可妈妈爱你

公安局的冷气开得很足，苏情生一进门就连打了几个喷嚏，顾北城将自己的外衣披在她身上，还是不放心，看了一眼沈慕言，沈慕言赶忙将自己的外衣也递了过来，瞧了瞧顾北城的脸色，顶着巨雷向苏情生道："小师妹，你小心点，你身上这两件衣服，可贵……"

顾北城一眼扫过来。

苏情生赶忙摆了摆手，"我没事，我不冷。"

她说着就要将顾北城和沈慕言的衣服还回去，被身旁的顾北城一言不发地挡住，将衣服一件套一件结结实实地披好在她身上。

苏情生回头，正望进顾北城看着她的眼中，她微怔，随后有些慌乱地移开了目光，她故作轻松地笑了笑，"你别这样看着我，我会更舍不得在离婚协议上签字的。"

顾北城神情未变，只是平静道："进去吧。"

做笔录的警官在等她。

其余人笔录的速度都还算快，唯独苏情生，作为受害人也是除了祝之言以外唯一知道事情全貌的人，在笔录室里待了很久。

挟持人质是重罪，警察再三问她"嫌疑人有没有做什么威胁你安全的事情”，苏情生始终摇头，“他在最开始的事后打过我的脸，之后他虽然一定程度上限制了我的自由，但并没有做出其他恶劣的举动，也是我觉得自己作为他的治疗师，应该再和他聊一聊。”

“真的没有？”

苏情生点了点头，“没有。”

其实是有的，当祝之言情急之下用签字笔笔尖对着她喉咙的时候，那的的确确是对她的威胁，可事情发展成这样终究是意外，也有她处理的不当的地方，作为心理治疗师，比起毁掉一个已经遭遇那么多不幸的十八岁少年的人生，她希望能再给他一次机会，就好像得知当年顾家真相的时候，她苦苦哀求顾北城，想要得到的那个机会。

如果能有就好了。

可多思无益。

将所有的流程走完，从笔录的房间里出来，来时热闹的队伍此时已经消失不见，只剩沈慕言还在门口等着她。

见她终于出来，沈慕言站起身，“北城他回去了，走吧，师兄带你去医院。”

果然。

就算出事时再怎么关心，可当这一切重归于平静，他不再是那个应该在深夜里等她的人，即使她刚从公安局出来、即使她有伤，都不应该再找他。

苏情生默了一下，摇了摇头，“我没什么事……”

沈慕言却直接拉起她的胳膊往外走，“北城特意嘱咐我一定要带你去检查。”

明明走了，又何必多事关心？

苏情生笑了一下，似是随口道：“他管得那样宽，没再嘱咐你请我吃顿饭什么的？”

沈慕言停下来看向她，安静了片刻才开口道：“他还嘱咐我提醒你把离婚协议签了。”

苏情生的目光紧紧地盯着地面，在深夜的公安局里，半晌没说一句话。

看着她的样子，沈慕言终是不忍心，叹了一口气问：“就算你这样拖着，又会有什么转机吗？”

苏情生低着头，用脚蹭了蹭地面，明知道自己的想法特别幼稚，却还是固执地相信，她小声道：“等到 Wilson Wang 的判决下来、等到北城他平静下来、等到我父母能够承认自己的错误去道歉……”

她的声音越来越小，是自己都觉得幼稚的可笑。

沈慕言又是一叹气，从签下离婚协议的那一刻，顾北城已经平静，他从来清楚他在做什么，感情这种复杂的东西里，他依然能够将一切分得清清楚楚，这就是顾北城，长痛不如短痛，与其让她长久的夹在他和她父母之间，以至心中对他们的相遇生出怨恨，那不如就此放过她也放过自己，就算 Wilson Wang 的判决下来……

就算……

沈慕言摇了摇头，却什么都没说，虽然渺茫，但这的确是她和顾北城之间所剩不多的转机，可是现在，就连这件事都岌岌可危，从目前律师那边得到的消息来看，W 似乎已经发现了顾北城的软肋……

他看向苏情生，想了想，还是没忍心将这件事告诉她，她刚刚经历了那么危险的事，就算希望再虚无，也聊胜于无，他牵唇笑了一下，“你倒是乐观。”

苏情生笑了一下，目光却游走向了远方，沈慕言看着她现在的样子，想起不到一年前她固执又自以为是地要帮他们接近 W 时眉眼间自信又意气的神情，如今皆已不见了踪影。

他忽然觉得顾北城对她有些残忍，可她于顾北城而言又何尝不是种折磨？

他转过身，不再看她，用公事公办的语气道："走吧，我们去医院。"

祝之言最终被处以刑事拘留三十天的处罚，三十天里，没有一个人来看他，他在这世上已是无牵无挂，反正他一直以为自己是孑然一身，可在这个时候，他忽然想念起了母亲包的饺子。

如果这会儿母亲还在，会着急的吧？

会到处找人、到处和人说，我们孩子是个好孩子，平时很听话的，这一定是个意外。

母亲总是盲目的信任他、迁就他。

母亲也总是盲目地陪在他身边。

生日、逢年过节，还有一堆奇奇怪怪的周年纪念，她总是会记得一清二楚，一定要和他一起庆祝。

他想起在母亲的追悼会上，有一位母亲的同事曾对他说："买到那趟红眼航班的本来是我，可祝姐执意要和我换，费了好大劲儿才把机票改签了，说是儿子生日，想早一点儿回来。"

也说不清为什么，他突然就觉得很生气很生气，她凭什么觉得自己那么重要？凭什么觉得他的生日没有她不行？小时候在孤儿院，那么多的生日她都没有出现，他不是照样好好的？

拘留所夜间湿冷，他睡得本就不踏实，又逢噩梦连连，夜间惊醒，他几乎是本能地唤了一声："妈！"

可叫出了声，却忽然想起母亲已经不在了，再也没有人会在夜里为他偷掖被角、会抱住做噩梦的他拍着他的后背哄他入眠。

他忽然想起自己年幼生日时在孤儿院里年年必许的那个愿望，原来是想见妈妈。

他想着，只觉得枕头有点儿凉，伸手一摸，是枕巾湿了。

从拘留所出来的那天是个晴天，万里无云。

倒了五趟公交车，祝之言回了家，在母亲去世之后，第一次进了母亲的房间，他躺在母亲睡过的床上，这么多天来，内心第一次感受到了安定。

他将手伸到枕头下，本能地想要抱住些什么，却在这时碰到了一些意料之外的东西，他掀开枕头一看，枕头下压着一个信封，他迟疑了一下，拿起，小心翼翼地拆开，信纸上是母亲工工整整、一笔一画写出的字迹：

"致之言：

之言，今天是你的十八岁生日，在过去的十八年里，你经历过那么多的事情，已然成长为了像现在一样优秀的人，妈妈不知道应该怎么形容自己的骄傲。

我曾经向你承诺，等你长大就会告诉你当年的事，那并不是搪塞。

说来惭愧，妈妈年轻的时候意外有了你，与你父亲原本已到谈婚论嫁的地步，最终却未能有结果，那时你的月份已大，而我尚未能承担起一个母亲的责任，在我生下你后，我的妈妈也就是你的姥姥为了我的未来考虑，决定将你送到孤儿院，而我因为恐惧和懦弱，没有阻拦。

这之后你常常出现在我梦里，梦里的你可爱而天真，我很想抱抱你，可你却推开了我，我在矛盾和挣扎中过了三年，好不容易鼓足了勇气去孤儿院看你，我没有办法形容第一次见到你时的心情，几十个孩子里，只一眼我就看到了你，而你在角落里，吮着手看着我手里的零食。

我想把你接回来，可我在心里对自己说，如果我连自己的人生都没有着落，怎么能做好一个母亲、给你一个家？但那不过是我的借口，是我害怕面对你、面对旁人、面对自己的借口，我就这样骗自己，一骗又是几年。

直到你在孤儿院意外地开口管我叫了那声‘妈妈’，我只记得在我能思考之前，眼泪就已经掉了下来，对你而言那不过是一时冲动，可对于我那却意味着全部。

那一刻，我决定将你带回自己身边、决定离开老家、决定就算拼了命地去做，也要为你我闯出一个家，虽然再怎么拼尽全力去做依旧充满了问题，可那至少是作为母亲应该做到的样子，如果我早能明白就好了。

我曾经不止一次后悔将你送到了孤儿院，却从没后悔过将你从孤儿院接回来。

之言，妈妈犯过错，可是妈妈爱你。”

信封的下面，是一个存折，第一页的右下角，是铅笔写的几个字：“儿子的老婆本。”

存折里的存款日期是二〇〇二年开始的，那个时候他还在孤儿院，母亲于他只是偶尔探望的路人；两年多前，他正式和于琳然在一起，于家的财力母亲清楚，自那以后，母亲每个月加倍努力地向这个存折中存钱，一直到母亲去出差之前的那一个月。

那是母亲想给他的成人礼物。

不管他是否已经上了大学、不管他自己挣了多少钱，在母亲的眼里，他依然是一个孩子，她要给自己的儿子攒钱、买婚房、娶媳妇，那是她的心愿。

祝之言忽然想起曾经有一次，他又因为一些细微到他已经想不起来的事情绪崩溃到砸了自己小半个屋子的东西，威胁母亲要离家出走。

冲出家门以后，他在小区附近转到了天黑，然而愤怒的情绪过后，随之而来的是深不见底的恐惧还有空虚，他一个人坐在小区的长椅上，那种被人抛弃的绝望紧紧地扼住了他，他那么害怕母亲真的就这样不要他了。

可后来，路灯暗黄的光晕中，母亲就那样平静地向他走来，就好像什么都没有发生过一样，问他：“饿了吗？饭好了，回家吃饭吧。”

那么多年带他去做过那么多次心理咨询，母亲明明知道只要她说要放弃他，他就会立刻痛哭流涕跪在地上求她不要抛弃自己，可是即使在他一次又一次几乎就要伤到她的时候、在他一次又一次的故意折磨她的时候，她也从没有说过这样的话，她一直在用行动告诉他，她不会再抛弃他了，她会一直一直地陪着他。

可那个时候，他为什么像一个瞎子一样什么都看不到？

在母亲去世三个多月以后，他躺在母亲的床上，抱着母亲的手写信，蜷缩着，终于像个孩子一样哭了。

他颤着手从怀里摸出了那个天鹅绒的小盒子，打开，里面是一枚精致的钻戒，那是他两年前赚了人生的第一笔钱之后买的第一样东西。

他记得刚被母亲领回来不久，一次他和母亲一起去商场，路过钻戒柜台时母亲看着那些耀眼的戒指，眼中不由自主地流露出的羡慕的目光，那个时候他想，等他挣了钱一定要买来送给母亲，不是出于害怕被抛弃而总是讨好别人的本能，而是因为爱，他那么喜欢这个总是牵着他的手的女人，想将这世上最好的东西送给她，让她开心。

这个愿望，他一记八年，可如今，再也实现不了了。

第二天清早的时候，祝之言来到了苏情生的公司。

因为他之前在这里还有预定的心理治疗次数和预留的治疗费用，苏情生让人打电话通知过他将他的治疗关系转给了公司的副总沈慕言，而他在公司的特殊名单上，不允许他再靠近苏情生，他不能直接去找她，只能在走廊里等了许久，终于等到了一次“偶然”遇到的机会。

抬头见到他的时候，苏情生怔了一下，对于他的出现，苏情生并没有很惊讶，算着日子他也该出来了，而在这一刻，他会比以前都清醒地意识到他的世界里已经空空如也，家人、爱人，都已经离他而去，他唯一能想到而且找到的，就是之前作为他心理治疗师的苏情生，在这样毫无安全感、犹如溺水的人四处寻找救命稻草一般的时候，他会来找她是情理之中。

她刚要开口提醒他，她已经不再是他的治疗师，告诉他应该怎么联系上沈慕言，祝之言先她一步开口道："我只想和你说两句话，说完就走。"

苏情生下意识地蹙了一下眉，没有说话，却听祝之言认真道："你说的没错，我说我喜欢你，不过是因为我把你当成了我母亲，我很抱歉，我保证从今以后再不会有这样的事，因为现在我知道了，这个世上没有人能替代我的母亲，因为这世上没有任何人能够像她一样爱我。"

在母亲去世超过百天之后，他终于说出了这句话。

这世上没有任何人能够像他母亲一样爱他，再也不会有一个人为了他的生日熬着夜赶回来，也再不会有一个人给他包"难吃"的饺子，即使他现在已经两天没有吃饭。

他从前总觉得自己每天都生活在痛苦中，他以为那是因为他曾经被母亲抛弃过导致的、以为所有的一切都是母亲的责任，却没想到生活原本就是苦的。

在这个时候，他忽然很想很想见母亲。

我们总是以满分来要求父母，却发现自己是一个连及格都未达标的子女。

他说："谢谢。"

这是自他知道当年的那件事后，再没对母亲说过的两个字。

昨天夜里，他辗转反侧地想了很久，他已经很久没有和母亲好好地说过一句话了，如果还有机会，他要和母亲说些什么？

"我爱你"三个字哽在喉头，"我想你"又太过煽情，他想来想去，如果他能和母亲说一句"谢谢"就好了，谢谢母亲为他扛下的那些生活的重担，可原来这么简单而常用的两个字，他都没有说过。

听到他的道谢，苏情生微怔，只觉得他像是在看着自己，却又不像是在看着自己，待到想明白的时候，只是重复了一遍他的话："这世上没有任何人能够像母亲一样爱你。"

是在认同他，更是在提醒自己。

祝之言径自转身离去。

第三章

[1]

比他对你的喜欢差了那么一点

眼见着他的身影消失在视野中，苏情生拿出手机，解锁，屏幕上还停留在她在遇到祝之言之前正在看的那条新闻，新闻的标题赫然入目:“著名催眠师Wilson Wang杀人嫌疑洗清，无罪释放！”

她轻合眼，品不出自己心中的滋味，只觉得脑海中一片空白。

嗡——

在这个时候，手机震动响了，是哥哥苏明尚的电话。

她深吸了一口气，若无其事地接起，调侃自己的哥哥道：“喂，苏老板，现在这个时间你不是应该在开会，怎么会有时间给我打电话？”

电话那边的苏明尚听到她似是开心的声音，迟疑了一下，用尽量平常的语气开口，却还是能听出轻松之意：“晚上早点儿回家吃饭，妈要亲自下厨。”

虽然母亲心脏病恢复出院已有一月余，但家里人也生怕她累着，从不让她干家务，这一次母亲亲手操持的家庭聚会，看来是有好消息，真的高兴。

苏情生安静了一瞬，回过神儿来的时候努力地牵唇露出了一个笑，开口道：“哥，你这分明就是偏心，怕嫂子一个人帮妈累着，所以让我早点儿回去帮忙啊！”

听到自己妹妹的揶揄，苏明尚也没有否认，爽快道：“你知道就好，早点儿回去干活儿。”

苏情生大笑着应道：“好！”

挂掉电话的那一刻，苏情生面上的笑容消失了，她觉得自己的脑子有点儿空，又或许空一点儿也好。

浑浑噩噩地过了一天，下午卡着下班的点离开办公室，李凯俊叫住她：“苏情生，你的包没拿！”

她一低头，只见自己两手空空，她感激的冲李凯俊笑了一下，对方却有些担心地看着她问：“你今天有些魂不守舍的，发生什么了吗？”

苏情生笑着摇头道：“没有啊，今天我们家有喜事，我怎么会魂不守舍？”

李凯俊看着她，只觉得那笑容和她整个人说不出的违和，他还想再说什么，可下一刻，他想起一个月前得知的那个惊人的消息，这家公司的新任老板在她被挟持的时候亲口承认他们是夫妻关系！

周围的同事都用一种不可思议的眼光看着她，在她刚来时冷落她的人也纷纷和她热络了起来，关心她、安慰她，私下里却又忍不住用东拼西凑来的消息，猜测她和顾北城的关系究竟如何，为什么会坐在这里和他们所有人一样朝八晚六的工作，还记得当初于琳然来公司闹的时候，苏情生亲口承认婚姻不幸，也不知道是遇到了什么糟心事，想想还有点儿小期待！

有嫉妒她的直接说她是作，富家太太体验生活，可那日在杨总面前苏情生的狼狈李凯俊看得一清二楚，那其中的隐忍和无助绝非是体验生活的乐趣，更重要的是，自那之后，顾北城再没有出现在这层，偶尔两个人会在公司遇到，也像是不认识一样，一个字都不会多说，但听说苏情生被挟持的那晚，顾北城险些把治疗室拆了。

时至今日李凯俊只觉得自己其实从未了解苏情生，这样想来，他那些隔靴搔痒般的关心更像是多余，他想了想，终是什么也没问，只是把包递给了她。

苏情生礼貌道："谢谢。"

一路有些恍神，走进电梯，她似是在想什么，又似是什么都没想，电梯门再次打开的时候，她本能的想要下去，一抬头却看到正往里走的沈慕言，四目相对，两人皆是一愣，苏情生这才反应过来她刚刚没按一层，电梯来到了公司顶层。

沈慕言走上了电梯，却是在靠门口的地方站住，背对着里面的苏情生，两个人不约而同的都是沉默。

公司的电梯里有接受信号的装置，沈慕言的手机在这个时候响了起来，他拿起来一看，是顾北城的律师，他看了一眼电梯的金属面里反射出的苏情生的样子，迟疑了一下，还是接起，"喂。"

"沈总，我们已经查了我们能找到的所有关于Wilson Wang的线索，排除当年顾总家里的那场火灾，找不到其他的犯罪线索。"

沈慕言沉默了片刻，终只是说："收手吧。"

还记得昨天顾北城说出这三个字的时候，神情中是说不出的冷清，一直冷到了心底。

顾北城为了苏情生可以让苏家破产变成穷光蛋却也终不能让苏情生看着苏父和苏母背着纵火杀人的重罪入狱，所以让法律严惩W是顾北城能为家人讨回公道的最后机会，但只要提到当年顾家的纵火案，W就势必会将苏家牵扯进来，为了保护苏情生，顾北城手中握着的那些关于纵火案的证据，都只能锁在抽屉的最底层，可没了这桩案子，想要给一向谨慎的W定罪绝非易事。

这么多年了，他们找了那么久才终于找到W、终于有了他犯罪的证据，就这么放弃，沈慕言都不甘心，更何况是背负着顾家六口人恩怨十余年的顾北城？

抓住W、让W为当年的罪行付出代价，那是他和苏情生之间的最后一丝转机、苏情生如救命稻草一般的最后一点希望，如果连W都逃脱了，只怕说不定有一天，顾北城会恨苏情生，恨她为什么要出现、恨自己为了她无法为家人讨回公道，那个时候，这两个人就带着不该属于他们的怨恨，再也无法回头了！

沈慕言不甘心，咬牙对顾北城道："你真甘心就这么放过他吗？虽然为了避免牵扯到苏情生他们家你不能用当年火灾的证据，但W这么多年犯下的事又岂止这一桩？我们真的找不到其他的办法吗？"

听到沈慕言的问题，顾北城没有说话，只是伸手揉了揉额角，可这沉默比一切都更能说明答案：没有办法。

他比沈慕言更想让W付出代价，他找来最好的律师团队，一直在搜集证据，然而找不到其他的证据都已不是最可怕的事情，最可怕的是让W发现了他们的弱点，明明有证据却没有用，只怕W不久就会查出苏情生和当年那个苏家的关系，那就是W的护身符。

还能怎么办？

收手吧，最绝望的三个字，不是想要放过W，而是为了放过自己。

可绝望过后，是震惊。

沈慕言看着顾北城，想到他这十余年来的坚持，难以置信地问："就这么收手，你真的能做到吗？"

顾北城原本是要站起身，可眼前却突然变得模糊，他的身形一晃，用手扶住桌面，沈慕言察觉到不对，赶忙想过去扶住他，却被顾北城推了开，他低声道："没事。"

已经不是第一次了。

过一会儿就会好的。

沈慕言却是担忧："北城，去医院看一下吧……"

顾北城摇了摇头，"看过了，没事。"

沈慕言不放心，追问道："医生原话怎么说？"

医院的医生将所有的检查做了个遍，并没有找到明确的病因。

顾北城轻描淡写道：“压力导致的一过性失明。”

一过性……失明？

压力啊……

压力。

原来无所不能的顾北城也有被压力压垮的一天。

背着父母的血债却放了W，旁人看起来都觉得有违常伦的选择，顾北城本人又怎么会不知道，他一向的沉稳镇定，可心里却并非真的没有煎熬，只是为了苏情生，他还是选择自己扛。

看着紧闭着眼撑着桌面勉强站立的顾北城，沈慕言抿唇，千百般不忍在心中，可千言万语最终都被他咽了回去，最终从牙缝里挤出了四个字：“没事就好。”心里却比谁都明白，这绝不是没事。

顾北城重新坐回了座椅上，用手捂住眼睛，只觉得倦极，他开口，声音很低：“我欠苏情生一条命。”

那日火场里因为恐惧拉住她的小女孩儿，这是他能找到的最后一个理由。

此时此刻，沈慕言的心情大约是绝望。

挂掉电话，沈慕言面对着电梯门，没有说话。

忍了一会儿，苏情生却还是忍不住开口问道：“W……是被无罪释放了吗？”

沈慕言没有回头看她，只是冷声道：“与你无关。”

不要再问下去了，知道了全部的真相，你还要怎么保持像现在这样的盲目乐观？

她小心翼翼地试探着问：“是因为之前那个录音的合法性的问题，法院不予采纳吗？”

她的目的沈慕言怎么会看不出？他没有理睬她，只是低头沉默。

她又说：“如果需要人证的话我其实可以算一个，不知道顾北城和你说没说过，当时火灾发生的时候，我和顾北城一起在现场看到了W在放火，虽然那个时候我还小，但总归比没有要好的！”

听着她依旧固执又自以为是的话，沈慕言蹙眉，终于回头语气严肃地对她道：“北城他没有说过也不需要说，无论你知道什么，你能做得最好的事就是离这件事远一点，如果让W知道了你就是苏家的人……”

他没有再说下去，但苏情生已经懂了。

顾北城终究是不想让这件事牵扯到她的父母，因为那是她的父母，如果让W知道了她就是当年那个苏家的人、让W知道了顾北城想要保护她的心思，那么她的父母就会成为W的筹码，只要他被治罪就一定会咬出苏家，他以此逼顾北城妥协，可以顾北城的立场，他怎么能妥协啊？他找了那么久的仇人就在眼前，可他却什么都不能做！

她得到了她想知道的答案，却不是她想要的答案，还没有涉及合法性的问题，顾北城甚至没有将那个录音交给法庭，因为那个录音里是W在交代自己受她父母所托，杀人放火。

因为她，他不能为自己的家人伸张正义、不能完成自己这么多年的执念，他们就像是被困在了当年的那场火灾里，怎么选都是错。

她忽然有些恨自己，恨自己那么自私，恨自己束住了顾北城的手脚却依然不肯离婚，自顾自地盲目相信他们之间还有转机，她一向引以为傲的好运气早就被消耗殆尽，她又凭什么假装乐观？

苏情生茫然地看着地面，说不出话来。

看到她的表情，沈慕言忽然有些后悔，明明知道她就是在试探自己想要知道顾北城让W无罪释放这种事发生有没有她的责任，可怕她那么固执又爱多管闲事，万一真的跑去要当人证怎么办？

他向她说出了真相，可真相总是残忍。

沈慕言长叹了一口气，明明不想说的话偏偏要说，明明不想看到的事情却总是发生，就算曾说过多少次人生不如意十有八九，却也想象不到会是这样的境地。

作为受害者家属和最初的举报人，顾北城这段时间曾经多次出入检察院配合调查，听说当年顾家火灾的幸存者出现，媒体挖地三尺想要找出这个人现在在哪里，抢一个头条，沈慕言本就已经焦头烂额，偏偏W在这个时候被释放了，一时间，所有人的目光都聚集在了这位时隔十几年再次出现想要为自己的家人伸张正义却未遂的受害者家属，一时间，好像全世界都特别关心他是怎么想的、是什么样的心情，大家都在期待着他出现在镜头前，痛诉自己的委屈、控诉法律的不公，可谁也不会想到，放走凶手竟会是他默许的。

他终还是沉声道：“小师妹，其实之前你说不离婚的时候我心里一直是向着你的，我想着等犯了错的人付出代价、等被打破的秩序重新归位，无辜的人还可以在一起，可我没想到北城这么在意你。”

因为在意，所以顾北城选择由自己去背负不该他承担的代价，放过了苏父和苏母、逃脱了W，秩序就永远也不会归位，而他们也就永远做不回自己，怎么还能在一起？

沈慕言停顿了一下，才再开口：“情生，你知道北城有多恨你的父母吗？”

十年切骨，六条人命的重量，是苏情生不敢去想象的东西。

她没有说话。

沈慕言却自己回答道：“比他对你的喜欢差了那么一点。”

可她不能仗着他对她的喜欢，让他放弃自我。

顾北城曾说不想夺走苏情生的自我，可到头来变得不像自己的却是他。

对于火灾之中含冤而去的父母，他明明有证据、明明找到了幕后的凶手，明明应该是千刀万剐唯恐不解心头之恨，可顾北城却将凶手放跑了，凶手合家团圆、幸福快乐，而他呢？

沈慕言看向苏情生，“你是聪明人，情生，平心而论，你真的觉得顾北城做的是对的吗？”

旁观者能够轻而易举看出的错误抉择顾北城又怎么会不知道，可为了她，他成了一个这样不分对错的人。

苏情生只觉得自己鼻翼一酸，因为是低着头，眼泪差点儿就直接掉在了地上。

她一向自诩对错分明，却在这个时候假装看不到。

[2]
如果我求你，你是会答应我不离婚的对不对

苏情生是在一楼下的电梯，与其说是下错了层，倒不如说是沈慕言的话让她害怕，怕到想要立刻逃离，直到站在一楼大厅里，她才忽然想起她今天是开了嫂子的车来上班的，而车停在了地下二层。

她重新站进电梯下到地下，公司的车库不算大，她很快找到自己的车，掏钥匙为车开锁的时候却听到不远处传来了一声惊呼：“北城！”

她一怔，只觉得这个声音非常像是沈慕言，那他口中的北城……

苏情生来不及多想，循声赶了过去，只见顾北城紧紧地闭着眼睛，眉心紧锁，沈慕言伸手想要扶他，却被他拒绝了，他依旧是平日里那副冷静的模样，“我没事。”

沈慕言蹙眉，“又发作了？虽说是压力导致的，可你这眼盲发作的频率越来越频繁了啊……”

眼……盲？

顾北城……眼盲？

究竟发生了什么？为什么她什么都不知道？

苏情生的心一沉，她听到自己的声音有几分颤抖，她问：“什么又发作了？”

沈慕言抬头，慌乱之中这才发现苏情生不知道什么时候走了过来，他的心里大叫了一声“糟糕”，这个时候顾北城最不想让知道这件事的就是苏情生了，可偏偏被她发现。

沈慕言一时竟不知该说些什么，只能搪塞道：“小师妹，你别乱想，没什么……”

苏情生又怎么肯信？追到顾北城面前扶住他问道：“你到底怎么了？”

此时的顾北城眼睛尚没有恢复，沈慕言却看到他直了直腰，轻轻地推开了苏情生的手，只是平静地重复了一遍之前的三个字：“我没事。”

苏情生伸手在他的眼前晃了晃，顾北城凭借此时微弱的光感抓住了她的手，他的指尖很凉，碰触到的时候就像是碰到了冰一般，苏情生却本能地将他的手指反握进了手心里，想要为他捂热。

她坚决道：“我们去医院！”

顾北城不着痕迹地将手从她的手心中抽离，“该去的已经去过了，没事。”

她恍然明白了沈慕言刚才的话是什么意思，不受控制地哽咽了，“刚刚沈师兄说你的眼盲是压力导致的，是不是？”

顾北城没有说话，是默认了。

苏情生合眼，“是因为W被无罪释放了，是不是？”

“与你无关。”

她几乎是不受控制地喊了出来：“怎么会与我无关！如果不是因为我……如果不是因为我你原本是有证据的，你原本可以抓住W的……”

可现在……

放走了W，哪怕是顾北城都无法承受背负着全家人血债的压力，一天抓不住W、抓不住当年害了顾家的凶手，这压力就一天不会减，就算这次他的眼睛好了，可不一定哪天，这样的压力又会带来新的问题。

她是他压力的来源。

她的鼻翼是酸的，她深吸了一口气，“顾北城，我求你，如果我跪下来求你，其实你会答应我不离婚的对不对？”

有片刻的沉默，他低声道：“对。”

她忽然有些想笑，就真的笑了出来，好像她真的高兴，可笑过之后，却是更加的绝望，她的心里比谁都清楚这样的答案意味着什么，“但你会恨我的，总有一天，你会恨我的。”

她放他去做他该做的事，不该由她再成为他的牵绊。

离他远一点，这是她能为他做的最后的事。

她抬起头，深吸一口气止住抽泣，露出了一个释然的笑，她说：“我明白了。”

心里如同被刀扎过，但她不能哭，她还要开开心心地回去和家人庆祝。

许是因为今天有喜事，连一向早出晚归的苏明尚都回来得早了，苏情生推开门的时候，就听到母亲程玉琳在问苏明尚：“检察院不会再提起诉讼吧？”

苏明尚的语气很是确定：“不会，他们没有证据提也是白费，如果他们有证据肯定早拿出来了，不会看着Wang在法庭上蔑视他们的……”

嫂子殷嘉颖在这个时候注意到了推门进屋的苏情生，掐了苏明尚一下，苏明尚立刻明白过来，一个壳也没卡，快速地换了话题：“今天这条鱼是我亲自去菜市场挑的，一定好吃。”

殷嘉颖在一旁笑着接话道：“你还会挑鱼？难道不就是捡了条大的买的？”

苏明尚捏了一下殷嘉颖的脸颊，“我媳妇就是了解我！”

苏情生牵唇露着笑模样走了过去，像是什么都不知道一般单纯地调侃道：“你们都孩子爸妈了，收敛点，照顾点旁人的感受。”

见她似乎真的什么也没有听到，殷嘉颖这才松了口气，刚要笑着接“你要是羡慕的话就快去找一个”，话到了嘴边却又赶忙咽了回去，差点儿失言。

在他们的心里，苏情生和顾北城早已是不相干的两个人，是仇人，可忽然想起，那两个人至今还没有离婚。

对于自己嫂子表情中的异样苏情生并没有在意，放下包转头去看饭桌上已经被端上来的菜，伸手就要抓起一片牛肉放进嘴里，手刚伸出去，就被刚好过来的母亲拍了开，母亲蹙眉看着她，“洗手！”

苏情生向自己母亲讨好地笑了笑，趁母亲没防备，飞快地伸手拿了一片肉放进嘴里，然后一脸得意地看着母亲撒娇，看她这个样子，苏母也不知该气还是该笑，颇没办法地摇了摇头，哥哥苏明尚在这个时候走了过来，向她道：“你就是从小被咱妈惯坏了！”

苏情生得意的一耸肩。

家人齐聚，屋外天色晴好，透过落地窗映入屋内，正如苏父与苏母的心情，在长达近半年的阴霾后，终于有了阳光，透过了这一口气。

五个人在餐桌前落座，苏明尚举起斟满葡萄酒的高脚杯，“母亲大病初愈就为我们准备这么丰富的晚餐，我要敬母亲一杯。”

苏明尚一提议，其他人也纷纷应和，苏母牵唇，是心情真的很好，她也举起面前的酒杯，“来，敬我们家。”

大难不死、劫后余生，他们有太多的理由值得庆祝，原本已经找好律师以应对牢狱之灾，没想到 W 就那么轻松的被无罪释放，他们不必被牵连，这运气是不可思议的好，在那么久的狂风暴雨后，他们终于又感受到了一丝安宁和希望。

伴随着清脆的碰杯声，几个人一齐道："敬我们家！"

一杯酒下肚，苏父颇为感慨地夸奖自己的儿子道："平日里看明尚好像什么都不上心，这次公司能支撑到现在多亏了明尚四处联系。"

一向以为不靠谱儿的儿子，在关键时刻显出了当家人的能力和风范。

程玉琳点头，但谈及公事，语气却不似之前的温情，变得严肃起来，"我看了公司被并购时的报表，明尚做得不错，完成了账面又保存了公司的实力，陈家以为我们这次完蛋了，现在注意力都在和G.U.对抗的医药联合体上，我们只需积攒实力，静候陈家与G.U.斗得最凶的时候从陈氏脱离出来。"

程玉琳的态度透着决绝，饶是苏情生对生意场上的事一窍不通，却也听得一惊，她讶然道："那对陈家而言岂不是釜底抽薪？"

程玉琳却是不以为意，"那又如何？"

苏情生只觉得有些不可思议，"这次是陈家注资才保住了公司，我们却想着在他们陷入危机时背叛他们吗？"

她的语气中不自觉地带上了指责的语气，苏明尚赶忙拦住她："情生，生意上的事你不懂，别乱说话！"

苏情生有些委屈地看了一眼自己的哥哥，对方的眼里却满是对她的警告，母亲大病初愈，这又是这段时间来家人难得团聚的时间，苏情生低了头，虽有异议，却也不敢再多言。

程玉琳却在这个时候对她沉声道："你以为陈家注资我们公司是为了帮我们吗？他们以那么低的价格并购就是在趁火打劫，你怎么那么天真？"

苏情生胸口有些发闷，"可多亏有他们打劫我们才活下来了啊！更何况陈家尚知道以他们自己的力量是无法与G.U.对抗的，所以才要建医药联合体，就算公司真的脱离了陈氏，又能坚持多久？到那个时候不会再有第二个陈家来打劫我们了！"

程玉琳看着自己冥顽不灵的女儿严厉道："那又怎么样？陈家完成了收购，很快景阳制药的大楼上就不再是景阳的名字，我们辛辛苦苦建立起的一切都是别人的了！不管是什么、不管好不好，只有在自己的手里时才有意义，你懂不懂！"

在这一刻，苏情生眼前晃过的是当年顾家的那场大火，不管是什么、不管好不好，可人活在世上怎么可能有这么多的不管？这世上明明有比这些更重要的东西啊！

那么久以来，他们对真正所发生的事情闭口不谈、对当年的事情沉默不语，因为怕母亲的身体承受不住、怕这个危难中的家庭承受不住，更怕连她自己都承受不住，可这一刻她只觉得所有压抑的情绪和记忆都在此刻爆发，肾上腺素飙升，全身的血都在往头上涌，"我不懂！妈，难道在经历了这一切之后，您还认为这些东西有那么重要吗？比正义重要、比公平重要、比人命还重要吗？"

她最终还是说出了这句话，这句如刺一样深深地扎在每个人的心里，拔出却会要命的话。

明明已经知道是一个没有答案的问题，却还是忍不住问出了口。

一语出，屋子里刹那间死寂，就连程玉琳的脸色都白了一白。

反应过来刚刚发生了什么，苏明尚赶忙站起身来，在事态进一步发展之前，快速将苏情生从椅子上拽起，拉到了她的房间里，将门关了上。

苏情生还没从刚才的激动中缓过来，脸上还有些发红，她赌气一般将头偏向一边，不看怒视着她的苏明尚。

苏明尚亦是气急，开场白简单而直白："你是不是疯了！妈她心脏病刚好，你怎么能那么和她说话？"

苏情生怎么会不知道以母亲的身体状况她不应该让母亲生气，可她无法相信，在经历了这么多以后，母亲依然是那样的态度，当她听到母亲的话，她只是无法控制自己，她无法控制自己不去想当初被滔天大火困在顾家后院时恐惧、无法控制自己不去想被W同伙抓住说要扔到火海里的绝望、无法控制自己不去想顾北城，拿着证据却眼睁睁地看着W被释放的那一刻，他该是什么表情？

她就是觉得委屈，用一种难以置信的表情看着自己的哥哥问："难道听到母亲说出那样的话，你还会赞同她吗？"

意料之外的，苏明尚紧紧地盯着苏情生，语气很重道："我赞同！"

苏情生怔在了原地。

苏明尚却没有丝毫迟疑，"你住在这间舒适的房子里，吃着别人给你准备好的饭菜，就天真地以为这个世界很美好、世上所有的人都很友善吗？别开玩笑了，这个世界有人笑就有人哭，有人赢就有人输！陈家收购了我们公司做的第一件事，就是裁掉了大量我们的员工，他们打压我们，把我们的好药都拿到了他们的生产线上去做，迫使我们做一些低端药、廉价药，如果投降就能生活得很好，这个世界上怎么还会有那么多的战争？"

"可是……"

"我知道你今天的火不只是因为咱妈的那句话，我也知道你对爸妈当年的那件事不能理解，但你有没有想过如果当时不是被顾家逼到了一定程度，他们怎么会做那样的事？顾家不是圣人、爸妈也不是恶徒，我们都不知道为了维持这个家他们承担着多大的压力！你还记得那之后母亲大病了一场，病刚好一点，你就闹着要去游乐园玩，可出门没有多久你又累的走不动了，母亲心疼你，拖着自己虚弱的身体，把你抱在怀里在大太阳下走完的游乐场里的那段路，回到家里母亲又在床上躺了两个月才恢复！"

小时候的记忆已经有些模糊，却在哥哥的提醒下串联了起来，苏情生的鼻翼有点儿酸，想起那个时候自己赖在妈妈脚边喊累，妈妈弯下腰，对她说"妈妈也累"，可她却未曾当真，只顾着自己耍赖。

苏明尚的话还在继续："所以，苏情生，谁都可以因为当年的事责怪他们，但你不行！我不管你觉得这件事对顾家的人有多不公平，我也不管你有多喜欢顾北城，只要你还是苏家的人，就要为我们这个家说话，你和顾家的人，是仇人！"

苏明尚的话字字千钧，就砸在苏情生的心上，她说不出话来，只是觉得眼睛又胀又热，下一刻，眼泪已经掉了下来。

谁都可以责怪她父母，但她不行，早就明白的事情，却偏偏还要从别人口中再听一遍才肯承认，非要磕得头破血流才愿接受。

看着她不说话了，苏明尚转身正要离开，留她一个人好好想想，却又在走到门口时停了下来，声音放轻了些许："之前我和母亲收拾东西的时候看到了你放在抽屉里的离婚协议，我本以为以母亲对顾北城的抵触一定会立刻逼你签字，可母亲看到了你用铅笔在白边上写下的满篇的顾北城的名字，她嘱咐我不要告诉你，她想让你自己决定。"

不止如此。

母亲问他如果他们放苏情生和苏家断绝关系，让苏情生和顾北城在一起是不是就能幸福了？

他说不是。

就算苏情生离开苏家和顾北城走了，最开始的时候也许还好，可等到以后倦了、腻了，顾北城就会想起苏情生是苏家的女儿，想起他因为她没能为自己的家人伸张正义，这一切都会成为他们越不过去的坎。

听到他这么说，程玉琳似乎松了一口气，有些勉强地笑了笑，"是吧，我也是这么觉得。"

从母亲的表情中，他能看出得到这个结论母亲有多高兴，母亲那么那么在意情生，对情生最大的愿望就是希望她简简单单、开开心心地在他们身边活下去，她从来没想过有一天自己的女儿会离开自己，这是她完全不能接受的事。

可为了情生，她是真的认真地思考了这个可能。

如果苏情生离开他们会怎么样？是不是只要他们和苏情生断绝关系，她就可以幸福快乐地过完这一生？

还好不是。

苏明尚没有再说下去，可其实，苏情生并没有什么太多的选择。

她多想像之前对其他人一样固执地说“我就不签”，可她此刻却是什么话也说不出。

她是苏家的人，更重要的是，她爱自己的父母和家人。

她说过这一生都不会把顾北城当作是仇人，可就算她不当作是仇人，他们的立场就真的不一样了吗？

别骗自己了！今天这一切再明显不过，W 被判无罪，面对家人的庆祝时，不知道为什么，她却只觉得想哭。

她总是安慰自己再等等，情况总会好起来的，可等来等去却只见柳暗，不见花明。

她凭什么让顾北城为了她做出这么大的放弃？她又凭什么这样折磨自己的父母？

一切都是她的私心，哪边都不想放弃，所以当顾北城面对自己的仇人却被捆住手脚时她不能去安慰他、陪伴他；当父母面临着牢狱之灾还有劫后重生的喜悦时，她也不能倾尽所有陪他们渡过难关、体会他们失而复得的心情。

她不是一个合格的妻子，更不是一个合格的女儿。

在这一刻，她无比的痛恨自己。

她坐在床边，缓缓俯下身去，用手抱住自己的头，慢慢地、慢慢地哭了出来，那眼泪越来越止不住，直到最后，成了号啕大哭。

她强作镇定许久，却还是溃不成军。

那哭声隔着房门传到外面，听起来惨极了，程玉琳看着面无表情坐在餐桌前的苏明尚，虽然自己的脸色已然有些苍白，却还是忍不住担忧地问道：“你和她说什么了？”

苏明尚拿起筷子，没有抬头，只是盯着眼前的饭菜，似是漫不经心道："事实。"停顿了一下，他故作轻松地招呼家人道："来，我们快吃饭吧。"

[3]

她在夜风中笑得像个傻子

苏情生哭了大半个晚上，哭到嗓音嘶哑、没有力气，脑子里因为缺氧已然是一片空白，有些忘了自己为什么哭，可那沉重而压抑的感觉却仍似千斤重锤压在她的心上，她深吸了一口气，想了想，又想了想，原本已经空空如也的脑海中不知怎么又浮现出了“顾北城”这三个字，她埋下头，又哭了一会儿。

终于哭不动了的时候，她站起身，整个人因为坐的太久双腿发麻而晃了一大晃，所幸眼疾手快扶住了一旁的桌子没有摔倒，腿上如千百只虫子啃噬过一样又麻又痛，她不由得自嘲一笑，到了这个时候还能眼疾手快，人的潜力果然是无限的。

从抽屉里的最下层翻出顾北城给的离婚协议，双人份再加上详尽的中文翻译颇为厚实，她坐在写字台前，拿出里面的东西，用橡皮将纸边上顾北城的名字一页一页地擦净。

明明已经看过很多遍协议里的内容，可此时却不敢多看一个字，她快速的翻到签名的位置，拿起签字笔想要签下自己的名字，可临到落笔，想到签字笔不能涂改，万一她签的太丑怎么办？

于是放下签字笔，拿出了铅笔，她认真的想好了每个字的位置，可笔尖碰触到纸面的那一刻，手腕却是发软，她一抬眼，看到一旁顾北城的遒劲有力的签字，她偏头枕着自己的左臂趴下来，在那个名字旁边一笔一画地写下了三个字“喜欢你”。

她只觉得鼻子又有些酸了，赶忙深吸了一口气，可眼泪已经顺着眼角滴在了纸上。

她慌忙伸手抹了抹，用橡皮把刚刚写上去的“喜欢你”小心翼翼地擦掉，就好像这样，他就再也不会发现。

擦完之后，她拿起签字笔，趁自己还来不及难过的时候签下了自己的名字，签完了，她看着一左一右两个人的名字，好像他们还在一起一样，好像也没什么大不了。

她拿出手机按下那一串熟悉的号码，这之后仿佛过了有半生那样长，她看到电话被接通，对方却没有说话。

她迟疑了一下，还是出声：“你现在有时间吗？”

顾北城没有说话。

苏情生深吸了一口气，“我有东西想给你。”

在这个时候、在他们之间，她要给他什么也就不难猜了。

有大约五秒的沉默，她听到他说：“好。”

电话随后被挂断。

打车去顾家的路上，苏情生一直在想应该用什么样的表情面对顾北城才不会显得那么狼狈，有些局促地站在顾家的门口按下门铃的那一刻，她在夜风里笑得像一个傻子一样说：“我想找一下顾北城。”

管家问：“您是哪位？”

她“哈哈”一笑，“他前妻。”

顾宅的大门很快开了，顾北城穿着白色的长袖儿衬衫，穿着拖鞋从楼里走了出来，即使是这样休闲的装扮，却依然自带气场，就连原本猖狂的夜风在他的身边似乎都显得柔和了些许。

她强撑出的笑容，在看到他的那一刻土崩瓦解，想要故作轻松地向他打招呼，可张了张嘴，却无法将问候自然地说出口。

你好吗，可在眼睁睁地看着W被无罪释放之后，他怎么会好呢？

在他的注视下，苏情生低下了头，她将握在手里许久的离婚协议递给他。

顾北城低头看了一眼，没有立刻接。

“我签字了”，在挣扎了那么久之后，苏情生有些自嘲地笑了笑，“我先前总是自欺欺人，告诉自己还没有山穷水尽，可现在当我看着你因为我，手里握着证据却无法将自己的仇人绳之以法，我怎么还能厚着脸皮奢求自己能再和你一起过完这一生？”

她深吸了一口气，像是终于鼓足了勇气抬起头，她说：“顾北城，我决定放弃你了。”

她想做对的事情，她想让他去做对的事情，所以最好，两不相干。

四目相对，在路灯昏黄的光芒下，顾北城看到她的眼里泛着光。

他觉得胸口有点儿闷，可开口却只是一个字：“好。”

最好的祝福，是再也不要回头。

他能说的最温柔的一句话：“时间已经不早了，早点儿回去吧。”

他说完，头也不回地转身向屋内走去。

直到听到房门嘭的一声被关上了，她才回过神儿来，原来已经结束了，前后不过两分钟的时间，连一句道别都还没有说。

她站在顾家的大门前，脑海中零星地蹦出幼时被父母带来参加宴会时的情景，当年的灯火通明、熙熙攘攘，她置身于那一切浮华之中，怎么也不会想到就是这个地方，改变了她这一生。

她启唇，低声道：“再见。”

回去的路上，苏情生徒步走了半座城，走一会儿、蹲一会儿、哭一会儿、停一会儿，两个多小时的路也就这样到了头。

而顾北城就这样跟着她，走走停停半座城。

很多次想要过去抱住她，在这肆意的夜风中给她慰藉，可他很清楚，一旦他过去，她之前所有的眼泪都会白流、所有的痛都会白受。

走到公寓楼门口的时候，苏情生把所有的眼泪擦干，带着看起来最轻松的笑容进了楼门。

顾北城把沈慕言叫了出来。

彼时已经夜里十二点，沈大少爷正准备睡觉，看到手机上显示着顾北城的名字，接起来第一句话就问：“公司着火了？”

顾北城：“……”

看来不是。

“苏情生出事了？”

顾北城想也没想，“你才出事。”

看来也不是。

顾北城扔给他简洁的两个字：“出来。”

沈慕言心里一紧，“干吗？”

“喝酒。”

在沈慕言的印象里，顾北城一直是一个冷静而自制的人，夜里闲来无事喝酒聊天儿的事他们十几岁认识的时候就没干过，时至今日也从来没干过，从顾北城口中听到“喝酒”这两个字的时候，沈慕言惊讶得说不出话来。

开车赶到顾北城发来的地址，午夜的街头，只见顾北城一个人站在跨江大桥上，吹着冷风，若有所思。

沈慕言因在A市不久，路并不熟，此时脑海中却闪过一道光，拿出手机搜了一下苏情生家的位置，果然离这里不远。

他的心里咯噔一声，心想这下完了。

现实没有辜负沈慕言的预想，当他拎着一兜子酒走过去的时候，顾北城连和他打一声招呼的心情都没有，拉开啤酒罐仰头就灌了下去。

沈慕言虽然是学心理出身，对安慰人这件事却并不甚在行，更何况此刻面对的是顾北城，这简直是在考验他的职业素养。

他盯着顾北城看了看，又看了看，嘴张了又合、合了又张，还没等他说出什么安慰的话，顾北城一罐酒已经喝完了。

顾北城看了一眼沈慕言和他手里还没开罐的酒，沈慕言一个激灵，赶忙摇头道："我不喝，我开车。"

开玩笑，若是平时，喝点儿酒是情趣，可以眼前顾北城的状态，要真的喝起来，沈慕言估摸着自己就要交代在这了。

听到沈慕言这样说，顾北城拿酒的动作顿了一下，许是觉得一个人喝酒无趣，又许是想起喝酒也解不了愁，他转身又看向了江面。

夜已深，路上鲜有行人，时而有车呼啸而过，也是各有归处，只有他们二人在这里徘徊，看着江面映着路灯的光芒显露出的波光。

也不知顾北城沉默了多久，沈慕言终于有些坚持不住了，强忍住自己连打五个哈欠的困意，也不绕那么多弯子，直接问他："拿回离婚协议了？"

顾北城没说话，是默认了。

"你打算怎么办？"

顾北城还是没说话。

沈慕言又是一声叹息，想来想去，也只能安慰道："你已经尽力了。"

顾北城却是一声冷笑，"我的人生似乎从来都只是尽力了，情生她以前总说我无所不能，可其实我一直都无能为力。"

无论是当年顾家的火灾还是现在他和苏情生的境地，他都是那么无力。

明知道顾北城说的没错，沈慕言却也只能硬着头皮安慰他："会好起来的。"虽然就连沈慕言自己都不相信。

从明天起，顾北城就是一个没有亲人、没有家的人，有着恨了十年的仇人却什么也不能做，这样一无所有的孤独与绝望，大概也只有他自己能体会。

“我知道放弃情生才是正确的选择，可这是我做过的最难的抉择。”

听到顾北城的话，沈慕言不知道该接什么，而顾北城也没有想要等他的回答，他继续道：“我会等情生忘了我，开始新的生活，这会是我从明天开始，对生活仅剩的期待。”

[4]

那些利益那么重要，需要谋财害命吗

苏情生成了办公室里每天来得最早、走得最晚的人。

月底的业务审核，总经理特意关照苏情生，原本是怕她的业务绩效太难看想帮着修饰一下，看到她经手的求助者人数以及业务考评结果已经惊呆在了当场，把部门经理叫过来训了一顿，万一把苏情生累着可怎么办？

领导亲自前来道歉，苏情生只是不以为意地一笑，“我和顾北城已经没有任何关系了，还请领导们发奖金时多多关照。”

几位经理面面相觑，谁也不敢真的相信，表面上点着头，心里想的却是南辕北辙。

业务考核结果在公司一层公示，看着苏情生的名字在最前面，公司的其他员工自然是讶异的，吴姐第一个质疑：“就毕业没多久、工作没多久、经验没多少的苏情生，怎么可能有这种业绩？说不定经过了多少美化！”

听吴姐说的似乎很有道理，旁边的人连连点头，心里想的莫不是前段时间的传言，公司新 Boss 在众人面前承认自己是苏情生的丈夫，自家的公司评个什么最佳员工自然不是什么大事，富养惯了的老板娘来体验生活和他们抢饭碗，就算她再没能力大家也要哄着啊！

人多口杂，传言也原来越不像样，苏情生就算没刻意关注，也多少听到了一些，可众口铄金，她也无心争辩。

也就是在这天下午，一位全球 Top50 企业的中华区外籍总监带着患抑郁症多年的妻子来到了这里，能够接触 VIP 患者原本是难得的机会，可因为是外国人，又是在国外就确认并多年服药的抑郁症，这个难得的机会也就变成了烫手的山芋，都怕万一出错会毁了自己的职业生涯。

偏偏吴姐在这个时候还能想起苏情生，“既然是这么重要的来访者，我们当然也要让我们最好的治疗师去接，咱们上午不是刚公布了最佳员工？”

听吴姐这么说，办公室其他人心里也是认同的，碍于苏情生在场没有附和，但表情中却是明显。

苏情生坐在办公桌前面无表情没有说话，倒是经理先绷不住了。对于这次接待这位 VIP 的人选上面半个字都没说，总归在大老板们的眼里，这位总监夫人也并没有那么特别，但对他们底下的人而言，这已经是 VVIP，不仅事关高昂的咨询费用，更在于公司的名声，若是有哪里没处理妥当，只怕他们也就可以走人了，在这个时候，他们求助的目光纷纷投向了苏情生，与吴姐的冷嘲热讽不同，这段时间下来，他们心里比谁都明白，苏情生剑桥博士的学历可不只是摆着好看的！

经理沉吟了一声问道：“苏博士，这次接待 VIP 的任务你去也是众望所归，你应该没有什么问题吧？”

苏情生没有立即回答，似乎是在认真思考着经理的提议，就在经理的心也随着苏情生蹙眉的表情悬了起来的时候，她才开口道：“没什么问题。”她说着，抬眼望向四周，又道：“就是不知道其他人有没有什么问题？”

经理瞪了一眼吴姐，其他人连声道：“没有没有。”

Venus 来的时候是由经理直接带到治疗室的，这一次来最重要的问题是她在原本抑郁的基础上，近期出现了莫名的烦躁，之前的治疗师考虑有从单纯的抑郁转向双相情感障碍的可能，但因为她的丈夫是有头有脸的人，不愿意让妻子去精神病院接受治疗，因而将其带到了这里。

在详细询问了Venus的病史以及近期情况之后，面对低落的Venus，苏情生索性与她闲聊了起来，聊起身处异国的经历，Venus终于渐渐放松下来，可以与苏情生进行对话。

苏情生抓住时机用英文问道：“最近还有在按之前的方案吃药吗？”

Venus一怔，随后迟疑着点了点头，苏情生察觉到不对，强调了一下自己的问题，再次问道：“是完全按照之前的方案一模一样吃的吗？”

Venus迟疑了一下，“有的时候会多一点……”

“什么样的时候？”

Venus低头，“Dereck说我闹的时候，就会喂我多吃一粒药。”

苏情生循循善诱：“那你为什么会和他闹呢？”

Venus的声音小了下去：“我看到……看到有别的女人和他在一起。”

婚外情？

按照Venus的说法，是因为她发现了丈夫的婚外情，对方不仅以她患病为理由搪塞，而且给她多喂了抗抑郁的药物，那么她的躁并不一定是双向情感障碍的躁狂，更有可能是抗抑郁药的副作用，若真是这样，她现在最需要的是系统的调整药物，以及婚姻咨询，其次才是针对她情绪的心理治疗，这不是仅凭苏情生一己之力可以完成的，她需要精神科医生和更有经验的治疗师帮助。

为保护患者隐私，细节不能透露，仅仅将这个结论上报给经理的时候，经理就一下苦了脸，来访者的丈夫Dereck坚决拒绝去精神病院，他们这里有经验的治疗师虽然有几个，但却并不足以应对 VIP 这样复杂的情况，经理兜不住，只能再向上请示，再向上也就到了沈慕言和顾北城的那里。

经理在办公室中壮着胆子给顾北城的办公室去了电话，在简短的汇报之后，电话由助理转接给了沈慕言，又由沈慕言转给了顾北城，经理恭恭敬敬地叫了一声“顾总”，只听电话那边的顾北城平淡地应了一声“嗯”，经理头上的汗都快掉下来了。

经理和苏情生将大致的情况再次简明扼要地汇报了一遍，只听电话那边有短暂的沉默，就在经理要怀疑是不是电话坏了的时候，他听到顾北城问：“现在患者最需要的是什么？”

经理答道：“治疗……”

顾北城打断他：“我在问负责这个患者的治疗师。”

苏情生蹙眉，果断地答道：“规范用药。”

“你能做到吗？”

苏情生眉蹙的愈紧，“不能。”

她并非精神科医生，对于用药自然无能为力。

顾北城的语气没有半分波澜，简短道：“转走。”

“但她家属……”

“这与你无关。”顾北城答的果决而坚定，作为治疗师，她给出 Venus 能给的建议已经足够，患者和家属接不接受并不在她能控制的范围。

一旁的沈慕言知道苏情生一贯热心的风格，特意提醒道：“小……”他原本是想叫她“师妹”，但看了一眼旁边面色冷峻的顾北城，又赶忙改了口：“苏博士，记清自己的身份。”

她只是一个心理治疗师，并非精神科专科医师，管不了患者的用药，这已经超出了她的能力范围。

苏情生知道沈慕言说的是对的，她也并没有非自己管不可的心思，只是看 Venus 有些可怜，再加上是公司的 VIP 客户，凡事多个小心，多请示罢了，但被沈慕言这样一提醒，她的心里却说不出有几分苦意。

身份，身份啊，哥哥苏明尚提醒她记清自己是苏家的人，沈慕言提醒她不要忘了自己只是一个普通的治疗师，好像一时之间，大家都在提醒她记住自己的身份、提醒她不要越界、提醒她再不能像从前那样肆意妄为。

还没等苏情生再说什么，经理已经有些沉不住气了，“可是顾总、沈总，那毕竟是我们的VIP客户，说不定会给我们带来一个公司的大单，真的就这样送出去吗？”

顾北城没有再理会，答话的是沈慕言，他开口道：“难道为了所谓大单，公司连行业的操守都不要了吗？”

想到这一单的提成，经理还是不甘心，“可是……”

嘟嘟嘟嘟嘟——

电话被挂断了。

经理想起先前向Dereck提及精神病院时他厌恶的神情，只觉得一个头变两个大，他抱着最后一分希望向苏情生道：“苏博士，你再去劝劝顾总，将Venus的药调回她之前的方案，再加上心理治疗也未尝不可，又何必非要将人送走？”

苏情生语气平静道，“我和顾北城已经没有什么关系，就算我劝他他也不会听”，她说着，停顿了一下，迎着经理震惊的目光道，“更何况我也觉得他说的是对的。”

可震惊过后，经理很快回过神儿来，顾北城也好、沈慕言也好，还有眼前的苏情生，他们养尊处优衣食无忧，丝毫不考虑公司的盈利大谈原则，那是他们不用担心养家的问题，但他不一样，如果通过Venus的机会讨好Dereck，然后接下Dereck他们公司的业务，那他们的收入起码能增加一倍，如此的利益面前他又怎么能不动心？

他语气中不自觉地带上了些许谴责的意味：“苏博士，对你而言这份工作只是图个乐趣，但对我们而言，这却是养家糊口的饭碗，那些原则的东西我懂，可规矩是死的，人是活的，就算是为了我们公司所有人的利益，您也再去和顾总说说……”

苏情生一默，看着眼前的经理，忽然就想到了当年孤注一掷的父母，她难以置信地质问他：“这些利益那么重要，需要谋财害命吗？明明Venus才是患者，为什么你满心想的都是怎么让她丈夫满意？”

经理被苏情生质问得有些心虚，“我也不是要耽误Venus的治疗，我只是觉得我们有这个能力……”

“我们没有”，苏情生答的斩钉截铁，“我绝对不会成为你的帮凶！”

她原先还有些担心如果Dereck不肯带Venus去精神病院调药，打算多管闲事地为她联系医生，告诉Dereck她愿意负责Venus调药之后的治疗，好让他能够稍微安心，可现在看来，离开她、离开这家公司才是对Venus最好的。

可无论如何，她还是无法放心Venus，但以她此刻的能力并没有办法再多帮Venus分毫，想来想去，虽然这个时候这个举动或许并不合适，但她还是给沈慕言打了电话。

有了上次祝之言的教训，苏情生这一次是将治疗室的门锁上之后才开的口：“师兄，Venus的药之所以会吃乱了是因为她的丈夫Dereck为了掩盖自己的婚外情把她当作疯子对待，我只怕在Dereck手里Venus最终也无法得到适当的治疗，所以我想请师兄帮忙……”

沈慕言轻叹了一口气，“小师妹，作为Venus的治疗师，你只需向她提供前往精神病院治疗的建议就已经尽了职责，不必将她以后的人生都当作自己的责任。”

苏情生平静道：“我知道，我也没敢把别人的人生当作是自己的责任。”

“那你还……”

“师兄，你还记得自己当初为什么要学心理这个专业吗？”

听到她这么问，沈慕言沉默了一瞬，片刻之后才道：“我当初不过是觉得自己聪明，能够洞察别人心中所想罢了，但我知道，你和我不同。”

“是”，苏情生应的坦然，“我从前不知疾苦，总觉得世间无难事，带着一种莫名的优越感，想要去拯救别人的人生。”

沈慕言想要安慰她：“无论是不是有优越感，你想要去帮助别人就是好的。”

“我知道”，苏情生不急不缓道，“如今我已明白这人生难的时候能有多难，没有了从前的那种优越感，我更加懂得绝境之中迫切想要得到帮助的那种心情，而人生中大多的困局都是难解，当我能有这样切切实实地帮助到谁的机会，原本就应当珍惜。”

这是她的心意。

沈慕言恍然明白了苏情生的意思，此刻的她更能体会到此刻Venus在困境中的绝望，在这异国他乡中，她的丈夫Dereck是她生存下去所有的依靠，可Dereck却并非可以依靠之人，在她还能帮助Venus的时候，哪怕只是一点点，她也不能说服自己去冷眼旁观。

与她而言，心理学并不是洞察人心的工具，而是与他人感同身受的真心。

这是她的初心，朴实无华却又明亮耀眼的初心。

沈慕言再一叹气，他说：“好，我帮你。”

听到电话那边的人如释重负的舒了一口气，他继续道：“但这之后Venus的事你不许再多插手。”

他怕她把帮助别人当作救赎自己的方法、怕她因此做出出格的事，就算她的初心再好，可这世间的事不管前因如何，后果也只有当事人自己承担，就像他此刻无论再想帮她和顾北城，都是无能为力。

他希望她懂得，可这些已并非他能说的话。

他能给的理由只有一个：“为了公司。”

[5]
G.U.的老板，兵不血刃，却是铁腕之人

经理在多方的压力之下，虽然不情愿，也只能回绝了 Dereck 的要求，在得知自己的要求被拒绝之后，这位大中华区的总监百忙之中亲自杀到了公司要当面约谈经理和 Venus 的治疗师，也就是苏情生。

彼时苏情生正在翻看着之前的咨询记录，等待着下一位来访者，离约定时间还有十分钟，她也没有心情和他浪费时间，直接拒绝了经理“详谈”的要求。

有顾北城的缘故，经理心里虽然有气，却也不敢直接对苏情生怎么样，只是在向 Dereck 转述的时候将苏情生在这件事中的作用描述的更重了几分，Dereck 本就不是好脾气的人，在经理的煽风点火之下，将前往治疗室的苏情生拦在了办公室的门外，他认定了是苏情生从中作梗，当着众人的面用英语质问道：“你不过是一个小小的治疗师，有什么资格违背你上级的意思决定我妻子的治疗？”

在场的都能看得出 Dereck 的气势汹汹，办公室里的人也纷纷停下了手里的活儿，向外观望，只听苏情生毫不示弱，回以同样清晰流利的英语：“因为我是她的治疗师。”

Dereck 瞪眼，“你怎么能这么不尊重客户的意见？”

苏情生面无表情，“你并不是我的客户，Venus 才是。”

Dereck 怒道：“给你付钱的是我！”

苏情生抬眼，目光直视着 Dereck，“和我进治疗室的是 Venus，你才是那个没有资格决定她如何治疗的人。”

围观的人有些没听清他们在说什么，却也看到了苏情生面对重压毫不退让的魄力，有些听懂的人莫不是倒吸了一口气，敢和 VIP 客户这么说话的，大概也只有苏情生了。

Dereck 没想到苏情生的态度会是这样，转过头很是震惊地对经理道：“你就是这么教育你的下属的？”

经理连连赔笑，“您消消气，消消气……”

心里想的却是吵得越凶越好，反正他已经打电话给了沈慕言，等他们赶到，这之后闹成什么样也就和他这个经理无关了。

现实没有让他失望，但凡是和苏情生有关的事，顾北城和沈慕言总是会第一时间赶到，但让他没有想到的是，当顾北城面色深沉的出现，沈慕言正要开口解围的时候，苏情生却一伸手将他们拦在了后面。

在所有人的注视下，她迎着 Dereck 恼怒的目光，用英语一词一句坚决道：“我和 Venus 的治疗关系仅限于我们两人之间，别的人，不管是经理还是丈夫都无权干涉我根据专业做出的治疗决定，如果你觉得我的治疗有问题，你大可以去心理卫生协会告我！”

她说着，稍一停顿，目光凌厉扫过 Dereck 和经理，“但如果有人因为治疗之外的因素违背了心理治疗的原则，我同样，有一个告一个，有两个告一双！”

话音落，四下寂静，这一次苏情生降了说话语速，字正腔圆的英语他们都听清了，在这一刻，苏情生已然不像一个上班第一年的小员工，她眉眼间的坚决和笃定让所有人皆吃了一惊。

她在与 Dereck 的对峙中不急不缓地开口：“我送你去心理卫

生协会，走吗？”

Dereck 青着脸，没有说话。

沈慕言瞪了一眼经理，经理赶忙上前对 Dereck 说：“我们再和您说说，从长计议……”

没了热闹看，几位大领导的面色又不是很好，周围围观的人明白轻重，纷纷回到了办公室里，却还有些小姑娘，依依不舍地看着难得露面的顾 Boss，在玻璃门后面舍不得离开。

苏情生抬眼，正撞上顾北城投来的视线，几日不见，他似乎又瘦了两分，神情是一如既往的冷峻，他原本就高，黑色的西装下身形挺拔，周身似乎自带冷光，让他们之间的距离显得似乎更远了几分。

顾北城很快移开了视线，叫住正要将 Dereck 向办公室带的经理，面无表情道：“不必了。”

所有人皆是一怔，只觉得这空气更冷了几分。

他迈步走到离 Dereck 一米远的地方，他面部的轮廓本就分明，眉眼间携着锐气，此时未露半分愠色，却是不怒自威，他开口，是地地道道的英伦腔：“我们虽然做的也是生意，却事关人命，有着不能破的原则，并没有什么可以商量的余地。”

面对顾北城的强硬，Dereck 一时之间无从反驳，竟是哑然。

在短暂的沉默之后，顾北城才继续道：“如果还想治疗，我们公司的沈总会帮助您的妻子联系精神科医生进行下一步诊治。”他说着，停顿了一下，片刻之间，目光中凌厉毕现，“如果不想，现在就请离开。”

他没有用一个重词，也没有用凶狠的语气，只是一字一句地沉声说出，就已让人心中一凛。

经理在这个时候恍然想起当初曾听说过这位 G.U. 老板的威名，兵不血刃，却是铁腕之人，他先前竟然将这个忘了，此时猛然想起，不由得一身冷汗，抬眼再看向顾北城之时，心中蓦地一沉。

晚了。

Dereck 抿唇，半晌只说出了一句：“好。”

不管是想要治疗还是想要离开，此时于顾北城而言都已无所谓，他没有再理会 Dereck，转而看向了一旁的经理，只一眼，经理已然明白了什么，脸色都变了。

顾北城不急不缓地开口：“我先前并未插手公司的管理，那是因为心理治疗不同于其他的生意，绩效加身对治疗师而言难免会有违本心，但很可惜，宋经理似乎并没能理解我的意思。”

宋经理的神情一僵，连忙想要辩解什么，可顾北城并没有给他这个机会。

顾北城的薄唇轻启，已是对他最后的判决：“既然如此，从明天起，宋经理不必再来了，事业部的事宜会由我亲自部署。”

事业部开始了史上最大规模的一次业务考核，由副总沈慕言亲自操办，经过笔试和面试，综合给出考核结果，重新决定去留和评级，短短一周之内，半个事业部遭到了清洗。

从听到顾北城说要亲自部署事业部之后，苏情生就已然料到会变成这样，毕竟顾北城是那样挑剔的一个人。

那些没能通过考核的人临走之前难听的话总是少不了，都在抱怨新老板莫名其妙的严苛，抱着箱子临走的时候看到苏情生，总忍不住要酸两句：“果然辛辛苦苦也抵不过老板夫人的身份管用。”

但苏情生很清楚，事实并非如此。

作为笔试的第一，苏情生是最后一个进行面对面考核的，走进沈慕言的办公室，面对着沈慕言，苏情生明白此刻二人的身份与既往不同。

沈慕言提问的速度很快：“被称为家庭治疗之父的人是？”

“贝尔。”

“精神分析性的治疗和咨询着重寻找症状背后的什么？”

“潜意识动机冲突。”

“在对患者进行催眠治疗的时候，如果患者难以催眠，你能如何处理？”

“可以向患者静脉注射巴比妥……”

沈慕言啪的合上文件夹，转头看向办公桌后，宽大的转椅转过来，苏情生这才发现原来顾北城一直坐在那里。

他在她的注视中站起身来，神情严肃地质问她：“心理治疗师什么时候有资格给患者注射镇静类药物了？”

四目相对，他的目光犀利似是能直接看穿她的内心，苏情生低下头，他的意思她再清楚不过，是她又不清楚自己的身份多管闲事了。

她深吸了一口气，用尽可能客观的语气解释道：“我知道以治疗师的身份是没有处方权的，但这只是一道题，我只是在回答一种可能罢了。”

顾北城眼中的失望不加掩饰，作为主考官的沈慕言语气严厉道：“刚刚问题里的主语是‘你’，这表明你的确将药物作为了你的处理方法。”他停顿了一下，继续道：“苏博士，你来公司的时间不算长，在你接手的不过几十位来访者中，已经出了祝之言和 Venus 两起对公司产生不良影响的事件，如果再有一次，为了公司的利益，我们将不再宽恕。”

就算在 Dereck 面前维护了她、就算开除了失去原则的经理，却也并不意味着她可以继续任意妄为。

国有国法，家有家规，沈慕言说出口的是为了公司的利益，她必须有所约束，可沈慕言更清楚，顾北城担心的，是她，他怕她惹祸上身。

苏情生看着沈慕言，有一瞬的失神，终于明白这是最后通牒。

她望向顾北城，他却已坐回宽大的真皮转椅中，面向窗外，虽然从离婚的那一刻起她就明白他们已经不同以往，可这却是苏情生第一次如此真真切切地感受到这一点，不过几米的距离，却已是两个世界。

她哽住，半晌，终于攒出一个笑。

她说："好。"

年会。

让沈慕言想不到的是，就连G.U.总部年会都很少出现的顾北城竟然出席这家刚刚收购来的小公司的年会，可当听说按传统年会之上会有最佳员工的颁奖环节，他又忽然明了。

这是苏情生工作以后获得的第一个奖励。

顾北城并没有亲自颁奖，而是由经理代劳，颁奖之后，按公司的惯例，大领导会和评选出来的最佳员工有一些互动项目，会场热闹的音乐声中，不知是谁提议了一句："顾总和苏博士跳支舞吧！"

在场的大多听说了顾北城和苏情生是夫妻，这样的提议其实是带着讨好的心思，迅速得到了大家的热烈响应，一时之间会场里欢呼声四起。

沈慕言本能地蹙起眉，他看了看一旁面无表情的顾北城，又看了一眼台下小心地打量着顾北城表情的苏情生，轻咳了一声，"你们顾总一向不喜欢参加这种活动。"

总经理赶忙向顾北城和沈慕言解释："这是公司之前留下的传统，毕竟是一年一度的年会，大家想热闹热闹……"

经理的话音落，四下应和声一片。

沈慕言眉蹙的愈紧，刚要开口说"你们换个项目吧"，却在这时，他余光忽然注意到顾北城站了起来。

沈慕言心想：完蛋，让你们看不出脸色，惹恼了大Boss人家甩袖子要走了！

却见顾北城一步步地向苏情生走去，在众人的注视中向他伸出了手，面上却是一贯的冷淡，“既然是公司的传统，那就公事公办。”

既然没了旁的关系，在公司里，他们就是上级和员工的关系，上级说为了公司的传统，跳一支舞，那她也不必多想，自当服从。

虽然心里的滋味难辨，苏情生还是站起了身。

顾北城在众人的注视中将她带到了场地中央，伴随着轻缓流淌的音乐迈开了脚步。

顾北城轻揽住情生的腰，却又在两人之间留有明晰的距离，苏情生起初小心翼翼地维持着这个距离，不敢越雷池半步，动作多少有些不自然，她握着他的手，甚至能感觉到两个人手心中的汗。

说来苏家先前毕竟也是本地豪门，母亲自幼也是拿她当半个名媛培养的，晚宴舞会她并非新手，华尔兹更是她熟悉的舞种，随着对音乐的渐渐适应，再加上他们原本的默契，她的动作越来越流畅，一二三、二二三……

欢呼声愈发热烈，苏情生转身时，裙摆在空中划出一道完美的弧线，伴随着四下而起的惊叹声，顾北城忽有一瞬的失神，就见她转过身，仰起头笑盈盈地看着他，那笑容明亮又耀眼，像是消失已久的阳光，又那样蛮不讲理地闯进了他的世界。

他很久没看到她真心的笑容了。

就是这一瞬的失神，下一刻，顾北城无意间踩到了她的脚尖，苏情生觉得脚上一痛，低头看到他匆忙挪开了脚，她忍不住低笑了一声，轻声“嫌弃”道：“笨！”

说着，她一抬头，笑容明丽的又似是一道阳光。

他忽然很想抱紧她，亲吻她的额头。

可这个念头刚一划过脑海，顾北城猛然清醒过来，停下了动作。

苏情生不知道顾北城心底的想法，只是在这个时候忽然意识到自己刚刚的失言。

得意忘形。

她赶忙道歉：“是我逾矩了……”

她先前的笑容在这一瞬之间消失，顾北城看着她此刻小心翼翼的样子，心里像是被人捏着一般难受，他许久不发一言，那样子让原本热闹的场面一下子安静了下来，在场的人不知道发生了什么，却也发现此时的气氛并不太好。

就在所有人的注目中，顾北城放开了她的手，转身离开了会场。

[6]
没有我，你怎么可能过得好

这之后公司有一个学习机会，去别的单位进修半年，苏情生报了名，在经过层层考试选拔之后，过五关斩六将，终于拿到了这个名额。

因为需要提交在英国上学的一些材料，之前搬家兵荒马乱，苏情生在家找了一圈没有找到，只好联系学校商量回去再开证明。

买的是周五夜里的航班，到伦敦已是深夜，公交已停，她孤身一人，早已不似去年深夜送唐筝回家时的孤勇，苏情生索性在机场找了排空椅子，缩成一团趴在上面，想起去年那晚雨夜顾北城找到她时那种担忧又生气的表情，如今这样的深夜已没有人再找她，她将脸埋在胳膊里，就这样熬到了天亮。

这之后马不停蹄奔向学校，一串流程走下来终于拿到自己想要的证明，回到伦敦市里，环顾着熟悉的城市，想起上一次离开前又何曾想过再回来会是如今的境地？

因为回程是第二天深夜的航班，此时时间尚早，原本是想随便转转，可没转多久，一抬头就是熟悉的地方、熟悉的老楼。

就算再怎么骗自己，她对这里的留恋是掩藏不住的。

她轻叹了一口气，伸手摸向包内，老楼的钥匙依然在，想来老楼的主人应该还在国内，而她此时也无处可去，就当是最后一次，再看一眼也好。

想到这里，她推开了老楼的门，里面的一切都还是他们离开时的样子，她将包放在一旁，坐在治疗室的沙发上，真奇怪，明明是一趟离开家远赴大洋彼岸的跋涉，她却在这半年来第一次有了归属感。

也不知在沙发上坐了多久，随着人渐渐安定下来，胃肠也变得活跃起来，她揉了揉自己已经饿得发慌的肚子，决定去厨房看一看。

因为人已经走了半年，苏情生原本也没有抱着太大的希望，但打开冰箱一看，与想象中满是过期食品不同，里面依旧干净整洁，而且竟然有一些近期的食材，她想了想，觉得毕竟毫无准备地离开那么久，顾北城叫人来打理过也不足为奇。

她从里面取出一袋面条儿和一个鸡蛋，简单地为自己煮了一碗鸡蛋面。

满怀期待地等到锅开，她将面条儿捞到碗里，满怀期待地吹了吹，刚要夹起一点儿放进嘴里，却在偏头的时候余光偶然扫到厨房门口好像有个人，她一怔，赶忙向门口望去，只见一名身形颀长的男子一身休闲装，双手插兜、面无表情地看着她。

是顾北城！

啪——

苏情生再一低头，只见自己手里的碗碎在了地上。

她赶忙蹲下身去，头也不敢抬，只觉得自己狼狈的可以，再次相逢，他依然风度翩翩，而她刚刚从十二个小时的飞机上下来，又在机场挨过了一夜，除了狼狈还是狼狈。

她的口中不住道："对不起，我不应该没经主人允许就擅自进来，等我一下，收拾好这些我马上走，我很快的！"

因为着急，她也顾不上别的，直接伸手去抓碗的碎片扔进垃圾桶里，慌乱之中只觉得手上疼了一下，下一刻，她碰过的地方就已染上了血红色，她却毫不在意，只顾着收拾地上的东西。

顾北城站在原地，没有动。

她的心里又凉了一寸。

她要赶快离开这里，在他的注视下，狼狈如此，连一秒钟都不想多留。

她很快将地面收拾干净，连手都顾不上多洗一下，站起身就往外走，却在经过顾北城身边的时候被抓住了手臂，“你吃饭了吗？”

苏情生一顿，随即有些意外地看向他。

他也不看她，索性拉着她的手腕走回厨房，自问自答道：“刚煮的东西都掉地上了，看来是没吃。”

苏情生摇头，“我没事，我这就走……”

“为什么要走？”

“我没有经过允许就擅自闯入……”

他却连眼也未眨，没有丝毫犹豫道：“你不是外人。”

苏情生牵唇，明明是在笑，却说不出的有些苦，“我们毕竟已经……”

话还没说完，就已经被顾北城打断了，短而沉的三个字：“还没有。”

苏情生神色一凝。

还没有……离婚吗？

她还以为以他对她们家的恨意，拿到协议书的那一刻就会立刻去开始走所有的程序，那该是他期待的解脱，与她再无瓜葛，可他却说“还没有”。

还没有啊……

她应该怎么反应？应该高兴吗？

就算现在还没有，那又能怎么样？

她仰起头，故作轻松地笑了一下，“没事，我不急，你方便的时候……”

他轻而易举看破她的伪装，戳穿她：“不想笑就别笑！”

她不以为意地又笑了笑，“那我可能会哭的。”

他的手上一用力，下一刻她已经与他近在咫尺的距离，他用单手抬起她的下颌，仔细地打量着她，“那就哭。”

几乎是鼻尖碰鼻尖的距离，她那么努力让自己变得麻木以掩藏在心底的那些情感在这一刻就像是被唤醒一般，那种仿佛重新活过来又像是即将被毁灭的感觉淹没了她，她有些慌了，连忙想要向后躲，因为委屈，声音中都不自觉的带了些许哭腔，她说：“你别招我，我真的会哭的！”

他却丝毫没有放开她的意思，反而更向前凑了两分，“怎么招你？这样吗？”

他微偏头，在苏情生还没来得及反应的时候，轻附上了她的唇，他随即撬开她的唇齿，浓烈的酒香灌入苏情生的口中，他喝酒了！

若非是有酒精的作用，似他那般理智的人，大概永远不会有这样的时候，苏情生的脑中一片空白，明明知道应该推开，可伸出手，她却在不自知中回抱住了他，手上的血印在了他白色的衬衫上。

那是想念已久的人、想念已久的场面，内心的执念压倒一切，她在短短数秒之内就已放弃了挣扎。

再回过神儿来的时候他们已经在二楼他的房间，他在她耳边轻声道：“我想你。”

她没有说话，只是揽住他，以吻封唇。

反正从很早开始，他们就谁也无法再全身而退；

反正早就说好，明日再相见，他们就是毫无关系的陌生人，疯一次又能如何？

明明是白天，却不真实得像一场梦境，在那些绝望和伤痛的包围下，他们就像是溺在了无边的黑夜中，而他们仅剩彼此。

后来倦极，情生睡了过去，不知道什么时候，半梦半醒之间觉得手上微凉，她用力撑开眼皮，看到顾北城正在用酒精给她手上被瓷碗碎片扎伤的地方消毒。

伤口不算很大，但因为酒精的刺激有些沙疼，她本能地往回缩了缩手，低声道："我没事。"

顾北城用力按住她的手，头也没抬，"你是我仇家的人，我不在乎你有没有事。"

她微怔，问："那你为什么还要帮我处理伤口？"

顾北城的动作停顿了片刻，目光注视着她的手，再开口，声音微沉："我是你丈夫。"

苏情生猝不及防湿了眼眶。

他仔细地为她将伤口包好，认真的样子让苏情生想起一年前的时候，在这个房间的门口，她第二次向他表白后的那天早上她切菜走神儿伤了手，自己给自己包成了一个小萝卜头，也是他，一点儿一点儿重新为她包扎。

可一转眼，人生就已迥然不同。

她那样专注地看着他，似是无意般问道："这段时间你过得还好吗？"

他头也未抬，异常平静道："好。"

苏情生没有再说话，也不知是因为失望还是因为一些其他什么，手下意识地往回缩了缩。

顾北城抓住她的手，抬起头望向她，有些无可奈何地轻叹了一口气，"因为不能不好。"

仇人是他自己要找也必须找的、婚是他先说要离也不得不离的，路都是他选择的正确的路，他没有资格说过得不好。可先前离婚的事是苏情生固执地拖了下来，他尚可以冷静克制地做出选择，可当苏情生真的将签了字的离婚协议交给他，他却至今没能将手续办完。

他过得好吗？

做了应该做的事，拿到了应该拿到的东西，大概是好的吧，就算再不情愿、再不甘心，他也没有资格说自己过得不好。

苏情生问他："为什么不问我过得好不好？"

顾北城面容平静道："没有我，你怎么可能过得好？"

他那笃定的样子就像当初他们吵架那次，她告诉他她差点儿和陈峻一回国，他就那样自信地说："不会吧，你哪儿有那么容易放下我和别人跑掉？"

他知道她有多喜欢他，从来都知道。

苏情生鼻翼微酸，"你都知道还这么欺负我！"

顾北城俯身吻过她的额头，"不是说经历了这样的事会变化很大，有的人会长出刺，像是刺猬，保护自己不再受伤？"

苏情生摇头，"就算是刺猬，我也是最柔软的那只。"

他的喉头忽然哽住，半晌，才问出那句话："你现在总会有点儿恨我吧？"

如果没有碰到他，她的人生原本简单又美满，就算当初他刚刚毁了苏家的公司时她再怎么说她不会恨他，可当自己体会过这其中滋味，"不恨"二字谈何容易？

苏情生却是坚定道："不恨，我只是有点儿生气，为什么要让我遇到这种事？"

是啊，为什么，可要问为什么的事又何止这一件？

他伸手将她从床上捞进怀里，低头正瞥见她白皙的脖颈儿，他还记得去年在W手中死里逃生的时候她脖子上那刺眼的瘀青，虽然当时很吓人，但你看，所有的伤都会愈合。

他回答不了她的问题，因为人生如此、命运如此，原本怀揣着侥幸小心翼翼，可那些想得到的、想不到的却从不肯放过他们，他在这栋老楼里向她求婚的场面还恍如昨日，那日想照顾她一生的承诺刻在他的心底，可不过短短数月之后，他对她能做的最好的选择，是放她自由，只是如今先后经历过 W 和祝之言的事情他又怎么能放心？他必须让她自己能够保护自己。

他唤她：“情生。”

她应：“嗯？”

她飞快地抬起头，视线相接，四下一片寂静，片刻之后，她听到他的声音，似在耳边，又似在远方，“三、二、一……”

她觉得眼前有些模糊，脑子里也有些一瞬的空白，只觉得头有些昏，所幸下一刻顾北城叫她：“醒来。”

她晃了晃头，再看向顾北城，回想起刚刚，明白自己是差点儿被催眠了，她有些疑惑望着他，只听他轻声道：“还记得你之前说希望能有一种不需要导语的快速催眠方法吗？”

苏情生点头。

“我教你，下次再遇到危险的时候可以用到。”

“你之前不是说这种程度很难达到？那岂不是很难学？”

他伸手揉了揉她的脑袋，“想要用来做催眠治疗是很难学，但只要做到街头把戏的那个程度就足够你在紧急时刻脱身了。”

她仰头枕在他的腿上，看向他，“怎么做到？”

“出其不意”，顾北城四个字道出其中的核心，“在对方分心或者给对方造成惊吓的情况下，抓住那样的瞬间，给他们下达催眠指令。”

虽然说着容易，但那是稍纵即逝的机会，苏情生对于基础的催眠也不过是刚熟悉不久，想要快速领会并不是一件易事。

许是也意识到这点，顾北城虽然心急，却没有再多说什么，只是伸手又揉了揉她的脑袋。

算了，就算她真的学会了，他又能比现在多放心几分？

想到这，顾北城下意识地蹙了蹙眉，等到回了国……

他正想着，只听有人在他耳边突然大声地叫他：“顾北城！”

他本能地一惊，随即转过头来，只见苏情生眼含笑意地望着她，眼睛不紧不慢的眨着，他紧绷的心刚刚放开，就听她说：“三、二、一……”

“现在，我会问你几个问题，你会如实地做出回复。”

若是放在别人身上，节奏应该是刚刚好！

她有些得意地向顾北城炫耀，“我学的是不是很快？”

简单而沉闷的一声：“是。”

苏情生起初没有在意，小声地嘟囔了一句：“可惜你不能被催眠……”

说着，她转过头去望向顾北城，却见他靠在床头，闭着双眼，一动不动。

她只觉得他的样子说不出哪里奇怪，她唤他：“顾北城？”

他依旧没有动。

苏情生心中一紧，顾北城现在……是被她催眠了吗？

这怎么可能？

他的教授们都没能成功将他催眠、她上一次用最常规的催眠方式也是折戟而归，怎么这一次用刚刚学来的快速诱导的方法竟然能成功的给他引导出催眠状态？

她怀疑，因而尝试着问道：“你的姓名？”

“顾北城。”

“职业？”

“制药公司负责人。”

从他的语调以及回答的内容来看，如果这是他装出来的，那也太过逼真。

她尝试进一步问道：“你为什么没有将W认罪的录音上交？”

“录音里有苏家，如果父母进了监狱，情生会崩溃。”

果然。

苏情生默了一瞬，随即又问道：“你以后还会想办法抓住W的，对吧？”

原以为得到的会是坚定地回应，毕竟以顾北城的恨意，这根本就算不上什么真正的问题，然而出乎苏情生意料的是他说：“不会。”

她讶然：“为什么？”

“W 已经察觉到我有所顾忌，只要他被定罪，他一定会咬出苏家。”

她有些生气，不知道是在气他还是在气自己，“咬出苏家又怎么了？”对他而言，原本就只有咬出苏家才算是正义得到了伸张！

可被催眠中的人语调却依旧是平静到无趣：“情生会崩溃。”

还是因为她。

苏情生的鼻翼有些发酸。

如果不是她，以他一贯铁腕的作风，苏家现在只怕早已连本带利地偿还当年犯下的错，可因为她，他们都陷入了一个奇怪的僵局，谁也无法解脱。

她深吸了一口气，将自己此时复杂的心绪压下，她把顾北城催眠了，既然在这个时候让她能把不能被催眠的人催眠，这该是上天给她的机会，如果她能让顾北城原谅她们家呢？如果她能让顾北城释怀，哪怕是编一个故事给他，这样他的内心也不用再煎熬、而他们也不用就这样草草收场，说不定这会是他们最好的结局？

这样想着，苏情生的脑子里已经在飞快地运转，想要让他原谅苏家，就要给他一个理由，一个他会相信的理由，她要让他相信，当年她父母做出那个决定只是一时冲动，而后来他们曾经不止一次想要停下这个计划，但被 W 抓住了把柄，是在 W 的犯罪冲动和利欲熏心的驱动下，才会发展成现在这个样子。

没错，这一切都是 W 的原因，她的父母也不过是其中的受害者罢了！

她开口，不只是因为激动还是因为恐惧，连声音中都带了些许的颤抖，“你还记得当年顾家火灾的时候都经历了什么吗？”

“我在后院亲眼看到了W和他的同伙，但W说他不杀孩子，放过了我们……”

“不，W之所以放过了你不是因为他不杀孩子，而是因为当时在场的还有别人拦住了他，不信你再仔细回忆回忆，你记不记得当时站在他身边的那个人三十岁上下的年纪，他戴着金属的黑框眼镜，看上去很斯文，是他用力抓住了W手里的火把，拼命拉住了W，没有让他把你扔到着火的房子里……”

听着她的诱导，顾北城蹙紧了眉头，眼前又浮现出那日滔天的大火，逆着火光，他看到两个人影，原本一前一后的两个人似乎真的变成了其中一人抓住了另一人的手臂，他努力地想要去看清那两个人的面孔……

眼镜……

有眼镜吗?

好像看到了，眼镜中映着火光……

苏情生继续道：“当时他们还发生了一场非常凶狠的争吵，拉住W的那名男子指责W为了钱穷凶极恶，W威胁那名男子说不管他们最初是不是一时冲动，但从他们找上门的那一刻起，他们就已经没有回头路了……”

她的话中带着极为强烈的暗示意味，她仔细地观察着顾北城脸上最细微的表情变化，对方似已不再像最初那般抵触，开始逐渐顺着她的思路“回忆”了。

“他们两个人还打了一架，拦住W的那名男子受了伤，也正是这个时间为你争取来了逃命的机会，你很感谢这名男子，后来你也见过他，就在……”

你去你未婚妻家拜访的时候，那个一家之主在为你沏茶……

是W利欲熏心烧毁了顾家，而救他的是她的父亲，只要他这么相信，原谅她父母似乎就没有那么让人难以接受。

却在这时，她只觉得嗓子里好像哽了一根鱼刺，再也说不下去了。

她想起那一日，顾北城去她家里拜访的那一日，她满怀期待和幸福的一天，却得知了顾北城找了十多年的仇人，竟然就是她的父母。

那个时候她父母的心中明了、顾北城的心中明了，就连沈慕言都明了，只有她一个人像个傻子一样什么都不知道。

她不想让顾北城也成为像那时的她一样的傻子。

那日顾家的大火犹在眼前，那灼目的火光和灼心的恐惧一寸一寸在她的心中变得越来越清晰，顾北城说是她当时的一伸手拦住了要重回火场救父母的他，救了他的命，可事实上当日在宴会上与母亲走失的她，若不是偶然碰到了顾北城和他的母亲，只怕也会葬身在那场大火中，每每想到这一点，她的后背就是无穷无尽的凉意。

那场偶然的相遇让他们救了彼此，可他们却不是彼此的救赎。

就算别人不懂，她也应该比谁都清楚身处于那场火灾之中的绝望，就算是她篡改了他的记忆又能怎么样？真相永远是真相，无论是继续憎恨还是原谅都应该是他真心去选择，而她，除了代替她的家人真心祈求他的原谅，什么也没有资格去做。

她微合眼，深吸了一口气，只怕一个不小心，声音中就带了哭腔，她说："对不起，刚刚说的那些都忘了吧，你知道那不是真的。"

"我数三下，你就会醒来，同时忘记我们之间的这一段对话。"

"三、二、一……"

顾北城缓缓睁开眼，似乎并不知道刚刚发生了什么，只觉得脑子里有点儿乱，却又理不出头绪，他抬头看了一眼表，比他记忆中的时间过去了将近二十分钟，他敏锐地察觉到似乎有哪里不对，"刚才发生了什么？"

苏情生若无其事地笑了笑，"你刚刚睡着了"，她停顿了一下，只怕顾北城发现什么，故意调侃道，“可能是太累了？”

她说着，向他的怀里蹭了蹭，只见顾北城的双眼微眯，苏情生随后深入的体会了一下什么叫作“太累了”。

再醒过来的时候是苏情生被自己的肚子闹腾醒的，本来就饿，煮好的面条儿一口也没吃上就进了垃圾桶，又“勤劳”地过了这一天，她的胃肠叫唤得已经可以用“凄厉”二字形容。

顾北城揽着她，在她耳畔问道：“想吃什么？”

他呼出的气弄得她痒痒的，她下意识地想躲，于是埋头往他怀里钻了钻，闷声道：“你……”

“别闹”二字还没说出来，被折腾的中气不足的苏情生喘了一口气，下一刻就又被人从怀里捞了出来，以吻封唇。

后来吃饱喝足的顾北城揉着她的脑袋，好心的教育她：“不管怎么样一定要按时吃饭。”

彼时苏情生已经累的说不出话，只有内心在咆哮：我原本就是来吃饭的！

她又饿又累，瘫在床上不想动，可厨房里仅剩的一小袋面条儿被她刚刚贡献给了垃圾桶，他们注定要出去找点儿吃的，在该干的事上，顾北城从不犹豫，他用力将她从床上拖起来，似是认真道：“要不我帮你穿衣服？”

吓得苏情生赶紧抓紧了被子，连忙道：“我自己可以。”

他似是不放心，“真的吗？”

她只差立誓给他，“真的！”

[7]

难道你也觉得相爱的两个人不应该就这样收场

原本想带她去一家饭店，可想了想却又觉得两个人还能在一起吃饭的机会寥寥，那这一顿，他想亲手做给她吃。

是他们以前常来的超市，走进去的那一刻苏情生看着两旁货架上的零食，眼神已经不对了，她刚要伸手去抓一袋零食，手却在半空中被人抓了住，她有些委屈地看向顾北城，“我饿……”

顾北城飞快地选取自己所需的食材放进购物车里，安抚她：“我们很快回去做饭。”

她讨价还价：“我就先垫一点点，一点点就好……”

他单手握住她的两只手，牵着她，头也不回地问：“一点点是多少？”

她审慎的思考了一下，怕说多了他会觉得影响她吃正饭，试探地说：“几个薯片？”

顾北城残忍地拒绝：“就吃几片要买一整袋岂不是浪费？忍一会儿就好了。”

苏情生这才恍然意识到自己中了他的套路，她刚要反抗，一抬头却见不远处迎来两个熟悉的身影，而随着距离的缩短，对方也注意到了他们。

一年未见，裴雪晴一身白色的长裙搭配驼色的风衣，一如往日的优雅，大概是没有了烦心事，面上带着笑意，而轮椅上的郑绍廷与往昔无异，只是冷漠地看着他们。

能在这里碰到他们，裴雪晴也很是惊喜，主动向他们打招呼，又向郑绍廷介绍道："哥，这两位是去年接待过我的心理治疗师。"

苏情生礼貌地向郑绍廷笑了一下，算是打过招呼，而顾北城则是居高临下、面无表情地看了对方一眼。

裴雪晴的话还在继续："他们当时真的是帮了我很多，尤其是苏博士，去年从家里出来我被记者追问我们的身世而昏倒在街上，还是苏博士去医院接的我。"

裴雪晴兴高采烈地说着，时隔一年，这一番诚挚的感谢倒让苏情生有些不好意思，总归说到底裴雪晴的问题不是她解决的，也不是她能解决的，能有现在这所谓"幸福团圆"的结局，不过是裴雪晴舍弃的结果，以至此刻就算苏情生看着她在笑，心里也是难过的。

去年这个时候她还不过是裴雪晴与郑绍廷的旁观者，可短短一年之后，这其中滋味她也已体会分明，裴雪晴和郑绍廷为什么会做出这样的选择她也终于明白。

她礼节性地笑了笑，"去年我们……"

却在这个时候，苏情生忽然察觉到有哪里不对！

裴雪晴刚刚说什么？

裴雪晴记得很清楚她去年是因为什么晕倒在街上的，记者追问他们的身世……

而她提到家里，在她与郑绍廷之间默认的那个家应该是郑家，她记得那个时候她是住在郑家的，她还记得她晕倒了，她理解这里面一切不合理的地方！

如果不是顾北城在催眠中为她和郑绍廷之间的那个故事连细枝末节都变得格外圆满的话，那裴雪晴……

真的忘记了当初的那些事吗？

而同样察觉到异常的，还有裴雪晴身前坐在轮椅上的郑绍廷，他的眉头紧锁，整个人的姿态也已不似之前那般自然。

许是苏情生盯着裴雪晴的目光太过直白，裴雪晴很快也意识到自己刚刚的话中有问题，她的神色一僵，伴随着诡异的沉默，她随后强作镇定地笑了笑，像是要逃跑一样道："我们还有事，先走了。"

这反而更印证了苏情生所想，裴雪晴意识到了这其中的问题，她一直很清醒！

想到这里，苏情生的心里不由得一惊，她用诧异的目光望向顾北城，然而与她的惊讶相反，对方的神情平静，似乎对眼前的事早有预料。

还没等苏情生说话，轮椅上的郑绍廷已然开口叫住了她："雪晴。"

裴雪晴与他待了那么久，听到他开口的语气就已知道他下一句话要说什么，因而故作轻松的打岔道："哥，你是不是饿了？我们这就回去。"

她说着，推着郑绍廷的轮椅就要往前走，却被郑绍廷抓住了轮椅的轮子，两个人角力，裴雪晴又哪里是郑绍廷的对手？僵持半天也是枉然。

对于裴雪晴究竟失没失忆这件事，这一年来郑绍廷并非完全没有怀疑，从她对他的态度里、从她忽然的沉默里、从她偶尔不自然的神情里，他总能看出些端倪，却一直自欺欺人的相信，因为如果不相信，就意味着要送她离开，可装傻装了一年，最终还是躲不过这一天。

身后的裴雪晴还在用尽力气推着他的轮椅，固执地想要离开这里就假装什么都没发生过，郑绍廷沉声叫住她："雪晴！"声音中似已有愠怒之意。

裴雪晴整个人一凛，手上终于松了劲，面上的神情是逃无可逃的绝望。

从一年前听到“哥哥”这两个字就会惊恐发作，到这一年若无其事、装模作样地喊了他一年的哥哥，不知道时也就算了，可现在想一想，这一年，她又是怎么坚持下来的？

郑绍廷深吸了一口气，最终只是轻叹了一声道：“我们回家吧。”

回家……

裴雪晴合了眼。

此时此刻，却是比永别更绝望的一个词。

裴雪晴和郑绍廷的身影消失在视野中的时候，苏情生回头，只见顾北城已经走进货架之间去找其他的调料了，她紧走两步追上，跟在顾北城身后接连发问：

“裴雪晴没有忘记她和郑绍廷之间的事对不对？”

“她之所以假装忘记只是因为不想离开郑绍廷身边对不对？”

“所以去年究竟是你失手了还是你根本就没有给裴雪晴催眠？”

被她追得太紧，周围的人听到她的声音纷纷看向他们，顾北城停下脚步，回头望向她，“两者都不是。”

苏情生一怔，“都不是？”

“那天裴雪晴进入催眠状态以后我很快发现她对郑绍廷是她哥哥这件事的抵触远比她想象中更深，但好在她真正想要的也并不是把郑绍廷当成自己的亲哥哥，她只是希望自己这样以为罢了，所以我甚至都不需要过多的引导，利用她的自我催眠就已经足够让她以为自己忘了她和郑绍廷之间的纠葛。”

苏情生蹙眉，“她以为自己忘了？”

顾北城淡淡地应了一声：“嗯。”

苏情生讶然，“那也就是说，这么长时间一直是她一个人的……

表演？”

顾北城没有说话，是默认了。

最初的惊讶过后，苏情生随之而来的是一种愕然，在去年接诊裴雪晴的过程中，顾北城与裴雪晴的接触少之又少，更多的时候，他像是一个旁观者，总是尖锐地指出她对裴雪晴的关注超出了治疗师应有的范围，一直以来，他都是那么冷静而客观的一个人，总能在一团乱麻的情况下做出最正确的取舍，她还以为他不会在乎裴雪晴心中如何、不会在乎裴雪晴和郑绍廷的爱情如何，然而为裴雪晴催眠的那日，他刚刚说什么？

他只是让她以为自己忘记了？

她追到顾北城的面前，声音因为激动而有些不稳：“就算裴雪晴心里的抵触很深，但想要让她忘记自己不是父亲亲生的这件事，于你而言应该也不是做不到的，为什么你会选择不去触碰她的记忆？难道你觉得隔着这么多的仇恨，那两个人还能在一起吗？”

顾北城，告诉我，难道你也觉得相爱的两个人不应该就这么收场吗？

我以为所有的希望都已消失，我以为所有的难过和不舍都只能自己吞，可为什么偏偏在这个时候，却发现你那所谓“铁石心肠”却并非如你所说的那般无懈可击？

她就那样望着他，一双眼睛里隐有雾气迷蒙。

在这片雾气中，顾北城俯身吻上她的额头，“我不知道。”

[8]
我还是喜欢你去年不管不顾的样子

顾北城给她做完饭就离开了老楼，他这次回来原本就是为了英国总公司的年度会议，没有时间过多停留。

顾北城离开之后，为了等她购买的廉价往返机票中的回程航班，苏情生又在老楼里待了一天，却没想到竟意外迎来了一位客人。

裴雪晴。

时隔一年，裴雪晴再次出现在这里，拖着一个笨重的行李箱，站在门口对苏情生说：“对不起，我在伦敦无处可去了。”

苏情生开门让她进了屋，心里想：真巧，我也是。

与裴雪晴预想的一样，尽管一路上她都在努力地插科打诨，想要假装之前什么都没有发生，可回了家，郑绍廷开口说的第一句话就是：“雪晴，你该走了。”

她一怔，有些慌乱道：“哥，我只是想留在这里照顾你，我没有……”

还没有等她说完，郑绍廷就开口打断了她：“别再叫我哥，我讨厌这个称呼。”

讨厌了整整一年了。

她微抿了抿唇，有些迟疑道：“绍廷……”

却再次被他打断："既然你已经不是我的妹妹，也没有什么理由留在这里了。"

"我……"

"我还记得我们第一次相遇的时候，你是那场宴会的焦点，人人都说裴家的女儿是大家闺秀，玲珑可人自不必说，更是普林斯顿毕业的高才生，冰雪聪明，那个时候我想这话中未免有太多的言过其实，直到我见到了你。"

裴雪晴因恐惧而变得苍白的面容上缓缓爬上了一丝笑意，"其实……"

"当时的你，明丽、自信，是天生的明珠，你原本应该在美国继续完成你的研究生学业，却因为我和你的父母放弃了当时的机会，留在了英国，你明明有着那么好的天赋，却天天留在这里给我这个残废煮饭，这是我欠你的。"

裴雪晴拼命地摇头，"不是的，这是我想做的事……"

普林斯顿、常青藤、PhD，这所有的光辉都不敌你。

郑绍廷突然剧烈地咳嗽了几声，这几日伦敦转冷，他着了凉，原本不是什么大事，可身体底子不好，竟生生拖出了重病的样子。

裴雪晴赶忙递过水去，蹲下身伸手轻拍他的后背，"别说话了，今天不早了，先去睡一觉好好休息一下吧！"

他却拉开了她的手，看着她紧张的样子，他原本没有血色的脸上竟露出了一个自嘲的笑，"我不过是咳嗽两声，你就吓成这样？果然我是个无用的残废。"

听到他这么说自己，裴雪晴只觉得说不出的生气，"你知道我不是那个意思！"

得到的却是坚决的回应："但我是。"

他停顿了一下，继续道："我会叫人为你订好明天飞美国的机票，我会帮你联系你之前的老师，你明天就过去，准备明年的入学考试，然后好好地完成你的学业，这期间所有的费用我都会负责。”

裴雪晴的心一沉，她预料到郑绍廷一定不肯再让她留在郑家，却怎么也没想到他竟然这么决绝，叫她明天就离开这个国家！

在她脑子能思考之前，她就已经脱口而出：“我不！”

他又咳嗽了一声，随后向后靠在轮椅背上，是倦极的模样，“听话。”

她却表露出他许久未见的固执，“我不需要你负责费用，我也不需要去完成什么学业，郑绍廷，你以为在经历了这一切以后，我还能若无其事的离开，去读完什么学位吗？”

轮椅上的人却合了眼，平静道：“三年读不完就五年，五年读不完就十年，只要我活着，就会供你读下去。”

“只要他活着”，这五个字就像是一把刀扎在了裴雪晴的心头，裴雪晴只觉得自己心里一片血肉模糊，她看着郑绍廷，咬着牙问道：“然后呢？”

然后？

这个问题倒真有些难住他了。

郑绍廷伸出右手放在自己的额上，白皙纤长的手指有一下没一下地敲着，似乎在认真地思索着她的问题，半晌才开口道：“在美国 Top50 的企业找一份工作，再找个好人家，幸福地过完这一生？”

他说着，忽然睁开了眼，蹲在他身前的裴雪晴没有防备，正望进他墨黑的眸中，他的面上是戏谑的笑意，然而从他的眼神中裴雪晴很清楚地看到，他的心里比谁都认真，他的话并不是玩笑。

她的心一沉再沉，用手紧紧地抓住他的衣角，几乎是从牙缝中挤出了四个字：“那我们呢？”

我们……

真好的一个词。

郑绍廷牵唇，修长的手指勾起她的下颌，开口，声音却是如腊月寒风一般透着刺骨的寒意：“我们？婚约早就解除了，哪里还有什么我们？对外，你还可以是我的好妹妹。”

裴雪晴只觉得恼的厉害，可偏偏郑绍廷所说的每一个字似乎都没有错误，她拼命地摇头，固执道：“我不去！”

不去……

不知是对她还是对自己失去耐心，郑绍廷冷笑了一声，罕有的大声对她吼道：“那就对外公布你的身世，告诉世人我们没有任何血缘关系，让大家知道你的父母是什么样的人、为了自己的名声和财产能做出多残忍的事？”

裴雪晴被他突然的爆发吓到战栗，可冷静下来能回应的却只是沉默，忽然觉得脸上有些凉，伸手一摸，是哭了。

如果她能做到，他们也不至于走到今日。

果然。

意料之中。

却还是难掩失望。

郑绍廷拉开她抓着自己衣服的手，裴雪晴蹲了许久，原本腿就有些发酸，此时失去了支点，一不小心就直接坐到了地上，郑绍廷却恍若未见，径自转过自己的轮椅，向里屋走去，却又在半途停了下来，在裴雪晴最后的一点希望中，他开口，是最后的通告：“明天一早，司机会送你去机场，提前准备好。”

裴雪晴擦干眼泪。

她逃了。

拖着笨重的行李箱，用身上最后一点现金打车从机场直奔这里。

可这里终不是结局。

现在的苏情生自身难保，要赶深夜的航班离开，不可能收留她，不管裴雪晴想去哪里都必须快点做出决定。

虽然不忍，苏情生却也只能问她：“你决定怎么做了吗？”

苏情生去年与裴雪晴的母亲接触过，那边的态度苏情生了解，自然也不会说出劝她回家这种傻话来，虽然在这座城市里裴雪晴有一双父母还有前未婚夫，可孤身一人走投无路这八个字用来形容她真是再合适不过，不按郑绍廷所说的去上学，又能怎么样？

裴雪晴是聪明人，这么点儿道理她又怎么会想不明白，可既然还是从机场逃出来了，就说明她并不是全无想法。

听到苏情生的问题，沙发上，裴雪晴转着自己手中的水杯，低头道："依然不甘心，那就再拼了命去争取一次好了……"

说着拼命，她的语气却是云淡风轻，苏情生虽然不知道她要做什么，但想着她既然有想法也总是好的。

苏情生应和着点了点头，"那就去试试。"

她这样平淡的反应倒是让裴雪晴有些意外，裴雪晴望向她，有些奇怪道："我记得去年的时候无论是对我和我父母还是我和郑绍廷的事你都特别热心，想尽办法想让我们和好，可今天看着你却有些索然无味的样子，是不是我老是这样折腾，让你也觉得厌倦了？"

时隔一年，心境早已不同。那时苏情生还只不过是一个旁观者，用力想要凑出一个欢喜大结局，可如今她身陷相似的困局中，体会过其中滋味，再也说不出像一年前一样天真的话。裴雪晴以为她是厌倦了，可如果真的只是厌倦了就好了。

苏情生摇了摇头，"去年的时候我只是不懂，现在明白了无论是放弃还是坚持，每做出一个选择都需要多大的勇气，而在这个过程中，旁人是帮不上什么的。"

裴雪晴痛苦的来源并不是什么心理问题，而是她的人生带来的难题。

裴雪晴笑了一下，却有些苦，"我还是喜欢你去年不管不顾的样子。"

苏情生以手支颐，像是在思考什么，忽而歪头看向她，咧嘴一笑，“我也是。”

想了想，苏情生又问道：“如果不是遇到我们的话，你假装失忆的事也不会被戳穿，现在你也就还在郑家不会被赶出来，你会不会觉得很懊恼自己那偶然的失言？”

听她这么问，裴雪晴却是平静地摇了摇头，“就算不遇到你们，我也快撑不下去了。”

昨日超市中的失言与其说是一个失误，不如说是心意使然。

每日与郑绍廷朝夕相处，却要小心翼翼地保持这兄妹之间的距离，两只手哪怕稍微近了一厘米，都要立刻避嫌地分开，每天闷在家中见不得阳光，只怕一出门就碰到什么意想不到的人，追问他们之前订婚的事情，让她无法再假装什么都不记得。

那是她想要的吗？

也许是吧，至少还能和郑绍廷每日相伴，可每当她这样想，她就觉得心里说不出哪里，空荡荡的。

在超市遇到苏情生和顾北城之前，她刚刚收到了曾经的挚友Windy的信息，一别几年，如今对方已要嫁做人妇，邀请她去参加婚礼。

她谨慎的谢绝了对方的邀请：“抱歉，最近实在太忙，无法脱身，可能不能出席了。”

然后收起手机看着满超市的货架，其实这大概就已经是她最忙的时候了。

还记得当年她大学刚毕业就和郑绍廷订婚的时候，Windy很惊讶地对她说：“这么快？你确定就是这个人了吗？这可是一辈子的事！”

裴雪晴点头，“确定。”

如今想来真是讽刺，倒不是因为那么早就决定订婚，只是原本说好相伴一辈子，一不小心就变了样子，她成了他的妹妹，这样的一辈子，要它何用？

很多时候，她会控制不住自己想，人生可能也就是这样了。

与其说是碰到苏情生和顾北城一时激动才偶然失言，倒不如说她想摆脱这个境地已经很久了，可是前路、后路都是死路，不是兄妹了，就什么都不是了。

这是一个死结。

大概是因为裴雪晴关机，郑绍廷的电话很快打到了苏情生的手机上。

时隔一年，这个英国传媒界的明日霸主竟还能保留着她的手机号，倒也让苏情生很是意外。

接起，苏情生听到郑绍廷的声音是一贯的冷漠："我会让人在机场等着她，告诉裴雪晴，今天晚上十二点之前不回到机场就永远也不要回来了。"

嘟嘟嘟嘟嘟——

郑绍廷挂了电话。

苏情生迟疑了一下，还是决定原样转达郑绍廷的话："雪晴，郑绍廷说……"

但话还没说完，就被裴雪晴打断了："我知道。"

在郑绍廷身边那么久，这种时候他会说什么、会以什么样的语气、什么样的表情说，她都能想象得到。

这之后两个人都是沉默，一直到天黑，苏情生抬头看表，她能陪裴雪晴的，也就到这里了。

苏情生站起身向裴雪晴道："我该走了，你想好要怎么办了吗？"

裴雪晴亦站了起来，有些不自然地笑了笑，明明是在回答苏情生的话，眼神却已飘远，"只有经历了和绍廷一样的痛才有资格和他谈原谅，我要去把我欠他的利息还清。"

苏情生看着裴雪晴苍白的面孔，总觉得有些替她心疼，不由得劝她："其实你也不必着急还清什么，毕竟那也未必是郑绍廷所需的。”

裴雪晴低头，也不知是在看地面还是在看自己的腿，喃声道：“这是我需要的，也是我唯一能做的了。”

两个人同时出门，道别之后却是去往不同的方向。

[9]

跟我回家

夜寒天冷，等公车的时候苏情生站在路边往风衣里缩了缩，想起刚才裴雪晴的话，只有经历了一样的痛苦才有资格谈原谅，可那样的痛苦尤其是寻常人哪里能承受得起的？虽然不知道裴雪晴想做什么，但只希望这个姑娘不会后悔……

等等，裴雪晴还说了什么来着？

既然不甘心，那就拿命去争取一次……

这句话并不是戏言，需要裴雪晴用命去争取的……

苏情生想起临别之前裴雪晴低头看着自己双腿时的神情，那一瞬间恍然明白了些什么，糟糕，裴雪晴所说的经历了一样的痛苦才有资格谈原谅原来是指她要去经历郑绍廷失去双腿的痛苦！

就算被郑父抛弃，郑绍廷原本也是可以和母亲平安喜乐的过完这一生，所有的不可挽回是从郑绍廷失去双腿的那一刻开始，那之后郑母进了精神病院，而郑绍廷成了一个没人关心的残废孤儿，而她对这一切一无所知，代替他在他父亲的关爱下活了二十余年。

裴雪晴要把腿“还”给郑绍廷，她之所以会下定决心这样做，也是明白当她也坐到轮椅上，就算郑绍廷再恨她的父母都要认输，他再也不能以任何理由让她离开，她要用最残忍的办法逼他妥协！

意识到这一点，因而恐惧，苏情生去摸手机的手止不住地有些颤抖。

虽然这样是可以强迫郑绍廷接受她和她的父母没有错，但说到底最终也只是让她和郑绍廷变得更不幸了一些，没有赢家，一辈子还那么长，在都经历了那么极致的痛苦以后，他们以后要怎么面对彼此？

从最近通话里翻出郑绍廷的号码，拨过去，预想之中焦灼而漫长的等待没有出现，电话拨通之后，郑绍廷几乎是立刻按下了接听，开口却依然是那漠不关心的调子：“喂？”

“快拦住裴雪晴！裴雪晴要去体会和你一样的失去双腿的痛苦，让你能原谅她的父母，她说要拿命去做的就是指这件事，我们已经分开有十分钟了，我刚刚明白她的意思，但我不知道她会去哪里……”

哗啦——

听筒里传来什么东西碎了的声音，那一瞬间，世界都寂静了，紧接着，苏情生听到郑绍廷咬牙道：“哈里恩纪念医院……”

“什么？”

因为着急，郑绍廷在电话里几乎是用全力喊的：“那是我出车祸的地方！”

郑绍廷已经很久没有体会过像这样的恐惧。

裴雪晴的性子他知道，能说出“拿命去做”这样的话就已经是下定了决心，她的手机已经关机，他一路逼着司机连闯了几个红灯，只怕迟一步一切就再也无法挽回。

可恐惧之下，郑绍廷内心还有遏制不住的怒意，她凭什么认为这样他就能原谅她的父母，她凭什么这么自以为是、凭什么替他做决定？

想到这里，郑绍廷的手紧攥成拳，不长的指甲嵌进肉里都是一道道血痕。

司机将车开得一路横冲直撞，却被红灯卡在了医院的街口，他的第一反应是庆幸这里还没出什么乱子，最起码裴雪晴还没有得逞，可随后却又陷入了新的恐慌，如果裴雪晴选的地方不是这里怎么办？

他等不及红灯，让他帮他将轮椅在马路边上直接放下了车，全自动的轮椅开到最大的速度，他的视线焦急地在四周搜索着她的身影，随着时间的延长，心也在一寸一寸的下沉。

如果她不在这里，会不会……会不会已经……

他不敢再想下去。

却在这时，路灯终于变绿，车流缓缓前行，一辆大客车后面，露出了一个瘦削的身影，专注着盯着眼前行驶的车辆，若有所思，那是……

裴雪晴。

他来不及多想，赶忙冲了过去，还有几步之遥的时候，却见先前还看着马路似是在发呆的人忽然闭上了眼，抬起左腿，眼见着就要踏进车流，而迎面驶来的是一辆双层巴士。

郑绍廷大喝："裴雪晴！"

这声音却淹没在了巴士鸣笛的声音中。

眼见着裴雪晴整个人的重心越来越向前倒，还有两步之远的郑绍廷也顾不上许多，手撑着轮椅的扶手，一使劲儿，整个人鱼跃一般向前扑去，在栽倒在地上之前，他终于紧紧地抓住了裴雪晴。

哐——

轮椅砸落在了地上，压在了郑绍廷的腿上，郑绍廷巨大的力道带的猝不及防的裴雪晴也摔了下来，却又被他牢牢地护在了怀里。

裴雪晴睁开眼，映入眼帘的是伦敦夜晚闪烁着星光的天际，她几乎是下意识地伸出手去摸了摸自己的腿，咦，还在？

她手扶着地面想要站起来，却发现自己的腰被人牢牢锁住，她一回头，近在咫尺的是她日思夜想的那个人，郑绍廷。

他的目光死死地盯着她，以裴雪晴对他的了解，他大概是要生气了。

果然，就听郑绍廷颤着声音问她道："你刚才……是要干什么？"

这不是一个问题，郑绍廷也没有想要她回答，没等她说话，郑绍廷就已经忍不住厉声呵斥她道："是谁让你这么做的？谁告诉你等你变成了一个残废我就会原谅你父母？不会的，不会的你知道吗！我会更恨他们，包括你！"

其实裴雪晴也觉得自己的做法极端又疯狂，可面对他这样的指责，她只觉得说不出的委屈，明明是他逼着她走到的这步，如果她还有其他的路，又怎么会做出这样的抉择？

裴雪晴冲着郑绍廷大吼道："那你说啊！你说我到底要怎么做你才肯原谅他们，我到底要怎么做？"

这是她隐忍了两年之后的终于爆发，是从前她面对他从没有过得姿态，原来就算是隐忍如裴雪晴，也有她歇斯底里的时候，从前那些委屈她都放在心里不说，却从来都不是不委屈。

你说啊，我到底应该怎么做？

郑绍廷看着她，只觉得嘴里、心里都是说不出的苦涩之意。

"我原不原谅并没有那么重要……"

"重要！"裴雪晴大叫，"只有你原谅了他们才有可能放下折磨他们的念头，也只有你放下折磨他们的念头，我们才不必再以'兄妹'这个奇怪的名头存在在这个世界上，我们还有一辈子啊，我怎么能一直当你的妹妹……"

她说着，只觉得愈发的委屈，有眼泪掉了下来，最终演变成了号啕大哭，却又欲盖弥彰的用刚摸完地面的脏手去擦。

郑绍廷抓住她的手，从口袋里掏出了一个干净的帕子替她拭净眼泪，帕子上还带着他的味道，裴雪晴哭得更凶了。

一直以来在他面前，裴雪晴总是冷静而克制的，自己独立承受这一切，可此刻裴雪晴在他面前哭得这样凶，是他极少见到的脆弱模样。

她一把推开了他的手，不肯就刚才的话题放过他，恨声道："你说啊，你到底想要我怎么样？"

"雪晴，这不是我们这一会儿能够说清的……"

"不是一会儿！已经两年了，所有的可能、所有的后果在已经在脑海中想过不止两三遍，今天你必须做出决定，哪怕今天你让我赔你命都可以！"

郑绍廷想拦住她，"雪晴……"

裴雪晴却已经是铁了心，"可过了今天，你再也不许以这个为理由逼我离开！我受够了，郑绍廷，你听到了吗，我受够了！"

她摆脱他的保护，挣扎着从地上站起来，转身就要冲进来往的车流里。

郑绍廷赶忙伸手抓住她，"雪晴，别闹！"

他拼命想要拉住她，然而他本就腿脚不便，此刻轮椅还压在他身上，裴雪晴稍一使劲儿就挣开了他的手，他心急却动弹不得，眼见着裴雪晴这一步就要踏进去，情急之下，他捶着地面大声道："回家！"

她停顿了脚步，却没有回头，"你说什么？"

郑绍廷咬牙，气她更气自己，可最终却也只能一个字一个字地从牙缝中挤出来："我说回家！"

裴雪晴抬头，固执地注视着前方的车流，"我听不见。"

她的身后，郑绍廷几乎爆发一样大喊道："跟我回家！"

她这才收回了脚，不紧不慢的转过身望向他，良久，突然露出了一个大大的笑容，笑颜如花，那样子，就像在这寒冷的夜晚中突然出现了阳光，她说："好！"

第四章

[1]
投降

郑绍廷是红着眼眶将裴雪晴领回家的。

因为到得迟，苏情生只是远远地看到了两个人的一番争执，并没有靠近，但从他们的肢体语言中，苏情生能看得出，裴雪晴这一次真的是在用命去拼。

她想起自己昨日问顾北城的那个问题，难道隔着这么多的仇恨，那两个人还能在一起吗？可不过是一天以后，裴雪晴放下一切，竟真的为自己搏出了那一分可能。

苏情生忽然说不出话来，裴雪晴最后的那个笑容不仅落在了郑绍廷的眼里，也印在了苏情生的心里，在她的印象中，从没见过裴雪晴笑的那样灿烂过，让苏情生在已经放弃的时候，却偏偏亲眼看到了希望。

她忍不住问自己，如果她再坚持一下呢？

顾北城的痛是顾家的家破人亡，她无法像裴雪晴一样尝试去体会对方的痛，那最起码她应该竭尽全力让他得到慰藉，最起码她要帮他将 W 绳之以法！

回国的十二个小时在飞机上，她整个人异常清醒，就像一年前，她答应沈慕言帮他们抓 W 的那晚，彻夜无眠。

下了飞机直奔回家，现下这世上她能找到的了解W当年做过什么的，除了他自己，还有她一直不敢面对的，她的父母。

已经许久没有像这样与父母坐在沙发上面对面心平气和的交谈，最开始的时候，苏情生甚至不知该如何开口，她索性简洁明了的说明目的："我想要知道当年到底发生了什么，我不想再靠猜测和想象来理解你们的行为。"

苏父和程玉琳对视了一眼，"有些事你还是不知道比较好。"

苏情生却是义正词严地坚决道："我要知道。"

程玉琳长叹了一口气，避重就轻道："其实就是我们被顾家压制得紧了，明知道他们是要把我们逼到破产，却斗不过他们，就起了别的念头。"

苏情生的目光紧锁住自己的母亲，"什么叫被顾家压制得紧了？"

苏情生面对自己母亲说话时表情不自觉地有些严厉，苏父轻咳了一声，接话道："我们投入巨大，研制了几年的药物，顾家却仗着他们财力更大挖走了我们的首席研究员，将我们的成果稍作改动抢注了专利。"

苏情生蹙眉，"什么？"

"不仅如此，他们利用自己的资源优势，大量生产了这种药，等到专利一下来就大批量的上市，根本没有给我们留一点余地，除此之外，他们知道这个新研发的药物让我们承受了很大的损失，资金周转有困难，在这个时候利用他们的资金储备和我们打价格战，把我们公司赖以生存的基础种类药逼到要赔本出售，他们在私下对我们下的是死手，表面上却和气地对我们说什么要建医药联合体，其实只是变相的廉价收购，我们明明知道他们的伎俩，却根本无力反抗，就在这个时候，我们被逼无奈只能想到了别的办法。"

苏情生没有想到这其中有这样多的内情，她忽然想起不久前自己哥哥所说的那句话，如果投降就能生活得很好，这世上怎么还会有那么多战争，原来并不只是一种推脱。

可是……

她蹙眉，“就算是这样……”却又觉得多说无益，“那你们是怎么和W联系上的？”

“不是我们联系的W，而是W联系的我们。”

苏情生怔住，“你说什么？”

“那天中午在饭店吃饭的时候，我们看到了报纸上孤儿院有孩子患重病不治身亡的消息，当时从照片上孩子的手镯我们认出这是被顾家收养过的那个孩子，不由得感叹了一句‘可惜恶人从来没有恶报’。”

原本是一句无计可施的泄气话，却意外得到了回音，有人拍了拍苏父的肩膀，问：“你希望他们有什么样的恶报？”

那个人就是W。

一顿饭过后，火烧顾家的计划基本成型，苏父不无担心地问：“这样做动静是不是太大了？这么大的案子，警察一定会追着不放啊。”

对面的W却是满不在意的一笑，“动静越大越好，你捅我一刀、我捅你一刀这种小儿科的游戏才最容易留把柄，自后院草木中给他一场大火，什么把柄、证据统统都烧干净，让他们连是意外还是人为都分不出来，谁会相信为了生意场上那几块钱，会闹出这么大的案子？”

苏父低头沉思了一下，迟疑道：“说的也不是没有道理……”

“只不过”，W的话锋一转，“这么大的事自然也要有这么大的价钱……”

程玉琳有些戒备地看着他，多年商场的经验让她抓住时机先一步开口：“六位数，不能再多了。”

W却满不在乎看着她道：“七位数，不能再少了。”

他说着，略一停顿，视线落在苏父的身上，“毕竟是你祖辈三代的生意，可不能砸在你手里啊……”

苏父猛然抬起头望向对方，他竟已将他们查得如此清楚！

可偏偏他的那句话说到了苏父的心里，一时间竟然无法反驳，程玉琳见状，只能道：“我们要回去考虑考虑……”

W却不给他们这个犹豫的机会，“答应或拒绝，你们现在只有这两种选择，出了这家饭店我们就从没见过。”

程玉琳试图与W讨价还价：“我们……”

“我答应。”

程玉琳讶然看向自己身边的人，只见苏父却已是下定决心的样子。

“这是我们祖辈三代的生意，我不能成为我们家的罪人，我还要好好地把我们祖辈的产业交到明尚和情生的手里。”

那就一不做二不休。

他们先付给了W一半的订金，却连一个能随时联系到W的联系方式都没拿到，事发前一晚，苏父有些不安地问自己的妻子：“如果W是骗我们钱的怎么办？”

程玉琳看着天花板，故作平静地说：“那都是命。”

但W不是。

为了避免被怀疑，他们打扮的光鲜亮丽，举家出席了顾家的晚宴，宴会上的珍馐美味他们食不知味，也不知等了多久，他们听到后面传来慌乱的声音，有人大喊着：“着火了！着火了！”

程玉琳与苏父对视了一眼，W来了！

“我们走！”

苏母一手提起裙摆，另一只手本能地去抓自己身边的孩子，却在这时抓了一个空，她低下头向四周看了一圈，这时才发现原本就在她身边的情生不知道跑到哪里去了。

她的心里咯噔一声，大喊道：“情生！”

抱着苏明尚的苏父听到她的喊声回过头，问：“怎么了？”

程玉琳却已然慌了手脚，“情生不见了！情生不见了！”

轰——

就在这时，随着火势的发展，楼顶的巨型吊灯重重的砸了下来，将她的尾音吞噬在了这恐怖的声响中，屋子里一下子暗了大半，触目所及是一片慌乱，那些衣着体面的上流人士们在这一刻像是卑微的蝼蚁一般四散而去，忙着逃命。

慌乱中，程玉琳险些被人撞倒在地，苏父赶忙过去护住自己的妻子，眼见着烟越来越大，火光已经露出了狰狞的面容，他忍痛咬牙对自己的妻子道：“我们该走了！说不定情生已经被人流带出去了，就在外面等我们！”

原本就已经承受了巨大的压力的程玉琳在发现自己女儿走失的这一刻濒临崩溃，“如果没有呢？如果没有怎么办？”

“一定会有的！就算是为了明尚，我们也要先出去才行啊！”

明尚……

还有明尚……

程玉琳恍然像惊醒一般，擦掉眼泪，想起W曾与他们提过点火的位置，拉着苏父怀里苏明尚的手，像是疯了一样向人流的另一侧跑去，将苏明尚放到安全地带，她转身就要回去找苏情生，可只听轰隆一声，房梁塌了。

苏父紧紧地抱住她，“玉琳，你冷静一点！”

可那时的她已经什么都听不进去，只顾着在原地咆哮和嘶吼，那场宴会上生还下来的所有人都知道，她是那个丢了女儿的妈妈，以至没有人相信这场火灾会与他们有什么关系。

后来情生在警察的护送下回到她身边的时候，程玉琳在心里告诉自己，这是天意，上天都觉得他们没有错，不忍夺走情生。

她问情生刚才跑去了哪里，情生睁着一双无辜的眼睛望着她：“我不记得了。”

她也没有多想，只当情生是受了惊吓，将她用力抱在了怀里。

这之后对于火灾的调查持续了一个多月依然没有眉目，原本这桩事与他们已经没有多大关系，直到一名多事的警察去查了与顾家所有可能有仇怨的人近期的资金往来，发现了他们短期内的巨额提现。

他们被叫到了公安局接受盘问，这场盘问来得突然，他们没有时间准备，只是在律师的引导下保持着“一问三不知”的态度，从公安局回来以后苏父就有些绷不住了，脑子里反反复复地回顾着当天的场景，然后从自己的每一句话中挑出漏洞，抱着头不停地说着“完了”。

程玉琳抓住自己的丈夫，强逼着他打起精神，告诉他不管再有人问他什么，他都说不知道，只管往她身上推。

面对警察反复的盘问，她都一口咬定钱是她背着自己丈夫取的，给了自己的家人，公司不一定能不能撑过这关，她总要提前给自己留好后路，而多亏既往她的确多次给家里送钱，那些钱母亲都留在了家里，关键时刻救了命。

警察半信半疑，但也找不到更确凿的证据，只能暂时放过他们，他们刚刚松了一口气，想要走出这个阴霾，却在这时，一个意想不到的电话扰乱了他们所有的计划。

电话那边的声音阴冷诡异：“我是W的朋友，我有你们雇用W放火的证据。”

程玉琳警惕地问：“你想要什么？”

“钱，警察在你娘家看到的那些钱。”

虽然顾家出事让苏家的公司免于被廉价收购，也给了他们时间从之前新药专利被抢注的事情中缓和过来，但这两笔巨款的支出亦几乎挖空了半个苏家，这之后强撑精神，白天若无其事的在公司忙碌，夜里接连噩梦不断，很快，程玉琳大病了一场，她躺在病床上，看着床边活蹦乱跳的苏明尚和苏情生想，真好，所有的惩罚就让她一个人扛就好。

直到顾北城上门的那一天，她亲耳听着顾北城说：“我父母生前理想就是建成国内的医药联合体……”

那一刻，她仿佛被雷劈过。

这样漫长而骇人的故事，苏情生光听一听就已觉得煎熬，更何况身处其中。

从父母的口中亲耳听到他们承认当年顾家那场大火是他们买凶杀人，苏情生心里的感觉不知是踏实还是绝望。

她深吸了一口气，“这么多年，你们有后悔过吗？”

程玉琳重复了一遍她的用词：“后悔？”点了点头，“后悔啊，可那样的后悔又和庆幸混在了一起，多亏顾家不在了我们才侥幸保住了公司，总觉得事已至此多思无益。”

程玉琳停顿了一下，又说“情生，答应我们，离顾北城远一点。”

苏情生没有回答，只是从沙发上站起了身，“我上班了。”

说完，转身出了屋门，头也不回。

[2]

他的家人他自己会照顾

到公司的时候已经是中午，她因去英国前和上级请了假，倒也无妨，此时回来第一件事，是要去找领导说明，她决定放弃外出进修半年的机会，她要留下来，要为她和顾北城再搏一次。

午休的时间大家都要去吃饭，公司的电梯也就比平日难等一些，苏情生拿出手机看着消息，等在电梯前。

就在这时，有熟悉的声音入耳，“北城哥一向不喜欢别人过多干涉他的事，等一会儿上去了，妈你也别多问……”

随后是中年女人的声音：“我知道，但总要知道他对苏家到底是怎么想的吧？”

“还能怎么想？他不远万里专程飞到加拿大让咱们家不要插手这件事，大概还是狠不下那个心吧……”

苏情生回头，只见此刻在说话的不是别人，正是顾北城养父母家的妹妹安洁和她的母亲。

安母的话还在继续：“那个苏情生我在伦敦第一眼看她就觉得有问题，你那会儿还帮着她说话！”

坐在轮椅上抱着饭盒的安洁刚要接话，一抬头就看到了在他们前方回头正望着他们的苏情生。

安洁几乎惊呆在了当场，怎么也没想到在发生了这么多事后苏情生竟然能像这样若无其事地站在顾北城的公司里，她也顾不上自己大家闺秀的涵养，当着众人的面，情急之下忍不住指着苏情生厉喝道："你来这里干什么？你还嫌你给北城哥找的麻烦不够多吗？"

中午休息的时间，大楼里走动的人本就多，此时被她这一声吸引，都停下了脚步看向他们。

安洁却丝毫不在意这些，想到这些年顾北城为了找当年的凶手所承受的一切，一双眼看着苏情生简直要冒出火来，"离开这栋楼，我让你立刻离开这栋楼，听到了吗！"

众多的目光在这一刻一齐投到她的身上，如芒在背，苏情生的左手下意识地握紧自己背包的背带。

若在平时，她的性格原本也不怕安洁和安母，但她刚刚亲口听自己的父母承认了当年买凶放火的事，又听说顾北城为了保护她亲自飞到加拿大让安家不要插手，此刻的苏情生心虚又愧疚，她看着安洁迟疑了一下，不知该为自己解释还是该请求原谅，她低声道："我……"

却又什么都说不出。

就在这时，有人突然冲出来抓住她的手臂拉到了自己身后，冲着安洁和安母直接怼了回去："你们是谁啊，为什么你让人离开这栋楼，别人就要离开？这栋楼又不是你们家的！"

苏情生定睛一看，只见此刻冲在前面的是她万万预想不到的人——陈峻一陈大少爷。

此刻的场面已经失去了控制，苏情生赶忙试图拉住不了解情况的陈峻一，用眼神示意他别再说，但陈峻一完全没看懂她的表情，他原本就因为她上次在饭局被光头杨老板欺负的事心怀歉疚，这次好不容易逮着机会发挥当然要好好表现一下，苏情生此时哪里拦得住英雄上身的陈大少爷？

安洁虽然生了病却也敢爱敢恨的性格，不会平白受这样的委屈，毫不客气地顶了回来：“这栋楼就是我哥开的！”

陈峻一一脸的不相信，“你哥是谁啊！”

安洁的话掷地有声：“我哥是顾北城！”

话音落，沉默，一秒、两秒、三秒……

苏情生一手拍在了自己的脸上。

丢人……

但她显然低估了陈峻一陈大少爷，在短暂的震惊过后，陈大少爷很快又恢复了战斗力，“就算你哥是顾北城，这栋楼也是暂时供他租赁使用而已，使用权和所有权不是一回事，你也没有权利说让谁走就让谁走，顾北城怎么会有你怎么个文盲又刻薄的妹妹？”

糟糕！

陈峻一的用词确实有些过了，苏情生赶紧拦住他，“安洁是病人，你别太凶了吓着她……”

可在刚才的交锋中，安洁虽然坐在轮椅上，气势却一点不输，让人完全想不到她是一个重病在身的人，陈峻一也没有把苏情生提到的病当回事，做出一副没正眼看的表情，“看见了看见了，坐着个轮椅生怕别人不知道自己生病了，她刚才轰你走的时候可是中气十足、余音绕梁啊，也不知道是那个神医给治的，离痊愈不远了吧！”

安洁气的只恨不得拿手里的饭盒砸在他的头上，但还没等安洁再说什么，安母已经忍无可忍地开口：“我女儿得的是白血病，你要是把我女儿气出个好歹来，我跟你没完！”

陈峻一想也没想接话道：“好好好，白……”又一愣，像是忽然反应过来些什么，“白血病？”他有些难以置信地看向那个牙尖齿利的丫头，“我还以为她是小脚趾头骨折了非要坐个轮椅……”

伴随着四周的惊呼声，气炸了的安洁抓起钱包就向陈峻一砸了过去，“你去死！”

哐——

东西砸在了电梯门上。

叮——

电梯到一层了。

电梯门缓缓打开，原本喧闹到快要沸腾的楼内霎时间冷却了下来，从里面出来的人刚刚对话中出现过的，这栋楼目前的主人，顾北城。

他白色衬衫的袖子依然挽着，许是出来的太急没能来得及放下，神色间虽然有些匆忙，可即使是匆忙，衬衫的扣子依然一颗不落地系到了领口，黑色的西裤下腿长的有些过分，光是站在那里，就带着一种不怒自威的气场。

他没有想到安洁和安母会来这里看他，也没有想到她们会和苏情生撞上，听说她们在一层起了冲突，他立刻从办公室出来下了楼，然而“惊喜”还没有结束，电梯门打开的那一刻，他不会想到陈峻一竟然会站在苏情生的身前维护她与安洁争吵。

他低头，看了一眼被安洁扔到电梯门上又掉在地上的钱包，没有说话，只是俯身捡了起来。

安洁知道以自己的身份不该做出这样的举动，实在是给安家和顾北城丢人，看着顾北城有些心虚又有些委屈的低头瘪了瘪嘴，为自己辩解道：“哥，是他们欺人太甚！”

顾北城径自走到安洁的面前，将钱包递给安洁，伸手安慰地揉了揉她的脑袋，没有回头，话却是对着在他身后方向的陈峻一说的，一字一句，清清楚楚：“我妹妹是我们家里人的心头宠，偶尔有些任性，但我自己的妹妹我会教育，陈大少爷何必费心？”

竞争对手相见，陈峻一的表情已然与之前不同，他看着顾北城沉声道：“如果今天你妹妹欺负的是旁人我自然不会多事，但苏情生的事，我自然不能坐视不管。”

陈峻一逞英雄，顾北城冷笑了一声问：“陈大少爷管得如何？”

陈峻一没有说话。

虽然没让苏情生就那么被赶出去，却也对重病的人说了伤人的话，并不算什么光荣的结果。

顾北城停顿了一下，再开口，声音中透着寒意：“我自己的家人自己会照顾，还请陈少爷少插手。”

他说着，从安母手中接过安洁的轮椅，面无表情地推着安洁径直上了电梯，似乎连多看一眼陈峻一和苏情生都是多余。

直到电梯门几乎快要完全合上，安洁想到今天的事是由自己先失态才让事情发展到这步，让旁人看了笑话，心里多少有些歉意，她抬头看向顾北城，刚要开口道歉，却在这时发现顾北城的目光不知什么时候扫过了苏情生所在的方向，沉默，却带着说不清的情谊，那是她在商场上杀伐果决的顾北城的眼中从没见过的样子，很快，一向冷静又自制的顾北城就收回了眼，可那一瞬的失神却完全落在了安洁的眼里。

在这个时候，安洁忽然意识到顾北城刚才最后那句话里所指的家人，或许并不是她，今天他下楼这一遭，看似只是来接她的，却偏偏解了苏情生的围。

面对这样的顾北城，安洁说不出话来。

她知道顾北城从小有多恨那些害他家破人亡的凶手，可即使苏情生是凶手的女儿，顾北城依然不能舍弃苏情生，在顾北城的心里，她可能永远也比不过苏情生了。

意识到这一点，安洁的心仿佛坠入深海，凉得彻底。

门外是对这一切毫不知情的苏情生，虽然顾北城和安洁的离开，心里失落的同时却也终于松了一口气。

总算没出什么大娄子，大事化小地过去了。

她将陈峻一拉到一旁，问：“你今天怎么会来这儿？”

“程阿姨发现你们公司现在的老板是顾北城，让我给你再找一份工作，但一般人哪儿能做的了你的主？我来问问你。”

之前为家里和公司的事焦头烂额，母亲没有心思管她，如今有了时间，只要稍微一查就能发现现在这家公司在顾北城的名下，母亲知道是早晚的事，苏情生并不意外。

“回去吧，不用管我，我妈再问你你就跟她说正挑着工作，还没定。”

陈峻一蹙眉，“阿姨会信？”

苏情生摇头，“不会，但她就知道我不想和她争论这个问题了”，她停顿了一下，又说，“说起来，你知道这附近哪儿有便宜点儿的房子吗？”

陈峻一一怔，“你要住？”

“差不多吧……”

“你要从家里搬出来？”

苏情生点头。

“为什么？”

为什么呢……

苏情生轻叹了一口气。

苏明尚说她是每天住在舒服的房子里、吃着别人为她准备好的饭菜就天真的以为世界很美好，她想搬出来，看看这个世界有多不美好，值不值得杀人放火。

见苏情生突然安静，陈峻一知道自己问到了不该问的，耸了耸肩，“得，你说什么就是什么，谁让杨怀立那混蛋的事上我欠你的，一会儿回去我就给你问问。”

苏情生看着他，“谢谢。”

“谢什么”，陈大少爷摆了摆手，转念又问，“不过刚才轮椅上那女人真是顾北城的妹妹啊？”

“不是亲妹妹，安洁，是顾北城养父母家安家的女儿。”

陈峻一的眼睛都瞪圆了，“顾北城居然有养父母？”

苏情生低头，“别问了，很多事还是不知道的时候最好。”

陈峻一却完全没体会出苏情生话中的无可奈何，反而很是欣慰道：“我家老爷子最近老说让我学学顾北城，但我就觉得顾北城这种沉稳老练的性格不是一般情况能练就的，果然有个不幸的童年。”

苏情生：“……”

[3]
不娶就不娶吧，反正我也不是非他不嫁

虽然与安洁在公司大堂的冲突看似平静地过去了，但苏情生清楚，以安洁的性格，是不会这么简单就放过她的，所以当安洁出现在她下班路上的时候，她的心里一点儿惊讶也没有。

安洁让安母回车上等她，只有她和苏情生两个人面对面。

破口大骂、当街赶人这种不斯文、不体面的事中午的时候都已经干过，安洁这一次，只是单纯地想让苏情生再也不要出现。

她语气冰冷地宣告着他们的结局：“你们家做了什么你心知肚明，能够不把你们全家送进监狱已经是北城哥的极限了，他不可能原谅你们的。”

面对安洁的决绝，苏情生显得异常平静，“我知道。”

“那你还留在他周围做什么？”

苏情生深吸一口气，就像之前的裴雪晴固执地认真道：“我知道正常一般情况下他是不可能原谅我们的，所以我也要用命去拼一拼。”

安洁一怔，随后用厌恶的神情蹙眉，“什么叫用命去拼？”

苏情生却仰起头望向布满晚霞的天空，似是在认真思考，又似是玩笑一般道：“就是啊，什么叫用命去拼？就算一命抵一命，

我也还不清啊……”

顾家上下六口人的性命，又岂是一般恩怨可以比拟的？

她这一前一后的态度变化让安洁有些恼了，“你是不是以为我在和你开玩笑？”

苏情生摇了摇头，“怎么会有人开这么不好笑的玩笑？”

“那你还……”

“我还不想放弃。”

不等安洁说完，苏情生就说出了这句话。

“你还要我把话说得更明白一些吗？”安洁冷笑了一声，言语之间的厌恶不加掩饰，语气也越来越凶，“你的父母对北城哥他们家做了十恶不赦的事，退一万步讲，就算当年的事和你没有直接的关系，但你总不至于以为你能一面和自己的家人相亲相爱、一面又死死抓着北城哥不放吧？苏情生，做人可以贪心，但不可以贪得无厌！北城哥为了你放走了杀害了他全家的凶手，你呢？你口口声声说不想放弃北城哥，那你就去举报你父母啊！”

“你以为我没想过吗！”

在安洁刚刚说完的时候，苏情生几乎是脱口而出。

空气在这一刻都仿佛凝滞了，她用力说话时呼出的气息在傍晚的冷风中结出雾气，而她的未来也似在这团白雾中一般，看不清前路。

她缓缓牵起唇，在这样的时候竟还能露出一个笑，她开口，一字一字道：“我恨自己我不能为了顾北城放弃自己的父母，但我更恨自己竟然为了顾北城想要放弃自己的父母！”

安洁微窒。

而苏情生的话还没有结束，“我希望顾北城放弃我，越快越好，这样他就再也不用被对家人的愧疚感折磨，他还会是那个倨傲果决的顾北城，但我不想放弃他，明知道他放弃了我，我也不想放弃他。”

很多时候，苏情生也不懂为什么，明明有她的父母真心实意地爱护她、顾北城舍弃一切地保护她，可她的人生还是显得这么不幸。

先前的时候，她总是想磨到顾北城妥协、磨到顾北城原谅他们家，可现在想想，那样的想法未免太自私了，那样自私的她，配不上顾北城。

可人活着，总要有些期待不是？她交出离婚协议，放过顾北城，可这最后的一点期待她要留给自己，毕竟她是那么那么固执的一个人。

她说着，脸上的笑容竟慢慢地、慢慢地变得温柔。

她是真心的。

面对这样的苏情生，安洁竟说不出话来。

在这一刻，安洁对眼前这个她讨厌了很久的女人竟然怎么也怨恨不起来。

为了帮北城哥抓W苏情生险些被W扼颈至窒息，如今W却因为她被无罪释放，她的心里必定也是说不出的滋味。

还有她和顾北城之间，痛失所爱，那两个人所承受的痛苦只有他们自己才能明白，与他们相比，安洁只觉得自己只不过是一个无关紧要的路人，还有她说出的那些无关痛痒的指责，这个故事里明明没有她的位置，是她自己又给自己加戏了。

想到这里，她在晚风中毫无笑意地低下头笑了一声，“北城哥刚到我们家的时候，连着三天把自己锁在屋子里，几乎油盐未进，我爸妈怕他想不开，找了钥匙强行闯进去的，可进去以后看到的不是血色弥漫的颓唐景象，床褥、书桌被归置的整整齐齐，而原本最空的那面墙上却多出了许多的便签纸条上面写着和顾家可能有过恩怨的人和公司，从那个时候起，北城哥一心所想的就是为自己的家人讨回公道。”

“我有多心疼那些年的他，就有多恨你。”

“直到刚刚我都不明白，若是放在旁人身上，这会是再简单不过的一个决定，为什么放在你身上北城哥就做不到了，可现在我懂了，北城哥爱你，这是旁人比不了的，所以他的决定就和我们这些旁人再也无关。”

“但我依然期待有一日你的父母因为他们所犯下的错锒铛入狱、声名狼藉，你父母多年心血建成的公司土崩瓦解，而你们全家都悔恨终生，因为只有这样，才能告慰顾叔叔和顾阿姨的在天之灵，才能让所有人从这场灾难中解脱。”

这是她的诅咒。

也是她的祝福。

回到车上，安母对安洁说：“回去我就让人把她赶出北城的公司。”

安洁摇了摇头，“算了吧。”

安母一面启动车子一面说：“你别怕北城会生气，这点儿事妈还是做得了主的，我也不是白当了他这么多年妈的。”

安洁安抚自己的母亲：“我不是怕他会生气，只是苏情生就算在公司里也不过是一个小员工，与北城哥之间很难有什么接触，如果我们把她赶出去了，她一时半会儿找不到工作生计成了问题，你觉得以北城哥的性格能完全不管她吗？那才会更麻烦，就让北城哥自己解决吧，我们不要插手了。”

听到自己的女儿分析的也有道理，安母重重地叹了一口气，“北城这孩子也是，怎么偏偏就……”顿了一下，又说，“要是老顾他们看到凶手被放走，估计得气得跳起来。”

“妈，您和顾家伯伯和伯母关系好我们都知道，也是因为这样，北城哥才把苏家的事告诉给您，而并没有隐瞒到底，我和您的心情是一样的，也想为死去的人讨回公道，可这样的心就算再恳切，也要顾及活着的人才是最重要的，在这样的事里你怎么想我怎么想都不重要，说到底都是北城哥的选择。”

说到这个安母就生气，“北城的选择我从来不懂，之前和你从小知根知底一起长大，却放着你不娶，选择了只认识了不到一年的苏情生，现在又为了那个苏情生……”

安洁偏头望向窗外，大道理说了很多，原本以为不在乎了的事，可此刻提起心口竟还有些刺痛，她觉得有些委屈，眼眶也有点儿湿，却似是赌气般满不在意地笑了笑，“不娶就不娶吧，反正我本来也不是非他不嫁。”

想要抓到W就必须找到他其他的犯罪证据，可以W谨慎的风格，想要找到他的漏洞绝不容易。

苏情生想来想去，决定将注意力放在顾家大火之前W的历史，既然他后来专爱挑一些与他有相似的被抛弃的经历的人去教唆犯罪，那么在这之前，他很有可能就有所尝试，而在早期是他最有可能出错的时候。

没有咨询业务的时候，苏情生开始大量搜集W的相关资料，因为考虑到W有可能在讲课中举自己患者的例子从而透漏出一些信息，她甚至将她能找到的W的视频都一一看过，人每天都几乎长在了电脑前。

李凯俊偶然看到她电脑屏幕上的画面，凑过来问：“你也喜欢王教授的课？”

专注于视频的苏情生猛然回过头来发现是李凯俊，礼貌地牵唇笑了一下作为回应，“你说什么？”

李凯俊俯下身，指着屏幕里的人道：“王教授啊，看你看得这么认真，也是迷妹吧？”

苏情生看着屏幕上的那张脸，脑海里浮现的尽是那日在电视台准备室，他扼在她脖颈儿上的那双冰冷的手，还有那双在她濒临窒息的时候像可怕的鲨鱼眼一样死盯着她的眼睛，至今想来，汗毛都是不自觉地立起。

她敷衍地回应道："就是随便看看。"

李凯俊却以为她只是不好意思，很是热心地与她搭话："虽然王教授是靠高超的催眠技术成的名，但其实在他年轻的时候就在童年心理创伤方面很有研究了，我看过他早年一次案例督导的视频，他提到过很多他病人的例子，我都整理下来了，真的非常厉害。"

还有这种视频？

苏情生转过头来看向他，"你说的这个视频还有你整理的资料可以给我一份吗？"

李凯俊显示被她语气中的迫切吓了一跳，随后点了点头，"好，我想想……我的笔记本电脑里就有，我拷给你。"

打开李凯俊的文档，苏情生看到里面详尽地摘录了视频中的内容，并且有不同颜色的字迹标注，看来作为一名心理咨询师，李凯俊是真的喜欢Wilson Wang。

在这段两小时的视频里，Wilson Wang总共分享了四个完整的案例，苏情生从头向后翻看，忽然注意到案例的编号似乎有点儿问题，"这个，从3直接跳到5了，为什么没有4号？"

"这个啊，当时王教授翻到第四位患者的时候只是对着本上的记录看了看，随后笑了一下，就跳过去了，但王教授是那种很严谨的人，每一位患者在他这里都有一个对应的编号。"

苏情生将视频调到相应的位置，果然如李凯俊所说，Wang跳过了这个病人，虽然看起来并不是什么大事，但此刻没有多余的线索可循，苏情生请人将画面放大处理之后，按照W本上的笔迹影影绰绰的描记下那个病人的名字，元玉，找陈峻一陈大少爷替她去查了一查。

叫这个名字的、那个时间可能与W有接触的，查无此人。

这边没查出结果，陈大少爷却觉得这个名字熟得很，想来想去，突然想起母亲的朋友有一位从事京剧文化的阿姨袁玉玲，笔名好像叫作元玉，由于近来被老爷子发配到基层部门锻炼能力，陈大少爷近来闲得发慌，就顺手又去查了一查，这一查不要紧，竟从当年关于W的报道中找到了这位阿姨的照片，这两个人在十多年前曾经订过婚。

将这个结果告诉给苏情生，陈峻一有些好奇地问："这个姓王的心理治疗师和这位阿姨有什么问题吗？"

有。

他们订婚的时间就是在顾家大火之前，顾家出事之后不久，W一人出了国，而袁玉玲一人留在了国内，两人的婚约也作了废，由此说来，他们分开的原因很可能与顾家的事有关，关于当年W所做的那些事，这位袁阿姨说不定知道些什么，却又因为恐惧或是对爱人的不忍心没有揭发。

但关于顾家的事苏情生不能告诉陈峻一，只能避重就轻道："没什么，只不过是一个心理治疗的案例，我有点儿好奇。"

"这倒有些奇怪，我从没听母亲说过这位阿姨精神心理方面有什么问题，要说起来，她自己好像还学过一段时间的心理学，按理说出现在病人名单里的应该不是她吧？"

苏情生蹙眉看着手里的照片，面对陈峻一的问题只是低声回了一句："谁知道……"

只有去找当事人才能知道答案。

陈大少爷主动道："需不需要我帮你再查查？"

苏情生摇了摇头，"也没什么大不了的事，不耽误你时间了，免得你家老爷子发现你没有在工作又要训你了。"

但其实这不是全部原因，她不能告诉陈峻一她为什么要查这位袁阿姨和W，她不能冒着被陈峻一察觉她们父母也涉及其中的风险让他继续查下去，剩下的事，她要另寻他法。

无论这位袁阿姨当年是做什么的，但她现在是文化公司的高层，从事京剧文化相关的产业，接触的都是附庸风雅的上流社会人士，她父母对京剧原就毫无兴趣，是以才会与这位袁阿姨毫无交集，此刻苏家早已不复当初，只怕这位袁阿姨对他们也没什么兴趣，是以以苏情生自己或是苏家的力量是无法不引起任何怀疑接近她的。

她需要一个既知道这件事的严肃性又有合适的身份帮她去接近袁玉玲的人的帮助，而在这个时候，她能想到的人只有一个，安洁。

听她说明来意，安洁第一句话就问："我为什么要帮你？"

苏情生早有准备，"不是帮我，而是帮顾北城，你不是也想让当年的凶手归案？"

安洁虽然重病在身，在这个时候头脑依然清楚，"我虽然想帮北城哥抓住当年的凶手，却不想由你来做成这件事，因为这样就会让北城哥欠了你的，而你们之间就更难分得清楚，你的目的不纯，我不会帮你。"

安洁的话一针见血，苏情生默了一瞬，随后毫无退缩道："我说过我不想放弃他，所以你说的这些我不会否认。"

安洁按下轮椅，转身要走。

苏情生追过去拦住她，"但这些都比不上抓住 W 重要，为了做到这点，我需要你的帮助，而为了得到你的帮助，我可以假装自己与这件事无关，等到找到证据，由你去交给顾北城。"

安洁哂笑了一声，"我可以自己去查，何必要抢你的功劳？"

苏情生坚决道："因为我了解 W，我熟悉 W 的性格、知道他的手法、了解他的狡诈，想要抓住 W，你也需要我的帮助！"

安洁抬眼，正对上她坚定的目光，"你不会告诉北城哥你参与了这件事？"

苏情生抿唇，随后咬牙道："不会。"

安洁沉默了一瞬，似是被苏情生说动，她随后问："你想怎么做？"

苏情生松了半口气，"她近几年的医疗记录里有焦虑和睡眠障碍，由你把我作为心理治疗师介绍给她，我会找到机会通过催眠问出当年 W 做的那些事她知不知情、有没有其他的线索。”

安洁看着她有些迟疑，“你确定你能做得到吗？”

苏情生坚决道：“我能。”

“好，我帮你。”

[4]
帮腔

因为知道母亲不是会阻止她就是会把这件事告诉给顾北城，安洁没有将这件事告诉给安母，只是说想去袁玉玲主办的京剧文化展后的晚宴上看看，安母自然是打算跟着的，安洁赶忙拦住她，“妈，我是想去多认识一些人，你跟着我，谁还敢过来和我说话？”

安母迟疑了一下，想着若是多认识些人能让安洁的心思从顾北城身上走出来也是好的，最终答应将安洁送到会场，留她一人参加晚宴。

坐在轮椅上，她是晚宴上最特别的存在，却也是最冷清的角落，她是安家的小姐，作为宴会在主办方，袁玉玲自然是要来问候的，可三两句话只见袁玉玲就已看出这个国外长大的姑娘对京剧全无了解，接下来只是客套的几句寒暄，还没等安洁找出话题与袁玉玲攀谈，就已被袁玉玲一句“玩得开心”作为结束，安洁只能目送着袁玉玲走向了其他人。

安洁感觉到这次袁玉玲离开，只怕她很难再有机会与袁玉玲熟络起来，便追过去问；“我想挑选一件作品作为送给家中老人的礼物，可不可以请您帮忙介绍一下？”

袁玉玲带着客套而疏离的笑容回绝她：“不好意思，这次的作品除了非卖品都已经被人预定了。”

安洁一怔，“那下次呢？”

袁玉玲歉意地一笑，“下次的展览还没有定。”

“可是……”

还没等她找出下一个说辞，袁玉玲就已经转身要离开，她心急，“你……”

却在这时，有人叫她：“咦，这不是安家大小姐吗？”

她转过头，只见不是别人，站在一旁的正是陈峻一，所谓冤家路窄莫过于此。

她不想理他，按下轮椅的按钮就要去追元玉，陈峻一却两步走到她的面前，像是确认了什么，哈哈一笑，“真的是你。”

安洁瞪他，“我们很熟吗？”

陈峻一反问她：“你跟袁阿姨很熟吗？为什么强拉着人家给你介绍？上一次也是，在写字楼里轰人离开，怎么，仗着自己是安家的小姐还有G.U.顾北城这个哥哥撑腰，就专喜欢强迫别人做事吗？”

“你！”安洁气结，对陈峻一无话可说，索性什么也不说，想要绕过他，可陈峻一仗着自己腿脚灵活，左挪右挡，专门堵住她的去路。

众目睽睽之下，安洁原本不想像之前在顾北城公司一样毫无大家闺秀的涵养与他争吵，可他这样屡次三番与她找碴儿，眼见着就要坏事，她只觉得连自己的头都开始疼得厉害，“对，我就仗着我是安家的小姐，我就仗着是顾北城的妹妹，你想干什么？”

却在这时，原本已经向别的地方走去的袁玉玲在这个时候竟然转了身，向他们走了回来！

她走到陈峻一和安洁的身边，带着笑容调侃陈峻一道：“呀，峻一可很少在女孩子面前这么不受欢迎啊！”

陈峻一不以为意地一笑，“我和她哥是竞争对手，不欢迎也就不欢迎吧。”

袁玉玲转头看向安洁，带着和蔼的笑容，“安小姐是G.U.集团顾总的妹妹？”

安洁一怔，没想到袁玉玲会这么在意这一点，还没等她回答，就听一旁的陈峻一道：“是啊，顾北城可护着这个妹妹了，上次遇到，差点儿没出大事……”

袁玉玲笑了笑，自然地离安洁近了一点儿，问陈峻一：“你是不是欺负人家小姑娘了人家哥哥才会那样？”

陈峻一一笑带过，“那哪儿能啊”，又像是想逃一样道，“我先去别的地方看看，你们聊。”

说完，陈峻一转身离开。

安洁虽然还没能完全明白这里面的前因后果，但从事情的走向上她竟觉得陈峻一似乎……是在帮她？

她看着陈峻一离去的背影，只觉得这个人真是奇怪，还没等她再想出个所以然来，就听去而复返的袁玉玲问她道：“安小姐刚刚说要选礼物，是家中的老人喜欢京剧吗？”

安洁点头应：“家中有不少藏品，都是老人年轻时收藏的，所以这次回国想找一件合适的作品给老人当礼物。”

“看安小姐年纪轻轻，对京剧的了解似乎不多，我当然可以为安小姐介绍，但是不是再找一位同安小姐一起把关是不是更好一些？”

袁玉玲暗示的……是顾北城！

意识到这一点，安洁顺着袁玉玲的话接道：“这次的礼物是我哥和我一起送，他忙所以没时间来，但最后定的时候肯定还是需要他同意的。”

安洁说着，娇俏地一笑，“我哥这个人最挑剔了，要是我选得不好，他肯定嫌我给他丢人，所以才希望您能帮忙。”

袁玉玲做出一副了然的神情，这才对安洁松了口：“那安小姐不妨留一个联系方式，有了合适的作品我介绍给你。”

安洁连忙点头，“好！”

晚宴散场的时候，安洁在酒店门口又碰到了陈峻一，彼时几杯香槟下肚被迫等司机来接的陈大少爷穿着一件粉色的衬衫和一条黑西裤，站在初冬的夜风中连打了几个喷嚏。

安洁本来没有想理会他，可经过他身边的时候见他鼻头被冻得通红，喷嚏连天却连张纸都没带，迟疑了一下，她有些嫌弃地递了一包纸巾过去。

陈峻一看着出现在眼前的纸巾一怔，他转头，只见安洁有些凶巴巴地瞪着他，“有什么好看的，赶紧把你鼻涕擦了！”

陈峻一接过纸巾，又看了一眼安洁，他一副了然的样子开口道：“今天的事你不用太感谢我，上次不知道你得白血病没能让着点儿你是我的失误，这次……”

安洁毫不客气地打断他：“我为什么要感谢你？”

“我帮你引起了袁玉玲的注意啊！”

刚刚在宴会里，陈峻一上前果然并非想要与她为难，是看她叫不住袁玉玲，故意那么大声提起她哥哥是谁的。

可安洁怎么会白白让他卖了自己这个人情？她瞪了他一眼道：“明明是我哥的名头厉害，和你有什么关系？”

安洁说着，伸手就要将自己的纸巾抢回来。

陈峻一灵活地闪身躲开，就在安洁不想理他准备离开的时候，陈峻一却抽出了一张纸，忽然在安洁面前俯下身来，轻轻地擦拭过她的嘴角。

安洁一怔，看着那张突然在自己眼前放大的脸说不出话来，他呼出的鼻息就那样若无其事地拂过她的脸颊，待她回过神儿来，只恨不得……

还没等她做什么，就听陈峻一看着纸巾上擦下来的巧克力，语气中透着嫌弃道：“啧啧，好歹是安家的千金，这形象……”

“你！”

可紧接着，陈峻一收敛了玩笑的语气，在她耳边认真道："不管你是不是真的想要买画，小心一点，袁玉玲很聪明的，下一次可就未必有我这么好的人帮你了！"

被他一眼看穿，安洁有些恼羞成怒，抬手抢回了自己递给他的那包纸巾，按下轮椅的按钮扬长而去，心里翻了一个大大的白眼，低声暗骂道："自以为是！"

这之后一切进行的都还顺利，安洁在两天以后接到了袁玉玲的电话，说是认识的一位收藏家有一幅作品想要转手，很有价值，介绍给她。

安洁没有让母亲陪同，因此在看完作品之后又在袁玉玲的照顾下去吃了晚饭、买了东西、吃了夜宵，她向袁玉玲"倾诉"自己得病后的委屈，"这些想法我怕母亲难过而不能和母亲说，可自己实在觉得难过，能遇到玉玲阿姨真的是太好了。"

袁玉玲伸手揉了揉她的脑袋，"我能明白你有多痛苦……"

安洁牵唇，"袁阿姨，您不用勉强安慰我，您能听我说话我就已经很高兴了，身患绝症的痛苦我宁可别人永远也不要明白。"

"我不是在安慰你，如果我儿子还活着，大概也像你这么大了吧……"

这是完全出乎了安洁意料的，她一怔，反应过来袁玉玲话中的意思，不由得道歉道："对不起，让您想起了伤心事……"

袁玉玲摇了摇头，"没事，这件事我每年都会当众提起，我儿子是唐氏综合征，为了纪念他，我成立了一个唐氏综合征患儿的基金会。"

安洁感叹："您真的很有勇气而且很有能力。"

袁玉玲放下咖啡杯笑了一下，"哪里有什么能力，只不过每天所想的都是怎么样多结识一些高层人士、怎么从他们的兜里拿到钱放进基金会，说实话，最初同意为你介绍作品的时候是因为听说你哥是G.U. 集团的顾总，想要结识，可与你接触下来觉得能认识你真好。”

袁玉玲说着，微笑着看向安洁，她突然的坦诚倒让安洁有些无所适从，安洁的心里不由得有些自责，想起自己之前对袁玉玲的人品多少有些质疑，没有想到有这样的原因在里面，真的是有些武断了。

她不由得问：“袁阿姨，你偶尔会不会厌烦甚至后悔这种总是费心结交权贵的生活？会不会后悔因此错过了一些有意思的人、错过了让自己的人生变得不同的机会？”

安洁说着，又意识到自己的问题多少有些冒犯，连忙摆了摆手，“我没有别的意思，只是好奇……”

袁玉玲毫不介意地一笑，“不会啊，能够不计身份真心交往自然是好的，可如果我把自己的时间拿去做这些，我的基金会得不到足够的资金，那么这些先天残疾的孩子们就得不到帮助，也正是因为如此，我宁可去当一个势利眼，每天挖空心思去结交那些上层社会的人士，只要能从他们的钱包里掏出钱来就可以多帮助几个可怜的孩子，我的人生也因此才有意义。”

安洁低下头，“对不起，是我对您的人生妄加评判了。”

袁玉玲大方道：“你没有任何错，不必道歉，不过，要是我说服了你，引荐我见一见你哥吧？”

安洁一怔，随即有些不自然地笑了笑，“好。”

这之后她们又聊了许久，从喜欢吃的零食到之前学的专业，安洁有些疲惫地靠在轮椅背上，袁玉玲看出她的倦意，笑了笑，指着桌子上的杯子道：“我们居然已经喝了这么多杯水！”

“一、二、三……”

安洁看着她指着杯子来回摆动的手指，微牵唇，“其实也算不上很多，白水而已。”

袁玉玲又看了她一眼，没有回答。

许是因为太困，后来安洁已然记不清她们具体聊了什么，只记得临走之前哈欠连连中抬头看表，时针已经在 11 的位置。

很晚了。

安母来接她的时候有些不悦，她身患重病，这样的劳累很不利于她的身体，不由得责怪道：“为什么这么晚才想起回家？”

袁玉玲见安母的态度有些凶，赶忙为安洁打圆场：“刚刚我们一直在商量为安奶奶送什么生日礼物，不知不觉就晚了，实在抱歉，不过安洁真的很孝顺。”

安母听到这话却是一头雾水，“安奶奶？生日？”

眼见着谎话就要穿帮，安洁向自己的母亲使眼色，“是啊，奶奶的生日不是快到了吗？”

然而安母却完全没能明白她的意思，“你奶奶已经去世那么多年了……”

安洁瞄了一眼袁玉玲，硬着头皮道：“那就不能为奶奶买生日礼物了吗？”停顿了一下，她用有些委屈的语气道：“我真的很想奶奶，如今时隔十多年回国，我想为奶奶挑选一件她真正会喜欢的礼物。”

安母看着自己的女儿，一时有些不忍心，“傻孩子……”

袁玉玲上前拍了拍安洁的肩，“你的心意安奶奶一定都会感受到的。”

安洁闭上眼，心里只求奶奶能够原谅自己的厚脸皮。

[5]

冒险

安洁的孝顺似乎真的打动了袁玉玲，很快，袁玉玲为安洁找到了合适的作品，还常常约安洁出来谈天说地。

一同去卫生间的时候，袁玉玲顺便补了补妆，从不大的单肩包里拿出小化妆包的时候，她一不小心带出了一个小药瓶，啪的一声掉在了卫生间的地面上，滚到了安洁的面前。

安洁俯下身捡起，只见药瓶上赫然写着的药名：氯硝西泮。

安眠类药物。

她想起苏情生曾经提到过，袁玉玲这几年有焦虑和睡眠障碍的病史，看来所言非虚。

原本还在发愁怎么能和袁玉玲谈到这样隐私的事情，却没想到这么意外地得到了一个契机，她将药瓶还给袁玉玲，担忧地问道："袁阿姨，你随身带着这种药，是睡眠不好吗？"

袁玉玲将药瓶收回包里，轻描淡写地笑了笑，"平时工作压力有点儿大，有的时候情绪不是很好，睡觉也不踏实，医生就给开了这种药。"

"阿姨你……情绪不好吗？是有点儿焦虑吗？"

袁玉玲似笑非笑地牵了牵唇，没有说话。

“不好意思问您这样隐私的问题，只是我因为得病的事，情绪也不好，他们给我做焦虑和抑郁量表，我的评分每次都直接爆表，夜里睡不着，医生也是给开了很多药，所以觉得比较能和您感同身受。”

听到安洁的解释，袁玉玲有些心疼地揉了揉她的头，“那后来呢？吃了药好些了吗？”

安洁低头看着自己的手，“没那么讨厌活着了，但有的时候觉得自己的想法不是自己的，也有的时候昏昏沉沉的，不知道自己到底在想什么。”

袁玉玲轻叹了一口气，“是啊，人似乎是平静下来了，但总是昏昏沉沉的，虽然睡着了，却觉得比没睡还累，怎么也醒不了，却也没有更好的办法。”

安洁沉思了一下，随后道：“倒也不完全是这样，办法还是有的。”

“什么？”

安洁看了一眼袁玉玲，“心理治疗。”

袁玉玲蹙眉，似是有些迟疑，“真的有用吗？”

安洁点头，“最开始是有一些抵触，但这是我哥的专业，总觉得能让我哥屈尊的专业不可能是骗人的，所以去尝试了一下，虽然不能说完全好转，但情绪多少缓解一些。”

袁玉玲似是想起了什么，“你提到我才想起你哥好像不久前收购了一家心理机构，既然你说有用，认识什么比较好的治疗师吗？”

这一切都在朝她们原先计划的方向格外顺利地发展，安洁的手暗自捏住自己腿上的毛毯，尽可能看起来平静地向袁玉玲道：“我对国内的治疗师不太熟悉，不过可以去请我哥推荐一位。”

袁玉玲欣然一笑，“那自然最好了。”

为显正式，免得引起袁玉玲怀疑，苏情生将见面的地点定在了公司，用接待寻常来访者的标准流程接待她。

见到苏情生，袁玉玲显得很是意外，“安洁说是一位有经验的治疗师，没想到这么年轻！”

苏情生礼节性地微笑了一下，“入心理这行已有近9年，博士毕业于剑桥大学，若说经验，多少算是有一点儿，只是不知能否达到袁总的要求。”

袁玉玲倒也没多为难，“既然是安洁推荐的，想必是很有能力的治疗师。”

苏情生看着她，不卑不亢道：“虽然承蒙安小姐推荐十分荣幸，但坦白说安小姐与我不算很熟，想必是按照公司上月评出的最佳员工推荐的。”

她的这句话倒让袁玉玲很是意外，“苏小姐……很有意思。”

苏情生抬头看了眼表，原定四十分钟的初次咨询时间已经过去了五分钟，她打开笔记本，看向袁玉玲，“既然您没有意见，那我们正式开始吧。”

“好。”

初次见面，彼此都抱着试探的态度，袁玉玲提到的大多是她工作上的琐事，苏情生很有耐心地听，虽然袁玉玲言辞间留下了追问的空间，苏情生也没有贸然开口，以免袁玉玲觉得受到了冒犯。

四十分钟的时间很快过去，苏情生起身的时候袁玉玲似乎还有些遗憾，主动提出预约了后面的咨询，苏情生将她带去登记的地方，也是在这时，偶然撞见了来核对数据的沈慕言。

沈慕言没有理会她，只是视线一直落在她身边的袁玉玲身上。

他认识袁玉玲！

意识到这一点，苏情生赶忙帮袁玉玲完成了登记，整个过程中身为公司副总的沈慕言百忙之中竟然一直在旁边注视，苏情生只觉得如芒在背，却还是强作镇定送走了袁玉玲。

眼见着袁玉玲的身影消失在视线中，她飞快地赶回登记室，可沈慕言已经不在了。

他直接冲到了顾北城的办公室。

“你必须和苏情生离婚了！”

顾北城抬起头看着他。

“把公证过的离婚协议书给她、把钱给她，告诉她你们已经人财两讫，再无关联！”

顾北城蹙眉，“我……”

“苏情生已经找到袁玉玲了，她想从袁玉玲身上套出W的罪行，也不知道她哪儿来的勇气，觉得自己能算计的了阅人无数的袁玉玲，且不说袁玉玲对当年的事情究竟知不知情，如果让W知道她在查他……苏情生迟早玩火自焚！”

顾北城起身就要向办公室门口走去，却被沈慕言拉住，“你别去找她，这样只会给她理由坚持下去，你不能再给她任何希望，与她彻底划清界限才是对她最大的帮助！”

顾北城停下了脚步，沉默，并不是不知道该说什么，只是不知道应该这么说出口，许久之口，沈慕言听到他说：“把钱转给她吧。”

“不走完所有手续光履行离婚协议也不能算离婚……”

“我知道”，顾北城回答的异常坚定，他深吸了一口气，放轻了语气，“可苏情生那么笨，应该分不清吧。”

沈慕言看着他，想说些什么，可张了张嘴，最终还是没有出声。

回办公室的时候，沈慕言看到了守在他办公室门前的苏情生，她的神情忐忑又焦虑，看到他的那一刻，目光中透着恳切。

“刚才的那个人是……”

苏情生似是想要解释，语气中透着试探，沈慕言开口，斩钉截铁地破碎了她所有的希望，“我知道她是谁。”

她也不必再遮遮掩掩，“别告诉顾北城。”

沈慕言却是语气很凶地质问："你这样折腾是想把你父母送进监狱还是想把自己害死？"

"我会找出W与我父母无关的罪行的。"

"你觉得W会给你这个机会？"

面对沈慕言的质疑，苏情生毫不畏惧，"他不会杀了我的，如果他杀了我，顾北城就可以毫无顾忌地把他和我父母一起送进监狱，W需要我活着。"

"白费心力！"

"就算是白费，也是我仅剩的能做的事情，没关系。"

面对这样冥顽不灵的苏情生，沈慕言也不知该说些什么，凶巴巴地留下一句"随你"，转身就要离开，却又一顿，"这几天看着点银行账户，你的钱该到了。"

苏情生一愣，反应过来沈慕言口中的钱指的是什么，她知道沈慕言是想告诉她顾北城已经办了离婚手续，她有些僵硬地握起了拳，"那不是我的钱。"

沈慕言面无表情，"马上就是了。"

苏情生牵唇，有些自嘲地一笑，"你们把钱给我，如果这笔钱放进了我们家的公司里用来对抗你们，你们岂不是自掘坟墓？"

沈慕言满不在乎道："以现在你们家公司的实力应该是没有这个可能了。"

苏情生脑海中浮现的是W被释放那日母亲在家庭聚会上的话："我们只需积攒实力，静候陈家与G.U.斗得最凶的时候从陈氏脱离出来。"

母亲既然这么说，一定不是天马行空。

她因而谨慎地问沈慕言："你确定？"

"确定。"

可第二天，意料之外的事就发生了。

各大媒体接连报道，G.U.涉嫌制售假药，检方已成立专案组调查。

本市的一个慈善基金会实名举报从G.U. 公司买到了没有治疗效果的药品，经过成分检查发现胶囊中多是面粉，仅有10%不到的药物成分。

消息一出，全国轰动，那家基金会的药是给偏远地区的残疾儿童用的，竟然在孩子、而且是残疾孩子的药里昧着良心掺假，一时之间G.U. 成了臭名昭著的公司，在网上更是被网友用尽了侮辱之词辱骂，连G.U. 是在英国成立的事情都被人拿出来做了一番文章，有数不清的公知们站出来质问G.U. 若是在英国怎么敢在药里掺假，言辞间指责G.U. 的老板崇洋媚外，不拿同胞的性命放在心上，G.U. 的股价在半小时之内跳水近半，就连公司大楼的玻璃都被人用石头砸碎了。

这是陈家在等的机会，也是苏家在等的机会。

筹谋已久的陈氏抓住时机毫不犹豫地向G.U. 发起了攻击，无论是在股市上还是新药的宣发以及老药的价格上，倾全力压制G.U.，G.U. 的人员忙于应付检察院的调查以及哄拥而上的媒体，根本没时间做出反应，就连顾北城都已进出检察院三趟，短短几天之内，陈氏在这场对决中全面占了上风。

晚饭的时候，苏明尚问程玉琳："我们要不要借陈家所有精力都在G.U. 身上的时候从陈氏脱离出来？"

程玉琳面无表情，眼神却格外凝重，"不急，先帮陈氏压倒G.U.，等G.U. 没有翻身的余地，我们再趁陈氏放松警惕的时候脱身。"

苏明尚有些迟疑，"那个时候陈氏势头盛，我们想分得干净可能就难了。"

程玉琳却是异常坚决，"那也要等，陈家是对头却不是死敌，就算没能脱离陈氏，我们尚有一丝生机，但如果我们操之过急，陈氏在与G.U. 的对阵中败北，那无论是陈家还是我们都不要想从G.U. 的'虎口'中逃生！"

苏情生原本低着头专心地扒着自己碗里的饭，想要假装没有听到，可忍来忍去到底还是忍不住问道："这一次G.U.卖假药的新闻和你们有没有关系？"

想起苏情生不久前在饭桌上对母亲的指责，苏明尚只怕事情又变成那样，怒喝着制止她道："苏情生，你在爸妈面前胡说八道什么！"

苏情生却是固执，看着自己的母亲，"真的没关系吗？"

面对苏情生的质疑，程玉琳的心里滋味难辨，但当初的事终究是她自己做下的，苏情生不信她也情有可原。

她面对苏情生，坦然道："没关系。"

看着母亲的样子是认真的，并不是在说谎，苏情生不由得低下了头，心里多少松了一口气，可紧接着却又紧张了起来，如果这件事不是她父母做的，那只能说明G.U.遇到了更大的麻烦！

看着苏情生蹙起的眉头，苏明尚已然猜出她在想什么，沉声道："苏情生，你到底在替谁担心？"他一顿，像是突然想起了什么，又说："看你的离婚协议书不在了，既然婚也离了，以后就和那个人彻底没有关系了，别总问这些傻问题！"

苏情生没说话，只是端起碗，飞快地将剩下的米饭扒进了自己的嘴里，然后咚的一声将碗放在了桌面上，站起了身，"我吃完了。"

第二天，她又把这个傻问题问到了陈峻一那里，而出人意料的是，得到的答案竟然是一样的，没有，这个新闻刚爆出来的时候，陈家也是格外震惊。

苏情生眉蹙的愈紧，"那会是谁……"

陈峻一随口道："没准儿这件事并不是被谁操纵的，而是G.U.真的就是在卖假药也很有可能啊，这几天我们家老爷子总算不拿顾北城说我了，我还有点儿感谢这事……"

苏情生却全然不能做到似陈峻一这般玩笑地看待这件事，"这不仅是商业竞争上的事，这次涉及的G.U.的药有的是一些罕见病绝无仅有的救命药，调查期间药物下架，那这些病人……”

她的父母她已经问过了，陈家她也问过了，想要了解事情的真相，这种时候还能去找谁？

等等，基金会！

听说这一次举报的是一家基金会，袁玉玲也是做基金会的，会不会了解一些什么？

她是袁玉玲的咨询师，如果问太多与治疗无关的事只怕会让袁玉玲生疑，好在还有安洁，这个时候由安洁出面去帮自己的哥哥询问事情的由来应该是再合适不过，可偏偏事情一出，袁玉玲比平时更忙了许多，将与安洁的会面向后推了推。

但即使是这样，袁玉玲也没有取消心理治疗的预约，这让苏情生有些意外。

[6]

那时他的承诺，是当一个好人

再一次面对面坐在咨询室内，没有用浓妆遮盖，袁玉玲的脸色显得有些憔悴，苏情生因而问道：“最近休息的不好吗？”

袁玉玲轻应了一声：“嗯。”

“还是睡不着？”

袁玉玲迟疑了一下，“是不想睡，怕睡着了，又会见到不想见到的人，想起一些想忘记的事。”

“什么事？”

袁玉玲抿了下唇，似乎是不知该怎么开口，又似乎是话到了嘴边又强忍了回去。

这样的场面在心理治疗中并不少见，苏情生看出了她内心的犹豫，“虽然有些话可能不好开口，但那可能恰好是你问题的关键，如果对此闭口不谈只会是在浪费我们双方的时间。”

袁玉玲双手交握，用力之大指节都有些泛白，内心的矛盾显露无余，半晌，她才道：“苏博士，你知道我们今天的所有谈话内容都是受法律保护，不能外泄分毫的吧？”

法律保护，她接下来的话需要提到法律，也就是说……可能会与 W 有关！

苏情生握着笔的手下意识地更加用力了几分，面上却还是平静的样子，“我会严格遵守保密原则，您说吧。”

袁玉玲这才似放了心，又沉默了许久，才慢慢开口道：“我曾经订过婚，说来也巧，那个人和你是同行，现在在你们圈子里好像还挺有名的。”

果然。

苏情生应了一声：“应该是个很有魅力的人吧？”

“是啊，他来给我们讲座的时候一眼喜欢上他，为了接近他不惜假冒是小时候被母亲抛弃过的人去当他的求助者”，她说着，不由得轻笑了一声，“那个时候真是什么傻事都干得出来。”

那个时候的W虽然不如现在的盛名，但也已经崭露头角，而他待人又有些冷淡，想要接近是很难的，她思来想去，想出来假装求助者去找他的这个馊主意，特意去了解了W接收求助者的规律，给自己编了个被母亲再婚后抛弃的俗套故事，没想到竟真的骗过了W。

咨询的时候，W总是很沉默地在听她说，她本来就心虚，怕哪里没编圆被他看出来，偏偏他还特别严肃，于是她每叙述完一句自己的“悲惨遭遇”，就撒娇似的问W：“哎，我都这么惨了，你能不能安慰一下我？”

W面无表情道：“我要听完你的经历，才能知道什么样的安慰对你的心结最有效。”

她当时想：我的心结是你啊，大面瘫！

但对着W还要连连点头，“好的。”

“你再说一下你是怎么见到你母亲新家庭的那个男孩儿的？”

她信口道：“去植物园的时候……”

W异常敏锐地打断了她：“等等，你上次不是说发现你母亲另有家庭过得很好的时候是个冬天，你在雪地里冻得瑟瑟发抖，难道你在大雪天还去了植物园？”

“我……”说了冬天？

她随即硬着头皮道："我之前说冬天主要是……为了渲染一下悲凉的气氛，可能是我记错了季节也不一定……"

W啪的合上笔记本，站起身来，"对不起，袁小姐，我还有很多真正的求助者需要我的帮助，没有时间在这里听你编故事。"

被他看穿了！

眼见着他就要走，她赶忙拦住他，"虽然是编的故事，但也有很多可以分析的地方啊！"

W斜眼睨她，看着她胡说八道，问："比如呢？"

她厚着脸皮，"比如……比如我有多喜欢你才编出了这么离谱儿的一个故事。"

W原本已有些不耐，蹙起了眉，可听到她后面这句话，竟一时不知该做出什么表情，只是用一种难以置信的眼神看着她。

她被他看得有些委屈，"你这个人这么冷漠，我之前和你打招呼你都不理我……"

"那个时候我们认识吗？"

她忽然就露出了一个笑，"现在我们认识了，所以你看，我们也不算是浪费时间是不是？"

W被她这胡搅蛮缠的逻辑绕得不知道该说什么，刚要开口，可看着一脸期待的她却又忍不住叹了口气，嘴角却在不自觉中微微上扬。

原本是很细微的一个动作，却分毫不差地落在了她的眼里，她得寸进尺道："既然我耽误了你时间，那我要对你负责，今天就算是我们的第一天了，以后有女生再像我这么缠着你，你要义正词严地告诉她你有女朋友了！"

明明是在耍赖，她却眼巴巴、可怜兮兮地看着他，W被她闹的头都大了，眼见着咨询的时间已经超了，下一位求助者就要来了她却一点儿走的意思也没有，W索性直接赶人："你先走吧。"

她的逻辑却是简单粗暴，"那你是答应了？嗯，看来你是答应了！"

说完不等他回答，人已经出了咨询室的门，没过多久，就听到大概是走廊拐角的地方传来她的声音：“我要取消所有的咨询预约！”

W的助理一愣，连忙问：“请问是对我们有什么不满意的地方吗？”

她得意的声音传遍整个走廊：“以后你们王医生就是我的人了！”

那个时候她的莽撞想起来自己都觉得丢人，可恰恰就是这份莽撞打动了W，他默认了她女朋友的身份。

这之后出双入对、形影不离倒是没有，还是她像个尾巴一样，跟在W的身后，每次约会的时候，都是她不停地在找话说，说到口干舌燥、说到连下辈子想干什么都交代得一清二楚，可他却从不会和她说起自己的人生，就算她再怎么追问，他也只是漫不经心的岔开话题，将自己盘中的牛排切好，递到她的盘子里。

后来她问的多了，W面无表情的反问她：“我家是哪里的、父母是做什么的、小时候都去过哪里这种问题对我们交往这件事有那么重要吗？”

“有啊！”她目光炯然地看着他，“你们心理学不是常说了解一个人最重要的方面是了解他的成长环境吗？”

W没有说话，只是又切给了她一块牛排。

起初她也没有很在意，总觉得时间长了，这些事他自然会告诉她。可交往半年的时候，她对他的了解还停留在她从搜索引擎中查到的他的简介，她觉得很生气，却连向W生气都不敢，只能在两个人道别之后，悄悄又跟到他工作的地方，在他助理那里一待就是一天，原本是想从助理口中套话，可几天下来，话倒是没套出来多少，却见到了许多来找W咨询的求助者，清一色的都是幼年时被父母遗弃过的人，长久没能走出当年的阴影，她虽然早就知道W收来访者的规律，甚至自己也冒充过这样的人，但她以为那是W同情这样的人，所以会对他们多关照一些，却没想到这几乎已经成了W的执念。

她学习过一些心理学，在这个时候，之前书上所写的那些枯燥无聊的东西统统回到了她脑子里，她只觉得脑子里有道光闪过，W该不会……该不会是被父母抛弃过吧？

是了，这不仅可以解释为什么W对这样的求助者有一种偏执，更能解释为什么他从不提及家人的事情。

她忽然有些后悔，就那样莽撞地抓着他伤痛的过往不放。

去他的成长环境，和站在她眼前的那个人比起来，那些过去难道不该是一文不值？

他没有家人，她就当他的家人；他被父母抛弃，她就一直陪在他身边，告诉他，他再不会被抛弃！

在W生日的那一天，为了给他一个难忘的纪念，在他去大学讲座的时候，她让W的助理为她开了W办公室的门，带着提前准备好的装饰品和礼物，将W的办公室用和他极不相称的暖色调好好地装点了一番，她想用最具仪式感的方式让他的生活开始新的篇章，却在收拾窗台要被扔掉的旧报纸时，意外从中掉出了一封信，她捡起，只见上面写明“W亲收”，这样的信件为什么会在废报纸堆里？

她想着，将里面的信拿了出来，原本只是想确认下里面的是原本的信件还是不要的废纸，可打开之后却被无意间扫过的内容惊在了原地。

这是一封感谢信，信上的内容很简短，足以让她在几秒钟的扫视中看清：

药瓶在这里，已拒绝尸检，没有人察觉，谢谢您的帮助。

落款是……

她的视线下移，隽秀的字迹是赫然三个大字：谭文华。

她不由得蹙起眉，这个名字……为什么有些耳熟？

这不是……这不是前一段时间那个新闻里常提到的继子投毒案的受害者的亲生儿子？

她还记得前一段时间连续很多天的晨间新闻都提到了他母亲

的案子，在嫁入新家庭后屡次被新家庭的丈夫和继子家暴，而这一次继子在施暴过程中失手将她从楼顶推了下去，新闻里作为受害者亲生儿子的谭文华抱着母亲的遗像痛哭流涕要求一定要严惩加害者也就是那个继子，她还清清楚楚地记着他当时对着镜头一字一句地说："在那个家庭的人眼里，可能是个无足轻重的人物，可我妈妈在我的心里，却是无可替代的母亲，请大家为我们主持公道！"

她始终记得那时他痛哭的样子，可这信上的内容……

到底是什么意思？

什么药瓶？拒绝尸检又是指什么？为什么要说没有人察觉这种奇怪的话？W又到底帮了他什么？

她的心里有太多的疑问，有类似的感觉慢慢涌上心头，偏偏这个时候，W回来了。

她飞快地转过身，将信藏在了自己的身后，可这样的小动作却没有逃过W的眼睛。

他看着她，目光冰冷的似腊月的湖水，"拿出来。"

她的手微抖，还是将东西放在了桌面上，自顾自地解释道："收拾……收拾废报纸的时候无意看到的，只是想看看还有没有用，不是很明白上面说的是什么。"

W看着她，恼怒之中只觉得可笑，什么叫作不打自招，她特意说不明白上面说的是什么，反而证明她很清楚寄信的是什么人，也猜到了信上说的可能是什么，才会这样恐惧。

他冷笑了一声问："你怕我吗？"

她看着他，没有说话。

他眼中的失望不加掩饰，"口口声声说想要了解我，还什么都不了解，就已经害怕了吗？"

她盯着他，竟然想也没想地嘴硬道："我没害怕！"

他的目光落在她的手上，"那你的手在抖什么？"

她用左手按在自己右手上，抿唇迟疑了片刻，才说：“因为什么都不了解才会害怕，如果真的了解就不会害怕了，最起码不会在猜测中自己吓自己！”

“你就那么想要了解我吗？”

她自己都已分不清是赌气还是真心，她斩钉截铁道：“是！”

他抓住她的手腕，将她拖出了办公室，开车带着她到了一个小区的门口，然后就那样停在了那里，面无表情地看向窗外。

她看着他的脸色，原本不敢说话，可等了许久也不知到底在等些什么，终于忍不住开口：“那个……我……们”在等什么？

可后面的话还没来得及说出口，W已经打断她，指着不远处走来的一对父子道：“那个，是我……那个词是叫父亲？”

那“父亲”两个字他的语气极为生硬，想来是许久不用，有些生疏了。

她有些意外，视线循着望过去，只见那个中年男人跟在一个专注玩着游戏机的中学生的身后，帮他背着包、拎着袋子，她不由得问：“那个男学生……”

他的回答简短而冷漠：“是他的孩子。”

这个表述真是奇怪，是他父亲的孩子，却与他一点关系都没有。

她试探地问：“不过去打招呼吗？”

W笑了一下，就像是真的听到了什么可笑的事，“打招呼？在我……父亲的口中，我只是他看着可怜的邻居的孩子，精神有问题才会觉得他是我的父亲。”

她觉得有些不可思议，“你现在事业有成，你父亲应该觉得骄傲才对，为什么……”

“他当年抛妻弃子成为高官的女婿，为了自己的前程，也为了这家的脸面，当然不能有任何丑闻，毕竟我们对他而言本来就什么都不是，从来都是随意的打骂和凌辱，不需要的时候可以随意地丢弃。”

果然，她的猜测没有错，W 确实是经历过被抛弃的事情，这是她从没有见过的一面，却是他真实的模样。

她拉住他的手臂，想要拉回他望向窗外的视线，“那就当他不存在就好了，反正你已经很优秀了，他存不存在对你而言没有区别不是吗？”

“本来是这样的，直到我母亲病危，她最后的愿望是想见那个人一面，我找到这里，跪在他的面前求他，他只是慌乱地将我推到地上，护住自己的小儿子，告诉路人我是精神有问题的邻居，在那一刻”，他停顿了一下，眸光中透着一种戾气，“我突然很想他死。”

她被他的眼神一惊，回过神儿来的时候，话已经不自觉地溜出了口：“比如毒杀之后嫁祸给那个孩子吗？”

他猛然抬起头，看向她的目光锐利如刀，她本能地倒吸了一口凉气。

她果然猜到了他在做什么，不只是猜到，应该是理解。

那个震惊全国的继子毒杀案不过是他在用谭文华提前练手罢了！

可他却冷笑了一声，毫不犹豫地否认了：“不。”

她一怔。

“太平淡了。”

她又是一怔。

“不让他尝尽我们受过的苦，怎么能让他那么轻易地去死？”

明明是极致残忍的话，可他却缓缓地露出了一个笑容，一向斯文的人眼中流露出的杀机才最让人恐惧，他突然转过头看向她，“怎么样，了解了这么多还满意吗？”

“就当他已经死了不好吗？不是为了放过他，而是为了放过自己。”

W 牵唇，“这些大道理我也曾经和谭文华说过，可怎么办，他说不行啊！没有经历过的人怎么会明白这其中的感受？”

她回过头没有再看他，目光平静地望向前方，对他的话不予置评，只是问："你知道为什么我用编的故事能够在初次咨询的时候骗过你吗？"

明明是漏洞百出的谎言，可看着她坐在那里、看着她的目光，他却选择了相信，因为从内心深处，他总觉得她说的故事里有真的。

"我小的时候父母离婚，我爸嫌我是女孩儿根本不想要我，母亲要再婚嫌我是累赘，曾经把我扔到大街上，却又被我误打误撞找回去了，这些都是真的"，说出这些，她轻舒了一口气，"那个时候我当然是恨他们的，在脑子里想了一百种长大以后怎么报复他们的方法，可后来当我进了继父的家门，我并没有再被轰出去，与之相反的是，继父给我买的东西永远比他自己的孩子都多，总是喜欢抱着我、陪着我，他让我去思考，自己要成为一个什么样的人，而不要再把珍贵的生命浪费在那些伤害过自己的人身上。"

她说着，转过头看向了W。

你呢？

你想成为什么样的人？

放下这一切让那个人成为与自己再也无关的人，还是用一生的时间活在过去的痛苦中，成为一个坏人？

她那样认真地注视着他，一字一句道："我想像我的继父之于我一样，成为支撑你走出过往阴霾的那个人。"

她眼里流出的期待太过恳切，如同火光一样刺目，他别开眼，沉默了片刻才开口道："就凭你？"

"就凭我。"

又是沉默。

良久，他才开口道："你回去吧，我会忘记今天发生的事。"

说完，他没多看她一眼，起身就要离开。

她失望的神情不加掩饰，跟着站起身来，"你就不怕我把这件事说出去吗？"

他的脚步一顿，却是头也没回道：“说出去，你就是一个对自己的治疗师产生了病态移情却被拒绝因而想要报复的精神病患者罢了。”

他居然能在一句话之内给她下这么长的一个定义，她觉得有些可笑，就真的笑了出来。

是啊，案件的“真凶”已经被抓到，而她又没有任何证据，就算说出去，也不过是“疯狗乱叫”罢了。

她笑着笑着，终于再也笑不出来，只剩下那个自嘲的表情还挂在脸上，怎么也下不去，“那我呢？你是不是也一起都忘了？”

还是沉默。

也不知过了多久，她听到很轻的一声：“嗯。”

她哭了一晚上，就算不停地在心中告诉自己，就算W不说，他们也一定是要分手的，她只不过是被抢了台词，他是杀人犯，就算不是亲自动手，也是杀人犯，总不能与杀人犯相亲相爱下去吧，就算是为了自己能多活几天，也该离他越远越好，可眼泪却是止不住涌出来。

第二天清早出门的时候，她照了一下镜子，眼睛还是红肿得厉害，她对着镜子里的自己说：“做得好，哭过了就不要再哭了。”

一开门，却从外面栽进来了一个人。

那个人赶忙抓住了一旁的门框才没有摔倒，她仔细一看，竟然是昨天刚刚说过分手的W。

她的惊讶溢于言表，“你怎么会在这里？”

他的倦容明显，声音有些冷硬道：“在等你。”

她有些赌气地冷笑了一声，“等我干什么？莫不是对我不放心，还是怕我会说出去吧？”

他从兜里掏出了一个戒指，不是铂金、白金、纯金的戒指，而是那种小孩子才会玩的塑料戒指，这是她给他准备的生日礼物。

她猜出他年幼时家庭的创伤，知道他对于家庭和家人的心结，给他这个指环，就像是小时候过家家一样，她想走近他心里那个受伤的小男孩儿，她会耐心地陪伴着他走出过去的阴霾。

这是她的承诺。

她说了解一个人最重要的方式之一是了解他的成长环境。

她猜出了他小时候曾经经历过不好的事情，她知道跟他在一起会很辛苦，但这没有吓跑她，她给他戒指承诺陪伴；

她知道了他小时候经历过严重的创伤，对此怀恨在心教唆杀人，跟他在一起不仅辛苦而且危险，但这也没有吓跑她，她说要支撑他走出过往的阴霾。

他不知道她是哪里来的信心和勇气，就这样硬生生地闯进他的世界，说要陪他走出阴霾，原本不屑一顾的话，却在回到阴冷空荡的办公室看到这个塑料戒环的时候占满了他的脑海，让他忽然想要伸手，拉住她，向更明亮的世界靠一靠。

所以追到这里，因为后悔放开。

他将戒环递给她，“等你给我戴上。”

她别开眼，不以为然的一笑，“精神病人买的幼稚而廉价的东西怎么能配得上大名鼎鼎的催眠师？”

他却拉住她的手，“你确实是疯子，若非如此你又怎么会想和我在一起？”

她想也没想回问他：“想和你在一起怎么了？”

他沉声道：“我是杀人……”

她赶忙伸手捂住他的嘴，紧张地看了一眼周围，“胡说八道，你是不是疯了！”

这是在楼道，如果让周围的人听到要怎么办！

她想保护他的心思被他一眼看穿，他偏头避开她的手，“那你让我进去。”

她最后一丝的理智在负隅顽抗，“凭什么？”

“凭我是杀人……”

她赶忙再次伸手捂住他的嘴，毫无防备的被他抱了起来，进到了屋里。

那时他的承诺，是当一个好人。

这之后山高水长，岁月静好，原本简单到无趣的生活因为有人陪伴变得幸福。

可如今想来，不过是她那时天真，年幼时留下的伤害可以轻易掩盖，却不可能轻易治愈，而更重要的是，金盆洗手从来都不是那么容易。

有人找上了W，让他去害一家人，起初打着一个孤儿院病逝的孩子的幌子，后来不过是买凶杀人，他们出了大价钱，W没答应，可对方怎么会轻易放弃？用W的父亲煽动W内心的恨意，又以W以前教唆杀人的事做威胁，他到底是没扛住，答应了。

后来的事就是顾家那场骇人听闻的大火，那场大火毁灭了一切，富贵、生命，还有他们。

火灾发生的那一晚，他坐在床边的地面上，和她说“对不起”，可她心里明白，这句话意味的，是永别。

她深吸了一口气，强忍着没有哭出来，“如果我喜欢的是个好人就好了。”

他残忍地戳破她的幻想，“如果我是好人你就不会喜欢我了。”

恰恰是他坏人的气质带给了她致命的吸引，可恰恰也因为他是坏人，他们不能再走下去。

简单单纯的世界或许可以带来短暂的美好，却不是他的归处。

而那之后，她也仓皇地从他母亲留下的房子里逃离，将所有的一切都扔在了那间房子里，以为留在那里就不会被记忆带走。

说到这里，袁玉玲深吸了一口气，“都是年轻时的荒唐事，原本以为自己忘了，可偶然被点醒，才发现原来早已磨灭不去。”

苏情生手上的指甲早已深深地嵌进了肉里，她知道袁玉玲话中提到的那个毁了一大家人也毁了W的新生活的罪魁祸首就是她的父母，这一段描述与母亲所说的相去甚远，而她虽然想相信母亲，可理智上还是倾向于袁玉玲的描述，因为比起袁玉玲，母亲更有理由去为自己开脱。

她假装平静地问："您说偶然……是指什么？"

袁玉玲转眼望向窗外，目光飘远没有焦点，半晌才道："当年受害那家的孩子回来了，我想为我当初没能阻止那场火灾发生的无能向他道歉、补偿他，却不知该从何开口。"

当年受害那家的孩子……

苏情生轻合眼，袁玉玲知道顾北城。

其实也并不是不知道该从何开口，只是知道不能这样做罢了。

"有的时候想起，会觉得愧疚得无法呼吸。"

袁玉玲这样说。

而苏情生这一口气已经憋到快要窒息。

却还要安慰她："那件事的发生和结果都与你无关，你没能阻止是因为你没有能力阻止，不要再为与自己无关的事责怪自己。"

"无关吗？"她自嘲地一笑，"虽然他从没说过，但其实在事情发生前那几天，我就已经有所感觉，只不过自欺欺人地骗自己安心罢了。"

就像这段时间的苏情生一样，自欺欺人地认为一切都会好起来的，以为大家都会好起来的，可她自私的自欺欺人对顾北城而言也是伤害。

而袁玉玲的话还在继续："然后回头想一想，突然发现我喜欢过那样的人啊，会对喜欢过的人感到恐惧，对喜欢过那样的人的自己感到恐惧，几次噩梦，梦里是当年深爱过的那个杀人犯，终于一刀穿过胸口，杀死了我，而我，毫无反抗能力，只能眼睁睁地看着他。"

曾经最喜欢的人变成了今天的噩梦，所有欠下的都是要偿还的。

而苏情生用她最后的职业素养强装理性道：“这不过是你作为一个正常人产生的自责，是你需要去接受的自己没做好的那一面，也是你需要原谅自己的那一面。”

“可我真的值得被原谅吗？”

袁玉玲轻描淡写说出的每一句话，竟都像是在对苏情生内心的拷问。

她父母当年所做的一切真的值得原谅吗？

而她明知道他所受的伤害，却还奢求他可以原谅自己父母的她，真的值得被原谅吗？

苏情生几乎是从牙缝中挤出的那一句:“原谅从不是值不值得，而是在它发生的一瞬间，自然会发生。”

只是那一瞬间很难。

[7]

这么偏远的地方一个人来，谁给你的勇气

袁玉玲离开之后，苏情生在治疗室坐了许久，好像想了很多，又好像什么都没想，走出治疗室的那一刻，她还是带着如往常一般若无其事的笑容。

她要去找当年W给谭文华的药瓶，用药瓶作为物证，让谭文华指证W，这是她能找到的最好的机会，绝不能错过，就算有再多的愧疚和不安，也要坚持到结束之后。

在办公室强忍到下班，部门的同事聚餐她也只是留下一句“有事”就匆匆走了，她拿出手机打开导航，输入陈峻一帮她查出的W母亲名下房产的地址，那是本市的市郊，眼看着导航上显示出将近两个小时的路程，她却没有思考迟疑沿着上面的线路而去。

虽然听说地址就知道位置偏僻，但她却没想到这一片已经这么荒凉，因为之前曾有工厂在这里污染了水土，环境不好，再加上后来工厂被关，务工人员都去了别处，这一带都是面临拆迁的老房子，留下的是零星的几个老弱病人。

走到大路的尽头，接下来的都是土路，她将车停下，只身走了进去。

彼时天已经渐渐暗了下来，那些平房在她眼中大致相同，仅

凭一个号码她完全不能区分出哪个是W曾经的家，她走了一会儿，忽然觉得前方有星点的光忽明忽暗，她定睛一看，是一位老大爷坐在自家门口的石台阶上抽着烟。

她走近，小心地询问道："请问您20号房在哪边？"

对方蓦地抬眼，仔细地将她打量了一番，眼中的寒光让苏情生不由得后背一凉，许久，才抬起手，看似随意地指了一个方向，"那边，灰瓦白墙的。"

她循着他指的方向看去，果然如他所说，有那么一个房子，不由得一喜，"谢谢您了。"

紧走两步赶了过去才发现，许是因为房子太过老旧，又常年没人住，W家最外面的院门早已没了锁，轻轻一推，院门就已吱的一声向内而开，再向里，竟然连房门都没有上锁，她有些意外，片刻的迟疑之后，还是小心翼翼地推开了房门。

屋里一片漆黑，她拿出手机打开手电筒，好不容易在墙上找到开关，然而灯管却早已亮不了了，不仅如此，屋里的东西都已经被搬走了，环顾四周只见破旧的墙面和满地的垃圾。

苏情生的心里不由得凉了半截儿，明知道如果W已经搬的这么干净，当年的药瓶留在这里的可能性极小，可心里就是不甘心就这样放弃，又向里走了两步想要逐间房间进行检查，就在这时，只听身后传来咚的一声，她赶忙转过头，只见房门被人关上了，还伴着咯噔的上锁声！

她赶忙冲过去，用力推门，可房门却已经被落了锁，她上脚踹门，可看上去破破旧旧的木板门在这个时候却显得格外结实，她几脚下去无果，反倒是脚底疼得厉害，她赶忙掏出手机，可不知道是因为这里的位置太过偏僻还是一些别的原因，仅有一格的手机信号，按下号码却是拨叫失败，她的心里不由得一沉，这是……陷阱！

洲际酒店的顶层餐厅。

与袁玉玲约定好的时间，安洁早早就等在了这里，事关顾北城，她迫切的心情无法掩盖。

在超出约定时间半个小时的时候，袁玉玲姗姗来迟，一露面，她就面带歉意地向安洁道歉："对不起，刚刚基金会有点儿事，来晚了。"

安洁赶忙摇头，"没事，您能在百忙之中抽时间出来，已经很感谢了。"

袁玉玲落座后简单点了两样菜，这之后她频频看表，看得出时间不多，安洁本来也不是憋得住的性格，索性挑明了说："袁阿姨，这次请您出来，主要是有事情想请您帮忙。"

袁玉玲点头，"嗯，你说。"

安洁抿了下唇，"我哥他们公司出了负面的新闻想必您也知道，因为听说是基金会的用药出了问题，想请问下您对那家基金会有没有什么了解？知不知道具体是什么样的情况？"

袁玉玲蹙眉，"这件事目前不是还在调查中吗？"

"是的，正是因为还在调查中，所以格外担心，我哥管理公司的严格我是有所了解的，他是原则性特别强的人，绝对不会在公司内部给假药留有空间，这次的事情出得很奇怪，总觉得有什么人策划了这件事，我怕等调查结果出来一切就晚了，所以虽然知道是个不情之请，还是想请您帮忙，看看有没有可能是其他环节出了问题？"

安洁说着，目光恳切地看着袁玉玲，只见袁玉玲低头沉思了片刻，正要说些什么，却在这时，酒店的服务生走了过来，"这是您刚刚点的菲力牛排。"

"谢谢。"

不过是半分钟的时间，服务生离开的时候，袁玉玲拿起了刀叉，神情却已与刚才不同，她再次思索后才道："你说的我大概了解了，但这件事不是一时半会儿能说清的，我需要再回去考虑一下，我们先吃饭吧。”

听到她这样说，安洁眼里的失望无法掩饰，可既然袁玉玲已经这么说了，多说无用，她低头沉默了片刻，强撑出一个笑容，才抬起头对袁玉玲道：“我去趟洗手间。”

袁玉玲闻言正要起身去推她的轮椅，“我陪你。”

安洁赶忙拦住她，“不用了，我自己就可以。”停顿了一下，怕袁玉玲坚持，她低下头小声地说了一句：“我想一个人静一静。”

一个月内第三次由母亲“押”来酒店相亲，陈峻一的头都已经大了，听着对面“名门闺秀”讲着巴黎的浪漫、爱琴海的传说和普罗旺斯的薰衣草，他没忍住，又多喝了两杯酒，抬手正要招服务员过来再加一瓶葡萄酒，却忽然看到不远处有个熟悉的身影，那不是传说中身患绝症却气势如虹的安大小姐安洁？

他正想着，只见安洁自己操作着轮椅向洗手间的方向离开，他在这个时候才注意到坐在安洁对面的那个人，也是个熟人，袁玉玲袁阿姨。

他早就看出安洁找袁玉玲不是单纯为了买画，已过了这么久她们还有联系他也并不惊讶，至于安洁具体是要找袁玉玲做什么，那天他对安洁的警告安洁听进去了几分，他不知道，但横竖与他无关，他也不过是看个热闹。

对面的人在这个时候也察觉到了他的走神，问他道：“怎么？有你认识的人？”

他回过神儿，礼节性地笑了一下，“有一位认识的阿姨。”

对方通情达理道：“要不要去打个招呼？”

他刚要摇头，却又本能性地向那个方向对看了一眼，却是这无意的一眼让他偶然看到袁玉玲向一个杯子里撒了点什么，摇匀之后很快又放回了安洁的那边。

他一怔，直觉告诉他这里面一定有问题，可他不过是远远地看了一眼，袁玉玲也不是别人，和他家里也有交情，他贸然指证怕是不行，只能私下警告一下安洁，让她小心。

想到这里，他对对面的人道："我去去就来。"

说完，他站起身就要向洗手间的方向走去，可已经晚了，抬头，他只见从洗手间里回来的安洁已经向袁玉玲的方向过去了。

陈峻一的脚步一顿。

他的反常举动让他对面的人很是诧异，不由得追问："到底怎么了？"

这种没有把握的事当然不能乱说，尤其是和初次见面的人，他强迫自己坐下来，说着"没事"，目光却始终无法从安洁的方向移开。

安洁可是身患重病，应该不会随便喝东西吧？

可偏偏他正这样想，安洁已经端起了刚刚被袁玉玲动过的那个杯子，此时的安洁因为刚刚袁玉玲的拒绝而心烦意乱，哪里会注意得到这个杯子有什么异样，陈峻一眼见着安洁就要喝下一口水，终于无法再等下去，飞快地起身向安洁的方向冲了过去。

安洁只听有人叫了一声她的名字，转头，只见陈峻一以百米冲刺的速度向她飞奔过来，然后，正撞在了她的身上，她手上端着的杯子里的水大部分都洒在了她腿上的毛毯上！

在屋子里找了一圈可以用来砸门的东西，挣扎到精疲力竭的时候，苏情生终于放弃了，无论她怎么折腾、动静有多大，始终没有一个人过来查看。

外面的天已经完全黑了，透过围着铁栅栏的窗户向外望去，外面的世界亦是一片漆黑，她守着手机手电筒的光想让自己安定下来，可没过多久，就听嘀嘀两声，已经一天没充电的手机提示就要没电了。

此刻的场景已经不能更糟，她在一个完全陌生的地方被一个完全陌生的人骗进了陷阱，却依然不知道让他这样做的是谁、为了什么、要将她关在这里多久又或是就想让她在这里无声无息地消失？

她不敢再想下去，竭力安慰自己不要担心，等到家里人发现她彻夜未归、等到他们联系不上她开始寻找、等到他们从陈峻一那里得知她曾经要过这里的地址、如果他们运气足够好，说不定不会再被别人误导，还来得及从这些极其相似的老房子中找到她。

如果运气足够好……

可她的好运气，似乎从和顾北城回国的那一刻就已经消失殆尽。

她正想着，手机的光暗了下去，最后一点电也已耗尽，夜静的骇人，她蹲下身，双手抱住膝盖，努力让自己镇定一些，而黑暗却就如同她此刻的心情，肆无忌惮地蔓延开来。

她该怎么办……

却在这时，不知道从哪里传来的声音，起初微弱，可渐渐近了，她听着，竟似是在叫着她的名字。

这个声音……

这个声音好像是……顾北城！

她猛然回过神儿来，站起身，因为腿是麻的且动作太快，险些一个踉跄跌倒在地上，她却全然顾不上，大声回应道："这里！我在这里！"

她怕他听不到，冲到门前大喊："我在这里！灰瓦白墙的房子！我被锁在里面了！"

她说完之后才后知后觉地想到此刻天已经黑了，灰也好、黑也罢，早已看的不是那么清楚，她没有办法更准确的描述自己的位置，想一想只觉得自己废物极了。

下一刻，门被人用力地推了一下，她一怔，就听门外的人叫她：

“情生？”

他真的找到了！

苏情生连忙应：“我在！”

“让开。”

苏情生退到了一旁，紧接着，从门外有人不断地重重地撞击着门板，一下、两下……

看起来破旧不堪的门锁在这个时候显得格外结实，那反复的撞击声让苏情生的心也随之揪了起来，也不只是多少下后，那扇旧门板终于支撑不住，嘭的一声被踹开了。

逆着月光，她只见一个高大的身影就站在距离她不到一米的门外，她几乎是想也没想冲了过去抱住了他。

他的突然出现对她而言已不是“惊喜”二字能够形容，他就像是踩着七彩祥云，每一次总是在她最需要的时候出现。

他正在气头上，这股气被之前对她的担忧带得更盛了几分，在她耳边咬牙切齿道：“你为什么从来不肯听话！”

她却不说话，将头埋在他胸口蹭了蹭，是卖乖的样子。

他的心虽然软了软，却终究没能消气，伸手想要将她从自己的身上拉下来，她却抓着他的衣角不肯松手，有些委屈道：“我之前也不知道会有这样的陷阱。”

她不说还好，一说他只觉得更加生气，“不管会不会有陷阱，这么偏远的地方这么晚你就一个人来，是谁给你的勇气！”

她几乎想也没想，接道：“你！”

顾北城被她气得不知道该说什么，苏情生自然也知道是自己逞强惹了麻烦，嘴硬过后正要服软，却在这时偶然一抬头只见顾北城的身后多出了一个人影，手中举着一个……

她赶忙推开顾北城，大叫了一声：“小心！”

顾北城回身，就看到一道黑影划过，他在苏情生的推力下向一旁退了两步，刚好避过自他身后砸下的木板，再定睛一看，只见一个年逾半百的大爷正虎视眈眈地盯着他们。

苏情生很快认出了这个人，“他就是把我引到这个房子里的人！”

顾北城向前两步，快速抢下他手里的木板，这个人原本就瘦削，年纪又大，比起力气自然不是顾北城的对手，他眼见着偷袭不成，力气又拼不过，索性扔下木板，利用自己对地形的熟悉，转头一溜烟跑了。

顾北城不放心将苏情生一个人留在这里，没有去追，而是掏出手机想要报警，可因为信号原因，电话没有打通，手机也被苏情生抢了过去。

“不能报警！”

顾北城蹙眉。

难得苏情生这个时候还能保持理智，“现在报警没有什么用，等警察来了，那个人早已经找不到了，更何况如果让袁玉玲知道我来过这里只会打草惊蛇，得不偿失”，她停顿了一下，禁不住问顾北城，“你怎么知道我在这里？”

顾北城眉心紧锁，“沈慕言发现袁玉玲又来公司找了你，我的直觉不太好，怕你想从袁玉玲身上做文章，就去定位了你的手机，发现你果然不在回家的方向，因为查 W 当年和袁玉玲那段的时候我们查到过这里，猜到你是要到这里来。”

原来是这样，也对，顾北城那样缜密的人，能查到袁玉玲也不足为奇。

“既然你们知道这里，应该也来过，有没有找到什么？”

“没有”，顾北城看着她，“你呢？又是为什么非要来这里不可？”

“袁玉玲说有一个药瓶，当年在你们家……”她抿了下唇，措了措辞，避重就轻道，“火灾之前，W 曾教唆过谭文华用抗抑郁药毒杀自己的亲生母亲，栽赃给他母亲的继子，事成之后谭文华将药瓶寄还给了W，我想着也许会是个证物，所以来找找看。”

“就算在W家里找到了沾着谭文华指纹的药瓶，这种药又刚好是作案所用到的药，这其中也有太多的可能，他们可以狡辩说那是谭文华自己在吃的药……”

“不可能”，苏情生斩钉截铁道，“我去查过，谭文华那个时候的工作是航空公司的飞行员，保持着当时月最高飞行里程，航空公司绝对不会容许一个得了抑郁症的飞行员继续工作！”

所以只要找到当年的这个药瓶，查到上面有谭文华的指纹，证明里面的药和当年毒杀他母亲的是一种，有袁玉玲做证是从谭文华那里寄出来的，有了人证物证，谭文华的杀人罪就可以坐实，由此咬出W的教唆杀人罪。

苏情生并非一时盲目冲动，而是思考过后才会抓住这条线索，原本应该是一条宝贵的出路，可顾北城敏锐地察觉到有哪里不太对，“袁玉玲一向谨慎，为什么会把谭文华的事告诉你？”

“她说她因为当年没能阻止那场火灾对你心有愧疚，看到你回国想起了当年的事，噩梦连连，需要我帮助她从噩梦中走出。”

顾北城进一步追问：“她说没说她梦的内容是什么？”

苏情生仔细回忆了一下，“她说是W用刀刺穿了她的胸口，而她没有反抗的能力……”

不对，这个梦的感觉不对！

顾北城的眉蹙的愈紧，“她被惊醒了吗？”

苏情生迟疑着摇了摇头，“应该是没有，她说她只能眼睁睁地看着……”

“这不是噩梦！如果是噩梦的话面对杀人犯的恐惧在刀即将刺入她体内的时候足以让她冒着冷汗惊醒，这个梦……”他停顿了一下，双眼微眯，眸光锐利，“是春梦！”

他的这一句话将苏情生点醒，是了，只差一点点，却是含义截然不同的两种梦境，而这一点身外半个外行人的袁玉玲区分不清，因此在半真半假的交谈中透露出了真实的梦境，由此推测她对W的心态并非像她所说的那般畏惧，相反，很有可能是一种带着负罪感的怀念！

难道……

“莫非今天的事是袁玉玲策划的？她说出那样的话引我过来，然后再让当地人把我锁在这里？”

顾北城沉思了一下，却摇了摇头，“她没必要这么做，你原本也并不是针对她，她这样做无异于自己引火上身。”

“那难道是……W？”

“你最近是不是在到处查他当年的事？”

苏情生小心地看了顾北城一眼，谨慎又莫名心虚地点了点头。

顾北城的眉毛都快要拧成一团，在俊朗的脸上显得格外不和谐，“他应该已经知道了，所以在这里设卡等着你！”

他说着，只怕再多待下去就会更危险一分，拉起她的手腕就要带她离开。苏情生却忽然意识到了什么，拉住了顾北城，“W虽然对父亲恨到了极致，但对母亲的感情应该是很深的，这是母亲从小养育他的地方，他内心那些无人能分享的秘密大概也只有留在这里和母亲在一起，如果当年的那些犯罪证物他真的还留着作为纪念，那应该就是在他母亲的老房子里没错，我贸然来这里寻找，他让人把我锁在空屋子里却没有暴力伤我，大概是想让我心里对这里产生恐惧从而远离这里，而不想让更多的人因为暴力事件关注到这里，这是他对我的警告……”

她越说，双眼中的光芒越发明亮，顾北城心中一紧，抓着她的手更用力了几分，却还是没能制止住她再说下去。

“北城，我想去……”

还未等她说完，就已被顾北城坚决地打断：“不行！”

苏情生却是坚持，“刚刚那个为W看家的人已经跑得不见踪影，而他大概也以为我们在经历过这一切之后只会立刻逃之夭夭，这是最好的机会！”

顾北城脸色极差，更为用力地重复了一遍刚才的那两个字：“不行！”

苏情生向后退了一步想脱离他的控制，“我自己去，我们已经离婚了，你管不着我！”

顾北城既急且怒，她却偏偏还要用这样的话激他，他不由得厉喝一声：“苏情生！”

苏情生被他这一声吼得一个激灵，之前他虽然也与她生过气，但更多的是一种冷漠的怒意，这是他第一次这样向她发火。

可她很快回过了神儿，抿了抿唇在心里为自己壮了壮胆，顶着顾北城几乎要冒出火的目光，坚决地重复了一遍那五个字：“你管不着我！”

他早就知道她爱多管闲事、早就见识过她的固执，却没想到她竟然会固执又多管闲事到这个地步，这个时候如果他说他们并没有离婚，只会给她更多的理由去冒险寻找那可能根本不存在的证据，可如果他默认他们已经离婚，只要他一松手，只怕她会立刻头也不回地去找证据。

面对这样的苏情生，顾北城忽然觉得不只心疼，头也跟着疼得厉害。

他微哑了嗓音，注视着她问道：“你为什么一定要找那所谓证据？”

这样理所当然的事情，她甚至不需要过脑子，“因为要抓住W。”

他进而问：“你为什么一定要抓住W？”

她低头，似是在看着自己的鞋，却又什么都没看，“想让自己心里好过点。”

他扶住她的手臂，让她抬起头，“情生，当年的事和你没有任何关系，你不必因此难过！”

她却笑了一下，带着自嘲，“我不是因为当年父母犯下的错事才难过的，我是为了你。”

顾北城一默。

苏情生却像是松了一口气一样，终于将憋在自己心里许久的话说了出来：“坦白说，虽然我为我父母的所作所为感到震惊和愧疚，但那毕竟是我的至亲，是我无法舍弃的人，也许很难，但总有一天我会找出足够的理由将他们当年的所作所为合理化，让自己来接受。”

她会在想象中将顾北城的父母变成薄情寡义之人，为了利益不择手段，用尽一切方法想要掠夺她父母的成果，不顾他们家的死活，将他们逼到绝路，她的母亲是连杀鸡都看不得的人，又该是被逼到了什么样的境地、带着怎么样绝望的心情决定去杀人的？

她停顿了一下，看着顾北城一字一句道：“我之所以会这么难过是因为你，只要想到你失去了亲人、只要想到你作为孤儿长大、只要想到这些年你为了找到凶手所付出的一切、只要想到你眼睁睁看着W被释放却无能为力的时候，我就会难过得说不出话，因为是我那么喜欢的人在承受这一切，我怎么可能若无其事地活下去？”

话音落，荒凉的村落里一片寂静。

顾北城知道这个时候自己应该毫不客气地破碎掉她心里那最后一份希望和侥幸，他应该直白地问她：她不若无其事地活还能怎么活？就算她再难过，想要让她父母免于牢狱之灾，除了装聋作哑别无他法！

可她说，是她那么喜欢的人。

听到这五个字，他忽然很想低头吻她，而他也确实这样做了。

原本是想要浅尝辄止的一个吻，却从开始就已然失控，他将她抱在怀里、牢牢地抱在怀里，到了最后已然是据为己有的姿态。

真巧，她也是他喜欢的人。

所以才明明知道会痛苦、会后悔仍然做了这样的决定，既然两个人里总有一个人要承受这些，让他来总归要好一点，他想给她机会能够从他破碎的世界里全身而退，只要她离开他，他的人生就再也与她无关，就算难过也好、愧疚也好，就像她所说，总有一天终会接受甚至遗忘。

他是这样想的，可她却这样固执地不肯领情，就这样死死地拽着他的衣角，怎么也不肯放手。

他将被她攥的不成样子的衣角从她手里拉了出来，握住她的手，对她轻声道："我们回去吧。"

他没想到她会推开他，那样偏执地说："我不走，我一定要去找过才能甘心。"

过了今晚、过了此刻，那个看门人一定会向 W 传信，W 不会再给他们这样的机会！

"就算你去找，你知道 W 家在哪里吗！"

"最大不了就是挨家挨户去找"，苏情生说着，却忽然意识到了什么，"但是你知道在哪里对不对？"

是了，顾北城之前都已经查到这里，又怎么会想不到要找到 W 的房子进去看看？

所以……

苏情生看着顾北城，"你都找到了什么？"

他知道她的固执，索性也不再隐瞒，"你父母寄给 W 的，我们家的房型图。"

沉默。

他是在检方搜查 W 住所之前就来看过，面对满屋子的杂物，他们仔细寻找了一圈，唯一找到的证物就是这张足以毁掉苏情生家庭的户型图，而他最终亲手将这张图带走，因此这张图从未进入过检方的证物清单。

他之所以这样拦着她，是因为他已经知道那里并没有什么，而 W 出狱以后必定早有准备，很有可能设下了陷阱，刚刚那个看门人的出现证明了这一点，他不能让她平白去冒险。

苏情生低了头，有些勉强地牵了牵唇角，应道：“是吗？”顿了一下，又问：“还有吗？”

所谓人证物证俱全大概就是她父母这样了，连狡辩的余地都没有，如果不是顾北城作为受害人一而再再而三地放过他们，只怕……

苏情生已经不愿意再多想。

而顾北城的答案言简意赅：“没有了。”

原以为这样她就会死心，却没想到苏情生蹙眉思索了一下道：“之前无论是你还是检方之所以没找出其他的证据是因为没有明确的目标，所以像药瓶这样常见的东西就算是出现在眼前也不会注意，而被搜查过的地方是最安全的，如果那里真的有证物，W 大概也不会转移，应该再去看一眼！”

她说着，抬起头，正撞进顾北城的眼里，眼见着他面无表情地看着她，还以为他又要发火，然而许久的沉默之后，她只听到他问：“我是不是没有办法说服你离开这里？”

她坚定而清脆道：“是。”

顾北城长叹了一口气，拉过她的手，“跟我来吧。”

他终归是输给了她。

在这寂静阴冷的市郊深夜，她只觉得有一股暖意自被他牵着的手传到了心里。

他宽厚的肩膀就是她此刻所有安全感的来源，她看着他的背影轻缓道：“顾北城。”

他没有回头，只是应了一声：“嗯？”

她笑，“我喜欢你。”

安静。

顾北城没有回答，只是握着她的手又紧了紧。

[8]

我宁可你疼也想和你在一起

W母亲留下来的房子在这个村落最偏的那个角落，应该翻修过，房子的外观虽然不算好，但并没有想象中的破旧。

与村里其他被废弃的房子大门四开的景象不同，W的房子大门上了锁，但因为门板的木头时间久了又被腐蚀的迹象，锁并不算牢固，顾北城让她避开，随后几脚将门踹了开。

用手机打开手电筒，找到墙壁上的电源开关，苏情生按下开关，屋里的灯亮了。

与房子外观截然不同，屋里的摆放和布局井井有条，而且并不是长时间没人回来落满灰尘的样子，看起来有人不久前来打扫过，足以可见这个地方对W的特别。

顾北城蹙眉，“你刚才提到的药瓶什么样？”

“当年的报道只写了抗抑郁药，但那是十年前的事，我去查了那会儿国内几种抗抑郁药的包装，大概是这样。”

苏情生说着，将手机递了过去，顾北城扫过，随后道：“我们分头去找，但不要直接碰任何东西，用纸巾垫着，不要留下指纹和翻动过的痕迹！”

这之后在屋里各个角落一通好找，却什么也没有发现，正有些烦躁，苏情生一抬头，忽然发现玻璃窗的酒柜里除了摆放整齐的酒似乎还有一些什么。

她打开柜门，只见柜子的两侧不起眼儿的地方，整整齐齐地摆放着两排旧药瓶，十年前的老药瓶。

她赶忙叫顾北城："在这里！"

顾北城走到她身边，仔细地审视了一下里面的药瓶，苏情生想了想，又说："可惜我们现在也不知道里面哪个是，又或者哪个都不是？"

顾北城没有回答她，而是双眼微眯，片刻后就听他故意放大了声音说："把这个东西交给检方，证据确凿，这次不可能再让王魏生逃脱！"

苏情生正有些不解顾北城是什么意思，却在这时听到由远而近一阵急促的脚步声，她循声望去，还没能来得及看清来的是谁，就听哐的一声，有棍子打在了顾北城的后背上，顾北城的身体撞在了酒柜的玻璃门上，玻璃随即碎裂，里面的药瓶也掉了下来。

苏情生惊叫了一声，眼见着第二棍子就要落下来，她赶忙冲过去想要护住顾北城，却被他先一步拉到怀里护住，他向一旁偏开，躲避对方的攻击，同时在苏情生的耳边道："报警！"

他随后将她推到了一边，转身抓住了那根棍子，两方对峙较量之时，苏情生看清了来人的面容，还是刚刚的那个看门人！

她快速按下报警电话，将他们所在的位置和情况一并告知，那看门人见偷袭没有得手，眼下不仅没有胜算，警察还要来了，转身就要跑，却被顾北城先一步抓住，按倒在了地上，既然注定要打草惊蛇，那就要物有所值！

很快，派出所的人到了，见危机已经解除，他们看着屋里乱七八糟的样子和被制服住的那个看门人，问顾北城道："你们谁是这里的房主？谁来解释一下这事怎么回事？"

苏情生刚要说话，却被顾北城抢先了一步，"我们是跟着他来到这里的，刚刚他在村子里的另外一间房子就袭击过我们，我们想抓住他才追到的这里。”

苏情生一怔，随即明白了顾北城的意思，怪不得他刚刚那么大声地说话，就是想引出这个看门人，然后将事情的先后顺序调换，他们就不是非法入侵，前后那么短的时间，顾北城的考虑着实周全！

警察显然没想到事情有这么复杂，又看了看顾北城和苏情生，见他们的气质断然不像是当地人，顿时有些头大，眉头拧在了一起，“你们又是什么人？来这个地方做什么？”

顾北城面无表情道：“我们想来找一个认识的人，查到他以前住在这里，就来看看。”

警察指着那个看门人问顾北城：“你们双方以前认识吗？”

“不认识。”

“那他为什么要袭击你？”

“不知道。”

警察的头顿时一个变成两个大，半晌只能道：“跟我们去趟所里吧！”

顾北城却拦下他，“我们难道不应该先给现场拍照、暂时封锁现场，以免一会儿他不认账他袭击了我们？”

“没有那么麻烦……”

顾北城却是坚持，“不行，我要求一定要暂时保留现场、保存证据，毕竟我们从不认识，无法推测他的作案动机，如果以后他一张嘴咬死了他没做过、也没有理由这么做，我们岂不是有理说不清？”

苏情生了然顾北城想要保留的不是什么故意伤人的证据，而是那几个药瓶，他们没有理由和资格把这些药瓶从现场带出去，可W知道他们来过，一定会将这些药瓶处理了，所以顾北城将那些药瓶撞到地上，那么现场的照片就能够证明这些药瓶确实存在，而封锁现场才能拖到谭文华案中被冤枉的“凶手”的律师来取证。

顾北城考虑的果然周全。

她因而应声道：“是啊，我们从不认识这个人，却被他袭击了两次，总不能最后因为没有保护好现场，证据不足，就被他一张嘴全都抵赖掉了吧！”

这次出警的原本就是个新人，听到顾北城和苏情生话中的意思是要走到起诉这步，也只好妥协，“好吧，我叫上级来。”

而就在这段时间，顾北城联系了沈慕言，而沈慕言联系了谭文华那个案子中的嫌疑人律师。

时间刚刚好。

去做伤情鉴定的时候，苏情生才看到了顾北城背后的伤，一片瘀紫，她只觉得心疼得很，他却平静地安慰她道：“那一下在我的预料之内，所以不疼。”

“既然有预料为什么不躲？”

顾北城却是云淡风轻道：“总要受点伤才显得真实，打斗得越激烈，我才能把玻璃撞碎，让药瓶掉下来。”

苏情生知道他说的没错，可她的心疼也是真的，瘪了瘪嘴，才又问：“你怎么知道那个看门人会出现？”

现在想想不由得有些后怕，她一意孤行非要去W家找证据险些成了非法入侵难以收场，若不是顾北城临场反应快……

她正想着，只听顾北城道：“发现他在偷偷地看着我们，才答应去W家的。”

他是想到了如何圆场才会同意的！

所以才会大声的叫出Wilson的中文名“王魏生”、说什么“证据确凿”，都是说给那个看门人听的，诱他出来抢夺。

果然是顾北城，不管是在多乱的情况下依然能够条理分明、思虑周全。

苏情生沉思了片刻，又问：“你说他会不会供出W？说是W

让他袭击我们的？”

顾北城毫无犹疑，“不会，他现在也不过是故意伤人，而没有造成严重的后果，不会有多种的处罚，如果说他精神有问题，不仅合情合理，又能让他免于处罚，反倒是供出W，他的损失更大。”

苏情生有些遗憾，“真可惜，原本是个抓到W的好机会。”

“本来就不是什么大罪，就算抓到他不用多久也会被他逃脱，没什么可惜的”，他说着，站起身来，“我们回去吧。”

苏情生赶忙跟着站起来，刚要说“好”，一抬腿却先崴了一下，她禁不住低呼了一声，疼，却并不是因为崴的这一下，而是下班以后没来得及换鞋，穿着高跟鞋走了这么久，脚后跟已经被磨出了血。

顾北城扶住她，随后蹲下身去查看她的脚，她本能地将伤脚往后藏了藏，说着“没事”，却被他制止，让她坐下来，脱下了高跟鞋，苏情生忽然就想起了他们刚认识的那个冬天，她没穿鞋追着唐筝跑到了马路上，是他拎着她的鞋在等她。

她问他她万一真的喜欢上他了可怎么办？

可那不过是她的负隅顽抗，她明知道没有万一，她已经那么喜欢他。

顾北城看着她脚后跟上的血，眉头越蹙越紧，“鞋不舒服为什么还要穿？”

她有些委屈地为自己辩解：“为了遵守职场的礼仪。”

顾北城有些生气，“从前在老楼的时候你连话都不听，现在倒是肯遵守这什么职场礼仪！”

苏情生讪笑了一声，“这不是在公司那么多人看着呢吗？”

顾北城面无表情地盯着她，“所以那么多人比我重要？”

苏情生一怔，没想到这样幼稚地问题竟然是从顾北城口中问出来的，她想了想，信口道：“那哪儿能，一定是到了公司里顾老板的威严加倍，让我忍不住想遵守规则。”

顾北城听着她鬼扯，也没有拆穿，反倒是消气了几分，他在苏情生的面前转过了身去，苏情生一怔，就听他道：“上来。”

“你……你背上受伤了，被压到会很疼的！”

有片刻的沉默，她听到他说：“疼一点也没关系。”

他总是这样，宁愿自己承担，也不想她疼半分。

她轻轻地趴在他的背上，他随即背起她向前走，走到车旁的时候，他将她放下的时候却发现她的脸上是湿的。

苏情生哭了。

他被她突然而来的眼泪弄得有些手足无措，想要安慰她却不知从何开口，只能不断地去替她擦掉眼泪。

她伸手抱住他，将头埋在他的胸口，闷声道：“我知道我越靠近你、越依赖你你就会越疼，可有的时候自私一点儿想，我宁可你疼也想和你在一起。”

他声音在喉头哽住，半晌才道：“只怕不止我会疼……”

“我不怕。”

“我知道”，他应声，“但我怕。”

[9]
因为你不是随便什么人

洲际酒店。

安洁看了看自己腿上湿透了的毛毯，又抬头看向表情中不知道哪里透着一种得意的陈峻一，忍了忍、忍了又忍，还是没忍住，以一种看疯子一样的目光看向他，“陈峻一，我到底是哪里得罪你了？”

陈峻一“无辜”地一耸肩，“我只是刚好找袁阿姨有点儿事，过来的时候没注意看路摔了一下而已，你放心，你没得罪我，就算是得罪了，我也大人不记小人过了。”

安洁满脸都是难以置信，“我还要感谢你了？”

陈峻一伸手拿过她桌子上的餐巾递给她，示意她处理一下腿上被酒湿的部分，“谢就不必了，好好注意一下你安家大小姐的形象吧！”

他说着，俯下身去打开了她轮椅的停车闸，推着她就向卫生间的方向走去，这一系列动作一气呵成，等到安洁反应过来的时候，人已经离饭桌两米远了，她眉心紧锁，大声道：“放手！”

陈峻一当即停了下来，举起双手以示清白，嘴上还是一贯的不饶人：“你这话让别人听到了还以为我把你怎么样了！”

安洁气结，连和他争辩的心思都没了，深吸了一口气平复了一下心情，按下按钮就进了洗手间。

陈峻一随即回到了袁玉玲的桌旁。

不用抬头，从他投下的阴影里，袁玉玲就知道是他回来了，她若无其事地抿了一口水，随即微笑着问道："峻一，你刚才说找我有事？"

陈峻一一身黑白格子的西服，原本俗气的衣服在这个"衣架子"的身上变得独特而出众了起来，他双手插在西裤兜里，神情冷淡地对着袁玉玲道："我看见了。"

袁玉玲低头注视着自己手里的杯子，神色自然道："你看见什么了？"

面对袁玉玲的明知故问，陈峻一伸出右手的食指，居高临下地指向了安洁的杯子，言简意赅道："药。"

袁玉玲放下自己的杯子，抬起头对向陈峻一的目光，"那是我咨询过专家为安洁选出的一种安神的药，对身体无害，今天让安洁先试试效果而已。"

陈峻一冷笑了一声，是明显不信的。

袁玉玲对此早有预料，为了证明自己话的真实性，索性拿过安洁的杯子，将里面剩下的水一饮而尽，问他："这回你总该相信我了吧？"

陈峻一蹙眉，没有说话。

袁玉玲却像是忽然明白了什么一般，笑道："不过，峻一，之前在画展也好、还是刚刚也好，你似乎对安洁格外关心，你是不是喜欢人家啊？"

陈峻一一怔，也说不清为什么，竟有些慌张，辩白道："我只是……欠她点儿人情。"

袁玉玲哪里肯相信，"你要是喜欢她，阿姨帮你跟你妈说，给你们做媒啊！"

陈峻一赶忙摆了摆手，“千万别和我妈说！那什么，我回去接着相亲了。”

陈峻一回到餐桌前的时候来相亲的周家小姐已经生气，拎起包就往餐厅外走，他二话没说，赶忙跟着走出了餐厅门口，一路走到酒店门前，他只是不紧不慢地跟在女生的后面，也没说话。

一直在等他拉住自己的周月晨有些等不下去了，回过头奇怪地看了陈峻一一眼，然而陈峻一没有丝毫反应，她又看了他一眼，终于忍无可忍地停了下来，转身问他道：“你跟着我干什么？”

她其实是在等他道歉和挽留，却听陈峻一简洁道：“看你坐上回家的车我就走。”

她一怔，就听陈峻一继续说:“想必周小姐也发现了，我们不合适，非常抱歉浪费了你的时间，阿姨那里改日我会正式去道歉。”

周小姐整句话卡在了嗓子里，她怎么没看出他们哪里不合适了，她愣了一会儿，又愣了一会儿，半晌，才从嗓子里挤出了一句话:“其实不用这么麻烦……”

只要他再邀请她一顿晚饭或请她喝点什么，她可以对他刚刚的怠慢既往不咎……

可陈峻一却连让她继续说下去的机会都没有给她，他的时机拿捏得恰到好处，正在她换气的那一刻，自然地接住了她的话，“要的，这是我该有的礼节”，他说着，向她伸出手去，“很高兴认识你。”

她眼前的这个男人穿着一身土到极点的黑白格子西装，大概也只有他能穿出这种奇怪的风流倜傥，他彬彬有礼却又那样疏离地说很高兴认识她，但坦白说，来见他之前，她其实并没抱什么希望。

她早就听说过他，陈家不争气的独子，在英国刚刚赔了一个亿灰溜溜地回国的败家子，招猫逗狗、招蜂引蝶一把好手，原本和苏家的小姐订了婚，这苏家还没倒多久，他又忙着相亲起来，若不是看在陈家家大业大的分上，她根本就不会来见他，而在见到他之前，没想到自己会对一个穿着愚蠢的黑白格子西装的男人一见钟情。

周小姐下意识地伸出手，却只是点到为止地刚刚碰到对方，陈峻一就已收回了手，“那辆车的司机在往这边看，是来接你的吗？”

她回头看去，果然，是司机来接她了。

她点了一下头，而下一刻，陈峻一已经自然地说道：“那我先告辞了。”

在脑子能反应之前，她已经脱口叫出了他：“我们还会见面吗？”

特意见面自然是不会了，但人生在世，哪天碰到谁这种事谁又说得准？

陈峻一礼貌地一笑，“也许吧。”

周月晨还从没见过一个人能把敷衍人的话说的这么认真，眼见着陈峻一再一次转身要走，她终于忍不住脱口问道：“你喜欢过苏情生吗？”

家族联姻，苏家落难就毫不犹豫地抛弃，应该是不喜欢吧，但就算不喜欢还是听从了他父母的话与苏情生交往，那她周月晨呢？

如果周家和陈家的家长要求，他是不是也会像与苏情生一样对待她？

来之前，她是那么厌恶他这样的行径，可在这一刻，她忽然觉得似乎也没什么，反正他从来也没有真心，反正在一起就是在一起了，在一起就是即使不喜欢也要过完人生的那个人。

似乎也没什么不好。

她看着他。

假装嘲讽地问他喜没喜欢过苏情生。

却没想到那个人前一向游戏人生的陈家少爷在这个时候忽然转过身，目光分外锐利，一语戳破她心中那点可怜的计较：“你不是她。”

她一窒。

“我……我没有想……”

陈峻一却已经转身回到了酒店内，头也不回。

就这样看到了坐在轮椅上的安洁。

而安洁坐在电动轮椅上就那样直直地从他身边穿过，头也不回。

他叫住她：“安洁。”

她没理。

他却早已掌握对付她的诀窍，快走两步追上去拉住了她的轮椅。

他屡次三番无理取闹的纠缠让安洁已有些厌烦，她转过头怒视着他，“你老跟着我到底想干什么？”

陈峻一飞快地同上次一样举起双手以证清白，用一种挑剔地目光上下打量着安洁，“你放心，我对身患绝症又瘪又瘦的不感兴趣。”

安洁瞪大了眼睛看着他，“你！”流氓！

陈峻一却在下一秒恢复了正经的表情，看了看四周，才低声道：“小心袁玉玲。”

“这和你……”有什么关系！

“她在你的杯子里下药。”

安洁一怔，“你说什么……”

“她说那是补药，不过……”他又将手伸向了安洁的轮椅，“我们很快就会知道那究竟是什么。”

陈峻一将安洁带上了自己的车，说来也巧，来到这里的时候他刚好看到了袁玉玲的车，因而此番找来也不算费劲，不出他的所料，虽然是在安洁之前离开的饭店，袁玉玲的车果然还没离开，此刻的袁玉玲坐在驾驶座上、靠在方向盘上，人已经睡着了。

陈峻一按了一下喇叭，那声音让安洁不由得蹙了下眉，而对面车里的袁玉玲却丝毫没有反应，看起来睡得很沉。

因为没想到会被陈峻一将下药的过程看了个正着，这种情况之下想要彻底证明自己的清白不让陈峻一再起疑心，最好的办法就是自己喝下下了药的水，之后若无其事地走出陈峻一的视线，只可惜做到了这一步也没能消除陈峻一的疑心。

陈峻一的食指轻敲着方向盘，“看来答案已经揭晓了，是安眠类的药物啊”，却又话锋一转，“不过她又不能将你绑架了，为什么要用这种药？”

相比于陈峻一此刻的困惑，安洁却忽然清醒了过来，她低声道：“催眠。”

陈峻一愣了一下，“什么？”

安洁的目光却是愈发清明，“有些安眠药可以用来帮助催眠，北城哥曾经说过。”而袁玉玲原本学过心理，又和W在一起过，会催眠也不奇怪。

陈峻一蹙眉，“她为什么要催眠你？她有什么是只能从你这里知道的？”

是啊，什么呢？

她接近袁玉玲本来就目的不纯，难道是袁玉玲对她起了疑心，想要问出她的目的？

可这件事却是不能和陈峻一说起的，她装作一无所知道：“是啊，她有什么非要从我这个身患绝症又瘪又瘦的人这里知道的？”

听她这样说，陈峻一不禁转头看向她，忽而一笑，“你倒是挺记仇的。”

安洁却不想理他，随即伸手去拉开了车门，眼见着她就要下去，陈峻一赶紧拉住她，“你干什么？”

安洁头也不回，“你想让我看的我已经看过了，我该走了。”

陈峻一怎么敢放？“你会摔的！”

安洁头也没抬，“我是身患绝症又瘪又瘦，但我不是残疾，有脚，能动。”

她说着，甩开了他的手，扶着车门下了车。

陈峻一赶忙下车帮安洁把轮椅准备好，却也没着急去扶她，只是等到她腿软的那一刻，刚刚好伸手扶了她一把，趁她想推也没力气推开的时候，将她抱起放到轮椅上坐好，随后飞快地放开了她，所有的时机把握的刚刚好。

他这一系列动作自然而流畅，等到安洁反应过来的时候，他已经自动向后退了两步，与她拉开了距离。

她的鼻尖还萦绕着他身上不知道什么草的味道，浓郁又清淡，安洁觉得自己似乎该说些什么，却又什么都说不出，有些被冒犯的感觉，却又似乎该说感谢。

她微小的表情变化和眼神中的犹豫没有逃过陈峻一的眼睛，他笑了一下，双手绅士地背在身后，人却是向前探身，凑到她的面前道："和女人打交道可是我的强项，怎么样，是不是觉得很想谢谢我？"

安洁想也没想地瞪了他一眼，从牙缝里挤出了几个字："多管闲事的流氓！"却又想起了什么，斜眼睨他道："你和苏情生打交道也是强项吗？"

陈峻一蹙眉。

安洁却像是抓到了他弱点一般，饶有兴味道："说起来，我也很好奇，你到底喜没喜欢过苏情生。"

她果然听到了刚刚周月晨的话。

陈峻一俯下身，双手扶在她轮椅的把手上，正迎向她的目光，"我要是说喜欢，你会吃醋吗？"

安洁毫不示弱道："怎么可能？"

他的目光在她的脸上仔细地探寻了一番，却又没有找到什么，有些无趣地站起了身，"吃不吃醋都是喜欢过。"

他承认的坦然，毫无遮掩，让安洁忽然想起了在英国顾北城将苏情生带到她的房间向她介绍苏情生是他女朋友时的场景，心中的滋味难辨，不管是在顾北城还是在陈峻一心里，苏情生都是特别的。

她随口问：“既然如此，刚才在酒店大堂人家问你的时候为什么不直接回答‘喜欢’？”

陈峻一双手插在裤兜里，“不是随便的问题不想随便什么人都回答。”

“那你又为什么要回答我？”

陈峻一扬唇，向安洁探身，一本正经道：“因为你不是随便什么人。”

安洁一怔，这才反应过来自己被他套路了，她抬头，只见陈峻一的表情认真又戏谑，所谓一本正经地胡说八道大概就是如此，安洁不想再理他，按下轮椅的按钮就要离开。

陈峻一这一次没有拦。

她听到他在身后向她说“晚安”，没有回头，心里却想起了刚刚在酒店一层大堂，他走回来的时候，在他身后的那位女子就那样盯着他的背影看了很久。

他的确很会和女人打交道，进退皆宜，来去自由，可谓是最绅士的流氓，混蛋中的混蛋。

她要离混蛋远一点。

第五章

[1]

你和苏情生会和好吗

顾北城让律师去找了谭文华案子中因为故意杀人的罪名被判无期徒刑的那个继子，董成明，从二十到三十岁，人生最美好的十年背负着骂名毫无期待地在监狱中度过，这十年的岁月已经将这个尚可算青年的人折磨得白发丛生。

当律师提到要帮他准备上诉事宜的时候，董成明毫不犹豫地拒绝了，“该试的都试过了，再试也不会有什么不一样的结局。”

“那再试试也不会有什么损失，万一真的能证明你是无辜的岂不更好？”

董成明冷笑了一声，“如果再失败，会被嘲笑，会被揍，不过反正或者也是浪费资源的人经历这些，在你眼里确实不算什么损失吧。”

他说完，转身就去叫警卫。

律师先一步叫住他：“我们找到了新证据。”

董成明的脚步一顿，讥诮地一笑，“是我继母被杀时的录像吗？”

“不是，但也是很重要的证据。”

董成明冷笑了一声，“那些间接证据当年就没有任何用，十年以后更不会有任何用。”

律师也站起了身，“我目前还不能告诉你证据是什么，我希望你相信我，但无论如何这都是你的选择”，他伸手从兜里掏出了一张名片，放在了桌子上，“不想联系的话，就扔了吧。”

对于这样的结果，顾北城轻描淡写地点头应了下，一旁的沈慕言却有些担心，“如果他真的不联系了呢？”

顾北城头也没抬道：“不会的。”

“毕竟过了十年，你怎么知道他的心态会变成什么样？”

有片刻的沉默，只听顾北城沉声道：“因为我知道。”

以为时间会将所有的一切变得平淡，无论是当时的伤痛还是那种绝望的心情，可原来十年也可以只是短短的一瞬间，当年的事情就像是一个种子深深的种在了心底，不碰的时候或许可以假装平静地过下去，可当有人为此松了土，那种子就会变成参天大树，遮天蔽日。

沈慕言一滞，忽然意识到自己问错了话。

气氛一时有些尴尬，沈慕言赶忙道：“那什么，我去整理基金会的供药详情了。”

他说着，转身正准备有多快走多快，却被顾北城叫了住：“通知下去，以后各部门不再要求女职工穿高跟鞋。”

沈慕言又是一愣，“什么？”

顾北城却不再说话。

可沈慕言虽然迟钝，此时也已经反应过来，就算不知道具体发生了什么，但这件事一定和苏情生脱不了干系。

沈慕言迟疑了一下，但作为一个负责任的公司副总还是顶着雷向顾北城问道：“高跟鞋是女性职场的要求，如果我们公司的女职工都不穿的话是不是显得太不专业？”

顾北城连眼也未眨，“这是一个心理咨询机构，女员工穿高跟鞋会让人觉得疏远又不近人情，这才是真正的不专业。”

沈慕言嘴快道：“照这么说，我们公司的女员工岂不是应该穿着拖鞋上班？又舒服又平易近人……”

顾北城斜眼睨他，凉凉地说：“沈总这么提也不是全无道理……”

沈慕言赶紧摆了摆手，“别别别，我没提，我什么也没提……”

回头这大老板一高兴同意了，他岂不是成了公司的千古罪人？

顾北城也不再与他闲聊，伸手打开了一份文件，沈慕言蹙眉，试探地问：“你和苏情生……会和好吗？”

顾北城签文件的笔顿了一下，“不知道”，又说，“怎么，你有想法？”

沈慕言连忙摆手，“没有没有，我就是怕浪费了之前那笔离婚费，哈哈哈……”

还有怕浪费了你们这段时间来承受的所有痛苦。

顾北城看了他一眼。

沈慕言的笑声稀疏了下来：“哈哈……”

顾北城把文件合上放到了一旁。

沈慕言：“哈……”

识时务为俊杰道：“我先走了。”

又被叫住：“基金会那边的假药调查得怎么样了？”

这是公司眼下最大的问题，饶是沈慕言也严肃了表情，“有个好消息和一个坏消息。”

“什么？”

“好消息是这件事应该和苏家、陈家还有W都无关。”

顾北城应了一声：“嗯。”

“坏消息也正是这件事和苏家、陈家还有W都无关。”

因为和苏家、陈家还有W都无关，所以不是竞争对手恶意陷害或者昔日仇敌苦心报复，但也正是因为这样，这件事也变得诡异了许多，不知道幕后究竟是谁又是什么目的策划出这桩事来。

“假药的来源并不难找，能这么大批量生产的公司不多，但目前所有的线索都在基金会的内部断掉，怕是和他们脱不了干系，这样大的事不是一般的几个员工就能做成的，但既然如此，他们又为什么把事情闹大引火上身？”

顾北城蹙眉沉思了片刻，“这次的事虽然对G.U.制药打击不小，但是目前也仅是到此为止，检察院的调查已经过半，也就是说对方没有想一次置我们于死地，那他冒着引火上身的风险这样做的目的又是什么？只是短暂的转移我们的注意力吗？”

那这个成本也未免有点儿高了……

沈慕言点头，“说的就是，事情刚出的时候引起巨大轰动，陈家还以为是压倒G.U.的不二良机，一时之间将所有的宝都押在了这一时，想让G.U.不能翻身，却没想到被我们扛住了，反倒是陈家的周转出了问题，不得不撤了几条老药生产线，听说陈家的老爷子被气得住了院，大概是怎么也想不到基金会假药的事就这么虎头蛇尾地淡下去了。”

顾北城的眉蹙的愈紧，“策划这件事的是什么人，到底是什么样的事情值得他们这样去做……”

又或者只是借刀杀人?

“去查一下那家基金会的主要资金来源！”

沈慕言应声：“好。”

“还有袁玉玲的基金会一起！”

沈慕言凝眉，“你是觉得……”

顾北城却并不想在没有结果的时候多谈这些，“去查过就知道了。”

看到安洁出现在办公室门口的时候，苏情生恍惚还以为自己看错了，比她更惊讶的还有一旁的同事，毕竟不久前苏情生和安洁在公司大堂吵的那一架可是那之后那么久大家茶余饭后的谈资，安洁那标志性的轮椅可不容易认错。

苏情生刚刚要走到安洁的身前说些什么，安洁却先一步操纵轮椅转了身，向外走去。

安洁随便找了一间咨询室进了去，苏情生跟在她后面，将门关了上。

安洁开门见山地问道："你从袁玉玲这里得到你要找的东西了吗？"

苏情生点头，"算是得到了，万事开头难，这次总算是有了开头。"

安洁面无表情道："那最好，因为就算是没有，大概也不会再有机会了。"

听到安洁这么说，苏情生不由得蹙眉问道："发生了什么？"

"袁玉玲应该是起疑心了。"

苏情生的心里一紧，"她对你做什么了？"

"下药未遂，用的是安眠类的药物，感觉她有可能是想催眠我。"

苏情生长舒了一口气，"还好，还好你没什么事。"

安洁冷声道："不用假装关心我，我也不需要你关心。"

苏情生接下来的话被噎在了嗓子里，半晌才道："那你这次来……"

安洁抬眼，目光直直地看向她，"我要你承诺好的事情。"

"我会尽可能想办法让W付出代价的……"

安洁冷笑了一声，"我瞒着父母、冒着风险去接近袁玉玲，不是为了什么尽可能，我要你保证，一定要把W送进监狱，不管这件事会不会牵扯到你的父母！"

苏情生看向安洁，只见她的目光中透着与她瘦弱的外表极为不相符的坚定。

苏情生一窒，面对这样的安洁，她说不出话来。

就在双方对视的片刻，安洁忽然咳嗽了起来，起初只是零星的几声，安洁还在竭力地捂住自己的嘴控制着自己，可这咳嗽却愈演愈烈，苏情生听着，只觉得她似乎连肺都要咳出来。

她赶忙蹲下身去想要拍一拍她的后背，却被安洁推开，安洁飞快地将手握紧成拳，可苏情生还是看到了她手心有红色的血迹。

苏情生心里一沉，心知安洁是白血病人，哪怕是感冒都有可能致命，她赶忙道："我叫120！"

"不用！"安洁厉喝着拦住她，"不用你多管闲事。"

苏情生在这种时候怎么会由安洁胡闹？毅然打通了电话，正要通报地点和事件，却被安洁拉住她的手，"不要在这里！如果让我妈知道我和你在一起发病的，她不会放过你的！"

苏情生没有想到安洁在这种情况之下竟还能为她考虑到这层，心中说不清是什么感觉，她握住安洁的手，坚决地向电话里的接线员报出了现在的地点："会心大厦5层，我们有一位白血病人现在咳嗽剧烈而且已经见到血迹，请尽可能快来将病人带到医院！"

没有什么比生命更重要。

就算安洁的母亲会再怎么恨她，她也不能因为此刻的一己私心耽误安洁的救治，在这样的危急关头，安洁的心里尚且想到了一直视为仇人的她，她又怎么能只想到自己？

而转头看安洁，她已经咳得在轮椅上弯下了腰，快要说不出话来，苏情生的眉头紧蹙，拿过安洁的手机，按下了安母的电话，最熟悉安洁病情的就是安母了，这种时候无论如何也要让安母陪安洁一起去医院。

电话接通了，听筒里传来安母温柔的声音："小洁啊，你北城哥现在忙不忙，晚上你们一起回家吃饭吧？"

苏情生硬着头皮打断她："阿姨，您好，我是苏情生。"

电话那边的人一愣，显然没想到会是她，苏情生继续道："我们在会心大厦，安洁刚刚突然开始剧烈咳嗽，有血迹，我已经叫了急救，但考虑到您……"

在她说了一长串的话以后，电话那边的人终于反应过来，惊叫道："你说什么？安洁怎么了？"

苏情生看了一眼安洁，她正竭力捂住自己的嘴，避免咳出声让母亲听到更为担心，苏情生沉声道："她咳血了……"

听筒里传来碗盘碎裂的声音，紧接着是一阵慌乱的脚步声，是安母冲出了家门，她在匆忙中对苏情生道："我不管你用什么办法，五分中之内把安洁送到医院，如果安洁有什么闪失，我一定不会放过你！"

她说完，径自挂断了电话。

安洁向苏情生摆了摆手，示意她不必在意，比起五分钟之内将她送到医院这样不现实的事情，安静地等救护车显然是更好的选择。

苏情生无论是对安洁的病情还是对医学都了解不多，她出去为安洁倒了一杯温水，安洁也只是象征性地抿了抿，苏情生此时心里着急，却并不知还能做些什么，她只怕耽误了什么，安母一时赶不过来，苏情生接下来想到的就是向安洁的哥哥顾北城求助。

很久没有打过这个电话了，想一想上一次通话，还是她醉酒在路边误按的那次，两个人都是沉默，过了这么久，他们依然在黑暗中挣扎。

嘟嘟的两声过后，电话很快被接通，听筒里传来顾北城低沉醇厚的声音："情生？"

"北城，安洁她在咳血，我们在等救护车，可除此之外我不知道还能做什么……"

顾北城一顿，意识到问题的严重性，连忙问："你们在哪儿？"

"五层的治疗室。"

"我马上下去！"

顾北城几乎是冲进治疗室的，一向以冷静沉稳著称的G.U.老板在这个时候的焦急不加掩饰，部门经理偶然看到，不由得吓了一个激灵，以为苏情生又出了什么事，赶忙跟在后面，可眼见着苏情生好端端地站在那里，而轮椅上的女子面色惨白，经理一时有些摸不着头脑。

只见顾北城低头问了那女子句什么，对方摇了摇头，顾北城将外衣盖在她的身上，推着她的轮椅就向外面走去，一行人赶忙向两旁避开，这之后一路加快脚步下了楼，顾北城没有等救护车，直接开车将安洁送到了医院。

安母赶到的时候安洁正在做检查，检查室的门口围满了焦急等待的人，偏偏在这人群中，安母一眼就看到了苏情生，那么的乍眼。

她走到苏情生的面前，怒火中烧地质问道："小洁为什么会和你在一起？你对小洁做了什么？她这次骨髓移植好不容易见了效果，怎么会突然又犯病？"

安洁发病的时候与苏情生见面仅有五分钟不到，苏情生虽然心里也为安洁担心，但又哪里答得出安母的问题？

她嗫嚅了一声："我……"

顾北城眼见安母的脸色越来越差，赶忙伸手将苏情生拉到了身后，他试图让安母冷静下来，"妈，现在安洁的身体要紧，我们先想办法让安洁尽快好起来才是最重要的。"

安母却已经将所有的忍耐用尽，她看够了顾北城这样护着苏情生，冷声对顾北城道："你让开！"

顾北城没有说话，人却是半分没动，将苏情生牢牢地挡在了后面。

安母一拳打在他的身上，"你现在这个样子，你爸妈若是看见了该有多寒心！"

顾北城却是坦然道："父母在我心中，当知我心，我不怕他们看到，只怕您和安叔叔伤心。"

这么多年的养育之恩，顾北城对于他们的敬重和感激不必多说，可人生的事，就连他自己都已看不透，别人又怎么能明白个中滋味？

安母冷笑了一声，“怕我们伤心所以拒绝安洁？怕我们伤心所以这么护着苏情生？怕我们伤心所以安洁病了却连一句话都不让我问？”

顾北城知道安母此刻想要的不是解释，她也听不进任何解释，索性沉默着任由安母责骂，也只有这样才能让她尽快冷静下来。

检查室的门开了，是安洁终于做完了骨髓穿刺，脸色苍白地躺在病床上被人推了出来。

她一出来，安母和顾北城赶忙围了过去，安母焦急地问：“怎么样？现在感觉哪里不舒服？”

安洁开口，却没忍住又咳嗽了几声，安母又急又无所适从，半晌才听安洁勉强说道：“哪里都不舒服。”她停顿了一下，又说，“尤其是听到您把多少年前北城哥拒绝我的事又拿出来说，简直不能更丢人了。”

“妈那不是心疼你吗……”见安洁又咳嗽了两声，安母赶忙道，“别再说话了，都是妈的错。”

安洁却是固执，继续道：“苏情生没把我怎么样，我去找她是为了北城哥公司的事，原本我这么能干，让您一问，倒显得我像是个离不开家长的受气包儿一样了。”

“妈不是那个意思……”

安洁握了握安母的手，“我知道您不是那个意思，我也没有责怪您的意思，我不怪任何人，我只是命不太好。”

所以母亲也不必再为了她对顾北城和苏情生再多为难。

她的意思安母自然明白，只能叹了一口气。

医生随后跟了出来，“患者胸部CT上有严重的感染征象，我们会尽快输注抗生素，但就怕这次感染是由患者的白血病复发、免疫功能丧失所导致的，我们已经进行了骨髓穿刺，很快就可以拿到结果，如果是白血病复发的话，那么需要尽快考虑再一次骨髓移植的事情了。”

又是骨髓移植……

安洁合眼，之前那么多次刻骨的痛意还长久的挥之不去，反反复复地尝试，反反复复地失败，以为终于成功、终于可以解脱，如果这次……

她有些累了。

安母焦躁地问道：“我要带安洁回加拿大，我们在加拿大有熟悉她病情的医生。”

然而医生却打破了安母的希望：“以患者目前的身体状况，恐怕很难支撑过那么久的飞行航程。”

“可如果骨髓移植的话，你们要多久才能找到合适的骨髓来源？”

“这个很难说……”

什么很难说，根本就是不想说！

如果安洁和现有骨髓库中登记的志愿者的配型失败，就意味着是遥遥无期！

安母只觉得血都在向头上涌，整个人已经到了临界点，就快要炸了，却在这时，有人从身后拉了拉她的衣服，她回头，是病床上的安洁，她说：“妈，我累了。”

累了，累到不想再去责怪任何人、累到不想再去期盼什么，累到她明明知道母亲是在担心她、紧张她，且惊且惧且绝望，才会是这样激烈的反应，可她却只觉得，好吵。

医生向安母道：“我们先送病人去病房，检查有了结果会第一时间告知你们。”

顾北城过去扶住安母，“如果真到了那一步，骨髓的来源我会竭尽全力去解决，我们先带安洁去休息吧。”

安母看了一眼安洁，想说什么却终究是没有说，是默许了。

[2]

反正上次她病成这样，许愿是想嫁给他

血液科的病房在楼上，说来也巧，电梯门打开的时候，苏情生意外地看到陈峻一就站在里面。

看到外面有病床，陈峻一主动下了电梯好让病人先走，先后交替的片刻，他一偏头，只见病床上躺着的人有些眼熟，他又看了一眼，突然反应过来，“安洁？”

就在这会儿，安母也想起了他是谁，想到上次陈峻一将安洁气了个够呛，刚刚平复下来的心绪又被搅乱了起来，肾上腺素直线上升，安母赶忙呵斥他道：“你要干什么？”

陈峻一被安母那么凶的样子吓了一跳，就听安洁疲惫道：“妈，他不会把我怎么样的。”

原本看到她躺在病床上就知道她肯定是病了，却没想到她病的这么严重，从安洁有气无力的声音里，陈峻一知道这次安洁不是小病，也明白了安母为什么这么紧张，也说不清为什么，他忽然觉得有些担心，却碍于安母在场不好多问什么，只好先行回避，等待电梯门合上，他才向苏情生问道：“安洁这是怎么了？”

苏情生只觉得头疼得厉害，摇了摇头，“还不确定，但有可能是骨髓移植后白血病又复发了……”

陈峻一有一瞬的失神，苏情生看到他愣了一下，好像在想什么，又好像什么都没有在想，半晌，才听到他问：“你刚刚……说什么？安洁她怎么了？”

他的眼神里有些空，并不是因为惊讶而要再三确认的样子，而是似乎刚刚真的没有听清，所以要再问一遍。

“白血病可能复发了。”

陈峻一迟疑了一下才问：“现在白血病不是有很多治疗方法？不会有什么事吧？”

苏情生想起无论是顾北城还是沈慕言谈及安洁的病情都是讳莫如深的表情，不由得揉着额角道，“虽然治疗方法很多，但有效的方法不多，能对安洁有效的大概就更少了”，她看向陈峻一，见他有些紧张，故意逗他道，“怎么，看到人家真的病得很重，有点儿后悔当初嘴上不饶人了？”

陈峻一的面色说不出的有些难看，却是嘴硬：“我有什么好后悔的？”说完却又忍不住问：“她病得那么严重吗？”

苏情生点了点头，但想到安洁与他似乎也没什么太多交集，多说无益，换了话题问他道：“你怎么也到医院来了？”

陈峻一撇了撇嘴，“我们家老爷子心脏的老毛病犯了。”

“严重吗？”

陈峻一挑眉，“心脏的毛病算不上严重，但这气是真大，就多在医院住两天吧。”

“你又怎么气着老爷子了？”

“哪是我气的，老爷子本来想趁G.U.的假药丑闻解决了G.U.，苦心谋划没想到还是没成，被这事气的。”

商场上的事无非这么几种，陈峻一的回答对于苏情生是意料之外也是意料之中，她无谓地点了点头，心里对这种事却已然不再有波澜，只是随口接道，“看你的样子倒是不太在意G.U.的事。”

陈峻一耸了耸肩，“我和顾北城交过手，自然知道他不是那么轻易能击败的，虽然这次机会这么好没拿下G.U.有些可惜，但至少他们也知道了我在英国失败并不是因为我无能。”

苏情生蹙眉，“可听说你们这次损失不小，你不在意吗？”

陈峻一倒是无所谓，“是说损失了几条老药的生产线，不过那几个老药每年盈利本来就不多，我爸看它们不顺眼很久了，更何况就算我们这边的老药少了，不是还有你们那边的生产线吗？”

苏情生看了一眼陈峻一，想起不久前苏明尚的话，问：“听说公司合并之后，你们把新药都拿走了，定价低的老药都放在我们的生产线上了？”

陈峻一虽然一向是个混不吝的性格，但生意场上的那些计较他其实一清二楚，自然也知道苏情生在问什么，他不紧不慢地向苏情生道:“情生，我问你，你觉得现在我们两家的公司是什么关系？”

附属关系。

类似于殖民地的附属关系。

苏情生没有说话。

“我父母决定花那么大的价钱将你们家的公司从破产中挽救回来，除了为了与G.U.形成抗衡之势外，总要有些更现实的用处，这件事他们做的合情合理合法，虽然知道你心里可能不舒服，但我绝对支持他们的做法。”

“也不是不舒服，只是……”

苏情生深吸了一口气，还是没有再说下去，互助、友爱这样的词在生意场从不适用，她并非不知，只不过是发生在自己身上的时候还是觉得难受罢了。

陈峻一看着苏情生轻叹了一口气，才道：“你哥总说当初不应该把你保护的那么好，以至你现在不知世间险恶，我知道你并不是不知道，只不过总还是认为很多事情只要退一步大可不必走到那样的境地，但是情生，你要知道这世上的关系大多是起于利益、止于利益，别说退一步，哪怕是半步都是浪费。”

苏情生低头看向大理石地砖的花纹，轻应了一声：“天下熙熙皆为利来。”

陈峻一做出一副顿悟的表情，“啊，对，就是这句话，你读书多，果然知道得多。”

苏情生知道他是在逗她，想让她心情不要这么沉重，牵了下唇，说：“知道却看不透。”

看透谈何容易。

陈峻一伸手想要揉一揉她的头，手伸到一半却又收了回去，岔开话题道：“电梯来了两趟了，你怎么不上去？”

苏情生摇了摇头，“现在安洁的病情复杂，大家都很着急，安母看到我只会心情不好，徒增纷争，不如等安洁稳定下来再去看她。”

但苏情生没有想到，没有稳定下来，等着安洁的是一纸病危通知。

白血病复发，而且是急性发作，合并严重肺部感染，直接应用了大剂量的高级抗生素抑制感染，但眼下最重要的，是下一步对白血病的治疗。

而对此，安洁本人的态度是：不想治了。

且不说骨髓移植的痛苦，光说找到骨髓来源这件事，就已难之又难。

安父、安母还有顾北城很早之前就已试过和她的配型，均是失败，这一次就连苏情生都去试了，全无用处。

顾北城和安母在四处寻找骨髓捐赠者，大家在安洁面前都刻意回避这些事，尽可能地去逗她，却总还是说不出的气氛压抑。

陈峻一趁安母不在的时候，装作巧合地去安洁的病房探视了一眼，病床上的安洁很是虚弱，因为免疫力极弱，感染又很严重，大家只能站在离她还有一段距离的地方和她说说话，听到陈峻一的声音，安洁将头偏向了背对着他的一侧，咳嗽了两声，才问出：

“你来干什么？”

陈峻一状似轻松道：“我们家老爷子住着院，人比我们还精神，这会儿正在病房里砸东西，我过来避避难。”

安洁没有说话，想要轰他离开，却又默许了他的存在。

陈峻一哪壶不开提哪壶，“听说你在找骨髓配型，找的怎么样了？”

安洁虽然躺在病床上，气势却不肯输，“看我的样子你觉得找的怎么样了？”

不怎么样。

陈峻一的眸色未暗，语气却是一贯的轻松，状似无意道：“要不我也去试试？”

安洁终于没忍住，翻了一个大大的白眼，“我爸妈都没和我配上，你是从哪里来的信心觉得你可以？”

陈峻一想也没想，“配不上最好啊，既能表现出我的爱心，又不用真捐，两全其美啊。”

安洁转了个身，不再理他了。

陈峻一又在一旁站了会儿，后来见安洁闭了眼，呼吸声均匀地响起，是睡着了，他走近，替她掖了掖被角，出了门。

想来已经有二十多年没扎过针了，抽血的时候，针尖扎进肉里，陈大少爷觉得还真的是有点儿疼，这么多年来安洁那么瘦弱的一个人，比这疼上千百倍的化疗和骨髓移植又是怎么坚持下来的？

这之后一周三两次地去探望安洁，去的太勤怕安洁觉得不舒服，去的太少他自己又不放心，总想亲眼看看，可至于能看出些什么，他也说不清。

为了避免被安母轰出病房，他尽量挑在安母不在的时候去，大多是在清早，护士去给安洁抽血的时候，以至安洁玩笑道：“现在看到你我就觉得胳膊疼。”

陈峻一嬉笑道：“那下次我一定要亲自扎你几针，反正担了这骂名，不扎白不扎。”

可他心里却想起每天早上那一管管鲜红的血液和此刻面色苍白的安洁对比鲜明，虽然知道安洁得的是血液病，抽血复查必不可少，可有的时候他都担心这样每天抽，安洁这样瘦弱会不会哪天被抽干了？

他隐隐有些揪心。

安洁翻了个身，自然没看到他的表情，打了个哈欠随口道："你扎我一针，我告你故意伤害，顺手就解决了北城哥在国内的主要竞争对手，我觉得自己的价值都升华了。"

陈峻一本能地蹙了一下眉，"顾北城对你……那么重要？"

安洁摆了摆手，"重不重要不好描述，反正上次我病成这样的时候，许愿是想嫁给他来着。"

陈峻一的眉蹙的愈紧，"那这次呢？"

安洁又打了一个哈欠，"不许了，反正许了也实现不了。"

陈峻一是一如既往的嘴欠："就随便许一个，万一没实现我好看看笑话乐呵乐呵。"

安洁顺手扔了个枕头过去。

陈峻一闪身躲开，不知死活继续道："许吧！"

安洁嫌他烦人，随口胡说道："愿望是看礼花行了吧，也不用太盛大，就奥运会那种就行。"

陈峻一："……"

安洁安稳地睡回笼觉去了。

[3]

连母苍蝇飞过都要调戏的公孔雀

安洁说这话的时候没过脑子，而在她的心里，陈峻一又是个出门不带脑子的，是以也就是随口一说，转头就忘了。

在骨髓库里找了一圈，暂时还没能找到与她匹配的人，而她的病情又重，前一次移植前功尽弃，与医生商量之后，就算明知痛苦，心里千般不愿，安母也不得不考虑让安洁再次接受化疗的事情。

安母和医生走到安洁的床前，想用尽可能和缓的语气告诉这个本已疲惫不堪的姑娘这样不好的消息，医生沉思了片刻才开口道："我们已经将骨髓库里登记的志愿者和您身边的 5 名亲友都与您做了配型，但是很遗憾，目前还没能找到一个匹配的人。"

这样的结果在安洁再次躺进来时就已经有所预料，她看着母亲快要哭出来的样子，故作轻松地笑道："我在国外那么多年，这次回来竟然还能找到 5 名愿意做配型的亲友，也是我人格魅力无限大了。"

医生愣了一下，安母知道安洁是想逗她，顺着安洁的话接道："是你沈大哥，小姑家的两个姐姐还有……苏情生……"

提到苏情生，安母的语气不甚好，安洁赶忙岔开话题："那还有一个呢？不是五个人来着？"

安母蹙眉思索了一下，“还有一个？没印象了……”

一旁的小护士解释道：“是位男士，挺高挺帅的。”

安母迟疑，“北城？”

安洁又咳嗽了两声，摇了摇头，“北城哥当年就已经试过和我配型，失败了，妈你也不是不知道。”

“那能是谁？”

小护士像是想起了什么，对安洁道：“就是经常早上来看你的那位。”

早上？

安洁一怔，难道是……陈峻一？

那天他说要去试试配型，原来不是在开玩笑，她忽然想翻一个白眼，他们又不熟，这位陈大少爷究竟是有多无聊才会去干这种事？

可想着想着，心里不知哪里，却又有股暖流淌过。

安母却是愈发疑惑，“谁啊？”

陈峻一的事与母亲解释起来总归有些复杂，安洁摇了摇头，故意咳嗽了起来，安母一慌，也顾不上问什么是谁了，赶忙扶住安洁，轻拍了拍她的背。

医生赶忙继续道：“目前患者合并和严重的肺部感染，在经过大量的高级抗生素治疗以后，感染已经被控制，但这不是长久之计，找不到骨髓移植的来源，那么现在我们需要再考虑一下化疗的事情了。”

“我不想化疗。”

安洁几乎是脱口而出。

安母愣了一下，接下来的话全都卡在了嗓子里，安洁之前接受过化疗，遭受的苦她看在眼里疼在心里，如果能选择，她当然不会想让安洁在经历一遍，可这是眼下唯一的保命方法，眼看着安洁这样抗拒，她看着自己的女儿，一时竟不知该说什么。

而安洁却在这时笑了一下，“我就是说说，你们不用往心里去。”

是真心话，却不能真心听。

她虽然已经很累了，累到已经不想挣扎，可面对着母亲，她总归没有资格那么自私，连放弃都轮不到她来选择，这些年四处求医、四处奔波，母亲为她愁白了头，她原本就已连累母亲很多，刚得病的时候不懂事，怨天尤人，将这一切的罪过都推在了母亲的身上，曾想过一定是他们做错了什么事，报应在了她的头上。而如今，她作为子女唯一能做的，也只有活着，不管有多苦，为了母亲，她都要活着。

安母的面色这才缓和了一点，苦口婆心劝道：“妈知道你受苦了，但是再坚持一下，等我们找到新的骨髓就好了！”

安洁牵了一下唇角，没笑出来，又牵了牵唇角，只觉得整张脸都是僵硬的。

抬头看到母亲担忧的目光，她终于大笑了一声，“逗你的话干吗这么当真？”

安母愣了一下，看着安洁笑，这才放了心，跟着也笑了笑。

化疗前的几天，安洁整夜整夜的失眠，她原本身体就不好，几天下来脸色更差了几分，陈峻一清早去探病，想说些什么安慰她，可笑话讲了许多，说到口干舌燥，安洁却一点笑意也没有，他站在一旁尬笑了两声，第一次觉得自己这么吵。

化疗前的晚上，安母早早到了医院，特意为安洁多拿了几件换洗衣物，安洁以往化疗的时候反应大，吐得多，因此安母早早将东西备好，对了，还有假发……

看着母亲从包里掏出这些东西，安洁忍不住蹙紧眉别开了头，闭上眼，半个字也没说。

丁零零——

在这个时候，安洁的手机忽然响了起来，安洁伸手拿过，只见上面是一个陌生的号码，她迟疑了一下，可眼见着母亲放好东西又要开始唠叨什么，她还是按下了通话键。

“喂？”

电话那边的人很是兴奋地叫她：“安洁，快到窗边来！”

这声音……

安洁眉蹙的更紧了几分，“陈峻一？”

“快到窗边来，快来看！”

“什么？”

陈峻一只管一直在催她：“快来看！”

安洁掀开被子，下了床，安母赶忙来扶住她，问她：“安洁，你干什么！”

安洁却指了指窗户，“我想去看看。”

安母将外衣裹在她身上，扶着她走到了床边，只见一道流光划过天际直冲云霄，伴随着轰的一声，绽开了一朵绚烂的烟花，随后接连流光起，一时之间，原本清冷寂静的天空变得热闹非凡。

并非年节，此时突然出现的烟火引来了周围人的注意，大家纷纷走到窗前，看着那夜空中的绚烂，就连安母都忍不住问：“这是谁家有什么喜事吗？”

这场热闹持续了足足五分钟，当最后一朵烟花枯萎在天际时，安洁低头，只见院子里有一个人仰着头在冲她摇手，她还来不及做出反应，就听院子里响起一声厉喝：“谁让你放礼花的！站住！”

陈峻一回头一看，只见来人穿着一身保安制服，他撒腿就跑。

这之后过了有半个小时，满脸通红的陈峻一才喘着粗气出现在安洁的病房，安洁问他：“追你的人呢？”

陈峻一摆了摆手，“绕着院子跑了两圈，这老大爷还挺执着，不过还是被我甩掉了！”

他说着，又问：“怎么样？烟花好看吗？今儿的条件有限，你先将就将就，赶明儿带你看场大的烟火表演！”

安洁却是铁着脸问他：“谁让你做这些了！”

陈峻一被她问的有点儿蒙，“你不是说想看……”

也不知为什么，安洁的怒意愈发盛了，“我想看什么和你有什么关系？你为什么要自作主张地去做这种事？”

“我想着你明天要去做化疗，想让你高兴一点……”

她一句一句步步紧逼：“别拿你对其他女人那套来哄我！看烟花就能高兴吗？看烟花能治病吗？你让我在窗户边站那么久，肺部感染加重你负责吗？”

陈峻一只觉得头大，“我没想那么多……”

安洁冷笑了一声，“是啊，感染加重了又和你有什么关系，你陈大少爷不过一时兴起大发善心放个烟花给我看看。”

因为她是病人，陈峻一一直在让着她，可此时听她这么说，忍耐已经到了极限，他试图与她讲理：“安洁，你这话有点儿过分了……”

她却忽然大声道：“你走！”

陈峻一觉得莫名其妙，终于压不住火气，问：“安洁，你是不是疯了？我好心好意给你放烟花，就算你不喜欢也不至于这样吧？”忍了忍，没忍住，又加了一句，“白血病还会影响脑子吗？”

安洁指着大门对他道：“你走！”

陈大少爷已经很久没这样费过心哄谁开心，可到头来连个“谢”字都没捞到，还被劈头盖脸地骂了一顿，陈大少爷只觉得胸口一口气憋得厉害，想着自己大概是疯了才费那么大的劲儿来讨人嫌，他转身拉开门就头也不回地出了病房。

饶是安母一向不待见陈峻一，也看出了这一次陈峻一是好心，因此对安洁这么大的火很是意外，她劝解安洁道：“妈知道你心情不好，也知道你站窗户旁边着凉了会不舒服，但刚才人家也确实是好心，发这么大的火不像是你一贯的风格啊。”

安洁躺进被子里，将自己裹得严严实实，转过身背对着安母，低声道："那种连母苍蝇飞过都要调戏一下的公孔雀，谁要他好心！"

第二天一大早，陈大少爷就被闹钟吵醒了，他看了看表，才早上5点，原本是为了去安慰一下又要开始化疗的安洁，可想起安洁昨晚凶巴巴地轰他走时的神情，他随即啪的按了闹钟，又倒回床上接着睡去了，反正看她那样子中气十足的，估摸着再嚣张几十年不是问题，他又何必上赶着自讨没趣？

再醒来的时候已是中午，他洗漱穿戴整齐之后，吃了个苹果不紧不慢地开了个视频会议，随后去公司的路上顺便去医院日常探望了一下在医院里静养的陈家老爷子，老爷子精神抖擞，见他大中午出现在医院里，敏锐地察觉到他又没去上班，一拐杖把他抡出了病房。

但横竖被老爷子骂也不是第一次，陈大少爷对此很看得开，他随后"偶然"地路过了安洁的病房，从没关严的门缝向里望了望，隐约看到安洁扶着安母在床边似乎是在吵，周围围着安家的几个亲戚，他听着里面的动静，隐约觉得有些揪心，可脚步在门口停留了半晌，终究合适没有进去，心里安慰自己：谁化疗还不得吐一吐？

想到这里，他随即放心地离开了，只是晚饭过后又溜达回来看了看，安洁的病房里依旧是很多人，只是这一次，围满了医生，里面的护士出来拿东西的时候，他听到护士小声道："白血病这么严重，化疗的反应还这么差，人还这么年轻，家里有再多的钱也是白费啊……"

陈峻一一怔，追过去问："你们刚才说里面那位姑娘……怎么了？"

其中一位护士认出他是之前隔三岔五早上都会到安洁病房探望的人，叹了一口气道："病人身体情况很不好，化疗反应太大，再观察几天吧，只是这一轮化疗怕是很难挺过去……"

陈峻一脑子里嗡的一声，"要是挺不过去要怎么办？"

“骨髓移植，但要是能骨髓移植她也就不会选化疗了……”

这之后陈峻一连续几日定时定点去医院转悠两圈，也不进安洁病房，就是和照顾安洁的小护士聊聊，要去做检查的安洁坐在轮椅上一开门，就看到陈峻一和小护士有说有笑，陈峻一一偏头，也说不清为什么就是觉得心虚，就见安洁半分没有要理他的意思，由安母推着向走廊的另一边走去，他这才恍然想起，他又没做什么亏心事！

不过，他转念又一想，安洁刚刚的面色是真的很差。

可是，他转念再一想，安洁的面色再差也轮不到他来管，他又何必在这多事？

想到这里，他正准备离开，就听不远处传来安母的声音：“安洁，安洁你怎么了！”

陈峻一来不及多想，循着声音冲了过去，就见安洁已经晕倒在了轮椅上。

随后医生和护士都跑了过来，安洁很快在众人的簇拥中被推回了病房，陈峻一心急，想要问一问到底怎么回事，可这一次就连小护士都顾不上理他了，他一个人在旁边干着急，想来想去，只好把电话打给了苏情生：“安洁刚刚晕倒了，正在抢救，你能不能问问是怎么回事？”

电话那边的苏情生却比他还震惊，“安洁晕倒了？”

苏情生随即赶到了医院，与她前后脚儿到的还有闻讯赶来的沈慕言，在和安母简单的交流过后，沈慕言确认了安洁目前暂时脱离了危险，但化疗过后多日输血，血细胞仍未见好转，感染持续没能见好，病情不容乐观。

折腾了许久，安洁终于稳定了下来，大家这才松了一口气。

安母仔细地替安洁掖好被角，随后轻手轻脚地出了病房，关上病房门，轻叹了一口气，面露倦意。

她环视了一圈门口焦急等待的人，低声问道：“北城呢？”

沈慕言的表情僵了一瞬，随即道："北城他……有点儿急事。"

听沈慕言这么说，安母的脸色一沉，"什么急事？之前知道他忙所以照顾安洁的事都没让他插手，可现在安洁都病成这样了，他做哥哥的都不来看一眼吗？"

沈慕言低了低头，所答非所问道："北城他已经联系了很多人再找能和安洁匹配上的骨髓来源，等有消息立刻会告诉您……"

"北城他到底在哪儿？"

沈慕言的目光有所躲闪，"我不是很清楚……"

就是沈慕言躲闪的目光，让苏情生忽然之间意识到了什么，沈慕言并非不知道，而是不能说，顾北城将安洁一向看得重要，当时在伦敦定好要见她母亲的日子也是因为安洁而临时爽约，更何况此时安洁病重，以顾北城的风格必定会放下手中所有的事赶到这里，可他没有来，即使放下手中所有的事也不能来的理由……

难道是……

顾北城的眼睛……又发病了？

因为眼睛发病了，所以不能立刻赶到安洁和安母的身边，怕他们担心，是了，在这种时候也只有这种理由会羁绊住顾北城！

等等，顾北城之前发病的时候时间很短，大约几分钟之内视力就会恢复正常，可他今天这么久都没有出现，这么看来这是……病情加重了！

苏情生来不及多想，转身离开了病房，连忙打车赶回了公司，也没顾顾北城助理的阻拦，直奔顾北城的办公室而去，可真的闯了进去，才发现助理所言非虚，顾北城不在公司。

在这种时候，除了办公室，顾北城会在的地方也只剩下了一个，顾家。

[4]

我愿意为你惆怅终身，你却无法承担被我记恨一生吗

来到顾家门前的时候看着熟悉的大门，苏情生深吸了一口气，算来这是她第四次来这里，每一次都没留下什么美好的记忆。

她按下门铃，如她所料，应答的是管家，“你是？”

算来不是很久之前，她刚刚来这里递过离婚协议，管家未必是记不住她是谁，只是以她现在的身份，管家已不需要记住她是谁。

她牵了牵唇，“顾北城的前妻。”

管家的语调之中毫无波澜：“顾先生不在。”

对于这个回答，苏情生并不意外，她没有争辩，只是轻声道：“我在这里等他。”

“顾先生今天很忙。”

明明知道是借口，苏情生却毫不在意，只是又重复了一遍刚刚的话：“我在这里等他。”

她并没有任何被拒之门外的焦躁的样子，只是安安静静地站在门口，她是铁了心要在这里等下去，从白天等到傍晚，就在傍晚的夜风里，靠在顾家的门口等着，她想告诉顾北城的只有一件事：她不走，没见到他，她是不会走的。

终于，门锁处传来嗒的一声，大门上的对讲机传来管家的声音：

“您进来吧。”

她抬头，可站的已经有些发僵的腿突然软了一下，她一个趔趄险些摔倒在当场，管家从屏幕里看到这一幕亦被吓了一跳，“你……”

就看到苏情生扶住墙，摆了摆手，“没事。”

走进顾家的时候，苏情生只觉得说不出的压抑，脑海中也不由自主地浮现出当年火灾时的样子，虽然过了那么多年记忆已经有些模糊，那恐怖的大火却在她的脑海中根深蒂固。

偌大的房子里空荡荡的，向里又走了走，苏情生看到了坐在沙发上的顾北城，他的头靠在沙发背上，闭着眼，听到她过来了也并没有理会。

苏情生抿了抿唇，轻声道：“安洁的病……更重了，安母希望你能在场。”

顾北城没有说话。

是早就知道，可他只是不能去，这个时候让安母和安洁得知他眼睛的问题只会给她们增添无端的困扰。

顾北城的心思苏情生又怎么会不懂？看到顾北城这样沉默，心里愈发明白这一次的失明不同于之前，若非如此顾北城也不至于如此顾虑。

“你的眼睛……还好吗？”

回答她的是冷冰冰的两个字：“没事。”

苏情生显然是不信的，她伸出手在他的眼前晃了晃，顾北城凭借仅剩的微弱光感抓住了她的手，话音中不由得带了些怒意：“你干什么？”

苏情生那么了解顾北城，很快就明白过来，“不只是因为安洁的病，对不对？这一次你的眼睛这么久都没有恢复，一定还出了其他的问题对不对？”

顾北城那么强大的一个人，他经历了那么多旁人都会觉得不可思议的事，能够压垮他的，一定绝非小事，安洁的病情算是一桩，可安洁的病情并非今日才有，病情反复也并非第一次，那么就意味着除此之外还有对于他很重要的事出了岔子。

难道是……

“是W那边的事吗？是我们之前拿到的证据还是无法对他定罪吗？”

顾北城揉了揉额角，不答反问：“你来又能改变什么？”

他是倦极的模样，因为她的出现更是觉得头痛得厉害。

是了，她能改变什么？她是他最大的压力来源、是他痛苦的罪魁祸首，如果没有她，他十年的努力如今早已将仇人绳之以法，而她能为他做的，却是几乎没有。

面对他的问题，苏情生没有说话，只是走上前去伸手扶住了他的脑袋，用食指和中指替他轻按太阳穴，她的指尖微凉，碰触到他的皮肤，有点儿冰、有点儿痒，他的心里一动，下意识地躲了一下，却没躲开。

她的声音轻轻柔柔地自他的头顶传来：“你放心，我知道我改变不了什么，我只是想在你眼睛不方便的时候照顾你。”

顾北城冷声道：“我这里有人照顾。”

苏情生做出一副惊讶的表情，“谁？管家吗？他不方便！”

“比前妻还不方便？”

明明是带着刺儿的话，苏情生却是微牵起唇全部笑纳，“那当然”，她俯下身去抱住他，嗔怪道，“管家小哥又年轻又好看，你们两个总在一起，我会吃醋的！”

明明是不正经的话，却让她说的那么认真，顾北城一时竟不知该说些什么好，那语气让他想笑，却又不能笑。

苏情生又说：“我就待一小会儿，等你眼睛好了我就走，用不了多久，你说对吧？”

她说话的语气就像是在耍赖的孩子，可偏偏从她最后声音的颤抖中，顾北城听出了她的试探之意。

他的眼睛很快就会好起来的，对吧？

面对这样小心翼翼地苏情生，顾北城说不出话来。

他怎么能告诉她，他不知道？

他轻推开她，起身要往楼上走，冷淡地剩下了一句："随你。"可还没走两步，就已不是楼梯的方向。

苏情生赶忙跟上去扶住他，不着痕迹地将他的方向带了带，陪着他一步一步地走上楼梯，她毕竟先前在顾家待过那么久，房间构造她是清楚的，她很快找到顾北城的卧室，并为他打开了灯。

他沉声道："你出去吧。"

苏情生扬起唇，故作轻松地笑了笑，"顾北城，你这过河拆桥的速度也太快了点吧？"

他面无表情道："我要换衣服洗澡，你要留下来参观？"

没想到苏情生毫不犹豫地欢快道："好啊好啊！"伸手就去扒顾北城的衣服。

顾北城抓住她的手，有些无可奈何道："情生，别闹！"

他唤她名字时的语气像极了他们刚结婚的时候，她总是有恃无恐、肆意妄为，每次闹的过头了，他总是这样无可奈何却又带着藏不住地宠溺，他说"别闹"，她答："我就不！"

她的唇角在不自觉中上翘，可回忆淡去，看着眼下的他们，苏情生低头，收回了手，轻声解释道："你衬衫上的扣子多，我怕你自己脱会很慢，所以帮你解几个扣子而已，你放心，我不会胡来的！"

这样冗长的解释划清了他们之间的界限，她那样客气而疏离，就像真的只是来帮忙的一个外人。

面对这样的苏情生，顾北城连拒绝的理由都说不出口。

她轻手轻脚、一颗一颗地帮他解开了衬衫的扣子，房间中安静地连呼吸都变的小心翼翼，顾北城的身材一向很好，白色衬衫下半遮半掩的结实胸膛，她的食指在不经意间划过他胸前的肌肤，两个人皆是一僵，而情生抢先一步反应过来，飞快地替他解完了剩下的扣子。

顾北城低声道：“你出去吧。”

她干脆地应声：“嗯。”转身似是毫无留恋的就出了房门。

顾北城随后进了浴室，凭借对房间布局的熟悉，虽然有些磕磕绊绊，经常碰掉一些东西，但洗澡总归不是一件难以完成的事。

因为不放心他怕他在浴室跌倒而回到卧室的苏情生就坐在地板上，听着里面时不时传来物体掉落的声音，她很想进去帮他，可她更清楚以他们现在的关系，她能做的只有在外面咬住唇，等着。

她忽然有点儿想哭，

在顾家门口等了那么久、进门就面对顾北城的冷言冷语她都觉得没什么，可在这一刻，她觉得想哭，为了顾北城，也为了她自己，这样懦弱而无能。

也不知过了多久，里面的水声终于停了，随后是略显凌乱的脚步声，这之后没过多久，就听到有瓶子掉落在地上摔碎了的声音，苏情生的心里一紧，只怕这地上的玻璃碴儿会伤到顾北城，却在下一刻听到里面的人止不住恼怒地低吼了一声，随后是重重地嘭的一声响，像是砸到了什么。

苏情生终于等不下去，起身冲了进去，推开浴室的门，只见身着白色浴袍的顾北城站在那里，面前的镜子已经碎的七零八落，水池边、地面上满是玻璃碎片，而他的手上则是刺目的鲜红。

她赶忙上前，不顾他想要挣脱，抓住他的手，只见手背早已满是伤痕，苏情生看着，只觉得有东西扎进了心里，就好像这伤痕一直长进了她心底。

她抬头，眼前顾北城的头发是湿的，眼神受到视力的影响，也不似平日那般锐利，取而代之的，是一种绝望过后的平静，整个人带着苏情生从未见过的颓唐感。

他说：“我没事。”

可这怎么会是没事？为什么在这种时候，他还要假装没事来安慰她？

她不想再听他说没事，不想再听他骗她，她想要抱住他、安慰他、想要给他依靠，又或者这些都不够，苏情生踮起脚，仰头直接吻上了顾北城的唇。

顾北城有一瞬的愣怔，可当苏情生伸手揽住他的脖颈儿时，他已经将她抵在了墙上。

他轻巧地撬开她的唇，肆意地攫取她的美好，起初耐心周旋很快演变为狂风暴雨，苏情生险些失去所有的氧气，溺在他的怀中。

苏情生伸手解开了他浴袍腰间的系带，而顾北城凭借对房间的熟悉，在即使看不清的情况下依然将她抱回了卧室，身上的衣服是什么时候消失的苏情生早已没了印象，明明她才是先动手的那一方，可几番下来已无招架之力，在这种事情上她从来不是顾北城的对手。

后来夜深，她沉沉睡去，不知什么时候，她在半睡半醒间听到门外有人说话的声音：“既然已经病重可以免于上庭，谭文华可以免于被定罪，自然不会供出W，这条线不必再追了。”

听到谭文华这个名字，苏情生的睡意已经去了一半，不知道电话那边的人说了什么，顾北城回应道：“不必了，尽可能给董成明支持吧，但只怕想翻案很难。”他停顿了一下，又问：“骨髓的来源联系的怎么样了？”

苏情生起身，窗外的天尚未亮，她拿过手机看了一眼时间，不过凌晨三点。

她伸手拿过衬衫套上，下床后轻轻地走到了门前打开门，果然是顾北城站在那里，她不想打断他的电话，只是静静地站在他的身后看着他，待到他电话结束的时候，她才走到他身后，从后面抱住了他。

他转过身来，揉了揉她的脑袋，“吵到你了？”

她蹭在他胸前摇了摇头，停顿了一下，又问：“谭文华病重？”

她果然听到了。

他不解释，只是断然道：“你不要管。”

他没有否认，说明她听得没错，且不说谭文华是真病重还是假病重，如果谭文华无法被定罪，那么从他身上攻破W就不可能了，无论如何也要让谭文华出庭。

她平静地叙述事实：“这种事你不说我也能查得出，不过多费点时间罢了。”她停顿了一下，又说：“什么病啊？是急症吗？”

顾北城轻叹了一口气，“肿瘤晚期。”

因为药石罔效，就连法庭都不能传他上庭。

原来是这样。

苏情生的心沉了沉，“那你要怎么办？”

顾北城沉默了许久，才终于说出了那两个字，他说：“算了。”

反正他在那之前就已说过收手，不过是挣扎过后又回到了原点罢了。

苏情生能听出他说出这两个字时似乎连舌头都打了一个绊儿。

她只觉得自己的心仿佛被针扎了一般。

她攥紧了他的衣角，合了眼，咬牙道：“用你手里的证据，起诉W和我们家吧。”

顾北城一僵，“情生，你别逼我……”

苏情生摇头，“我没有逼你，可北城，我们不过才认识短短两年，今天你因为我做出了这样的决定，可人生还那么长，也许有一天你遇到一个比我更好的姑娘，你们会幸福地生活在一起，有一双儿女，然后你会想起你这一生最大的遗憾就是没能为父母沉冤昭雪，你因为一个无关紧要的人就这样轻易地放弃了，你会恨我的！”

“那又如何？”顾北城反问，没有半分犹疑，“我愿意为你悔恨终身，你无法承担被我记恨一生吗？”

苏情生的眼眶有些酸，开口已带了些颤音，她问他：“值得吗？”

他抱紧她，轻声却坚定道：“值得的。”他说着，却又轻笑了一声，“你再说我就真的要觉得不值得了！”

是她从W手中劫后余生那日对他说过的话，他一字一句记得清清楚楚。

他求婚。

她说好。

从那一刻开始，她是他的妻子。

也许终有一日他会后悔，可这一时、这一刻，他觉得值得。

苏情生的眼泪一下子掉了下来。

顾北城抬手，视力已经恢复了大半的他正要替她拭去眼泪，却在这时，只听她说：“我们离婚吧。”

顾北城的动作一顿。

就在这片刻之间，苏情生已经抬手自己擦净了脸，她深吸了一口气，似是终于下定了决心，不再挣扎，“我不是不知道离婚协议没有公证和登记就不算真正离婚的，即使在英国也一样，我只是装作不知道，总是觉得没走这最后一步，就还有希望，结局或许是不同的。”

她说着，自嘲地笑了一下，可下一刻，她又无比严肃，“结局确实不同了，你替我做了所有错误的决定、承担了所有该我承担的压力，而我们却越来越远了。”

他试图安慰她：“情生，不是这样的……”

她却打断他，因为是深思熟虑之后才说出的话，她的声音虽轻，却异常坚定：“北城，去做对的事吧，去做你该做的事情，卸下所有不该你承担的压力，我不想你像现在一样把自己逼成一个瞎子，更不想你有一天回想起现在会觉得后悔，那我会恨你的，恨你把我置于这样的位置。”

过了许久，她听到他开口，低沉的嗓音中带着少有的彷徨，他问："那你呢？"

父母入狱、家族声名狼藉，甚至连生存都会是问题，她该怎么办？

苏情生再次深吸气，竟还能生生地攒出一个笑模样，"你放心，我、我哥哥、我父母不会那么轻易缴械的，你去做正确的事，我也会去做该做的事，我们会用尽一切手段让我的父母逃脱罪责的。"

她并非只是说说而已，从她的眼神中，顾北城可以看得出，她是真心这样想的，也是真的这样决定的，不是犹豫、不是试探，而是所有的云雾散尽，剩下的那一份笃定。

她笃定那是对的决定。

顾北城隐隐觉得苏情生变了，可她终究又还是她，依旧清高、依旧固执、依旧以为自己无所不能、总爱干涉别人的人生和决定。

他感谢她的好意，但是，"这件事我已经做过决定，如果此时改变，那我们过去的这一年岂不是毫无意义？"

苏情生牵唇，将头靠在了他的胸前，声音中竟不自知地带了些许哽咽，"怎么会毫无意义？因为有过去这一年中我们的隐忍、不舍和磨难，在不久以后我们双方的对垒中，就算可能会出现很多难看甚至不堪的场面，我们也不会怀疑对方最初的那颗真心。北城，也许未来会有更多难以做出的决定，但你要相信，无论如何我都会支持你做正确的事。"

她到底是什么时候变得这样能说会道的？

顾北城的嗓音微哑："情生，你会后悔的……"

她故作轻松的一笑，果决道："我觉得不会。"停顿了一下，又轻叹了一口气，她说："北城，我们就试这一次吧，离婚之后，你是你，我是我，等我们做了所有该做的事、等这一切都尘埃落定，不论结果、不论输赢，我们放下过去，如果还有你情我愿，那就在一起吧，好吗？"

她在他的怀里小心翼翼地仰起头，看着他，表面上故作轻松，可说出这一番话，心里却有如刀割。

她说等着一切尘埃落定，如果他们还愿意，可这个如果，该是多幸运的万一。

她知道此时她一旦放手，再见面，他们就是仇家，再也没有和颜悦色、和风细雨，字字句句只怕都是要往对方心窝里扎，而最后的结果，有人赢就有人输，又有多少人能熬过这样的折磨、有多少感情能历经这一切而不变？

这不过是她许给自己的黄粱一梦，是虚无缥缈的希望，甚至，是告别。

她还是当初那个固执地就不离婚的苏情生啊，她还是那个那么喜欢顾北城的苏情生啊，怎么能想象到有朝一日自己会这样若无其事乖巧懂事地劝他放手，她简直要对自己刮目相看，刮的快瞎了的那种。

可因为他是顾北城啊，从当初到现在，没变过的是她说过的那句“值得”。

顾北城用力地将她压进自己怀里，许久，才说出了那个字：“好。”

[5] 世上最容易的，原本就是错过

办理离婚手续尚需要一来一回的两天时间，而在这最后两天中，作为顾北城的妻子，苏情生去做了最后一件事。

她去找了谭文华。

这位肿瘤晚期的患者已经面色蜡黄、十分消瘦，患病之事并非为逃脱罪责的谎言，但他的精神还是有的，并不像先前形容的那样差。

谭文华看着走进自己病房的陌生女人，分外警戒地问：“你是谁？”

苏情生面无表情道：“和你一样，W 手里的杀人犯。”

听到她提起 W，谭文华先是一惊，但很快又冷静了下来，他嘲讽地笑了一声，却因此引发一阵剧烈的咳嗽，咳到因为缺氧面色终于有了几分粉红之色，苏情生将他柜子上的水杯递了过去，他许久才平复下来，斜眼看她，“小小年纪，口出狂言。”

苏情生应的从容，“没错，我的确不是杀人犯”，她看了一眼谭文华一副早知如此的神情，“但我父母是。”

谭文华显然没想到会有这样的反转，面色一僵。

苏情生又道：“说起来，W 要被抓了你知道吗？”

谭文华僵着脸说：“不可能！”

苏情生坐在他床旁的椅子上，双腿自然地交叠，不急不慢说：“他帮我父母犯的那桩事里被人抓住了多重证据。”

谭文华转过脸，是一副不信的样子。

苏情生牵唇，“怎么？你不相信？别说我们家涉及的纵火大案，就连你这样一出小案子都漏洞百出，你有没有想过为什么过了这么久，你还会收到法院传票？你又有没有想过，你寄回给W的药瓶现在在哪里？”

谭文华的眼睛猛然睁大，在苏情生的提醒下，他终于明白了是怎么回事。

而苏情生的话还在继续：“等到W被抓了，为了在量刑中争取更优厚的条件，他会把你、把更多像你这样的人当作筹码与检方做交易，虽然以你现在的样子无论如何都不会锒铛入狱，甚至说你能不能坚持到那个时候都并不一定，但等到那时，全世界都会知道你是一个杀人犯，他们都会把你当成疯子，却并不知道你遭遇过什么、为什么要杀人！”

谭文华故意做出一副不在乎的样子，“我的仇已报，他人理不理解与我无关。”

苏情生却是全然不信，“已报？只怕你母亲到最后也不知道自己做错了什么，从未对你有过半分愧疚之意，你只是夺去了她的性命，可这怎么抵得过她所加之于你身上的痛苦？”

谭文华警惕地看着她，“你到底想做什么？”

苏情生变了语气，娓娓道来：“我想给你一个机会，向全世界讲述自己人生的机会，杀人嫁祸、妻离子散并非你所愿，而是你灾难般的家庭和童年所给你留下的抹不去的阴影，只有说出来，才能有人理解你、才能避免更多的人像你一样。”

谭文华转过头来看向她，四目相对的瞬间，苏情生看到他的眼神中有些许松动。

但谭文华依旧警觉，“你这样苦口婆心地劝我，对你又有什么好处？”

苏情生说得轻描淡写：“想让W多坐几年牢罢了。”

“你这是什么逻辑，W帮你父母杀了人，你却想让他坐牢，难道你父母被抓了？”

“快了”，她的神情平静，“我告诉过你当初的那桩纵火杀人案被抓住了证据，对方上交证据，检方很快就会提起诉讼。”

谭文华意识到了不对，“还没提起诉讼？那你怎么知道得那么清楚？”

“因为受害人家属是我的丈夫，我们要离婚了”，苏情生说着耸了一下肩，“你说这人生狗不狗血？你说我该有多恨W？”

玩笑中透着自嘲的语气，谭文华闻言，正要轻蔑的一笑，可一抬头，正撞进苏情生的目光里，与她面上的笑不同，她的眼神似是深海，冰冷而孤独，沉静中却透出一种力量感，关于这所有的一切，她都并非玩笑。

谭文华的心里莫名一凛。

他忽然有些慌乱，别开眼，“你恨W是你的事，我不恨他。”

“无论你是否开口W都逃不了了，而这是你最后的机会，那些看到你母亲去世的新闻的人还以为她是一个多么好的母亲、你有多么爱她，时至今日，你终于不用再看别人脸色，想要让别人知道你的母亲对年幼的你做了什么、想要让别人知道这一切对你的人生产生了多大的影响、想要把你那么多年的痛苦与委屈说出来，这是你仅剩的机会。”

苏情生说着，拿出了手机，在屏幕上按下了检察院的电话递给谭文华，“你自己选择。”

谭文华向检察院提出了自首，因为他的身体状况特殊，检方来到病房对他进行调查，将他的自述录制成录像，作为对W公诉中的证据公开。

苏情生随后也收到了盖章公证过的离婚协议，是沈慕言亲手送来，他一个字也没说，可苏情生全部懂得。

安洁那里她没有再去，她的身份尴尬，也帮不上更多忙，少去添乱就对了，但从陈峻一那里听说安洁的情况虽然仍不大好，但总算逐渐趋于稳定，而好消息是在加拿大的骨髓库中，似乎找到了匹配，顾北城正在确认消息，如果没有问题的话，安洁将在这一程化疗恢复结束后被转回加拿大继续治疗。

陈大少爷说起这件事的时候有点儿不高兴。

早些时候因为她与顾北城的事苏情生的心绪一直有些乱，此时下定决心，冷静下来看，苏情生忽然意识到陈峻一对安洁的关注有些不寻常。

她试探地问："你该不会是舍不得安洁吧？"

"我……"

他的一时迟疑却正验证了苏情生的猜想，她有些讶然道："真的啊！"又问："那你和安洁说了吗？安洁什么想法？"

陈峻一的表情有些颓唐，"说什么？给人家放个烟花还被人家骂出来了，我可不想再上赶着去招人嫌！"

苏情生也有些惊讶，"被骂出来了？你是不是说了什么不合适的话得罪了人家都不知道？"

陈峻一很是委屈，"我能说什么？我就是想祝她早日康复，哪知道她毫不领情！"

提到"康复"二字，苏情生却明白了些什么，"安洁自尊心很强，她此刻生了病，大概是不想你同情她吧"，她停顿了一下，又问："你是同情她吗？"

陈峻一面上的颓唐更甚，"我……不知道。"

安洁得了这么重的病，若说一点同情都没有，这显然是不可能的，如果不是她的病，他大概也不会和她有这么多接触，甚至不会关注她，他对安洁到底是一种什么样的感觉，就连他自己也说不清。

看着陈峻一为难的样子，苏情生轻叹了一口气，又问：“就算安洁现在病重，但你们最初认识的时候，你也未曾把她当作病人，你又是为什么会和她走近？那个时候的感觉你还记得吗？”

没想到听到她这么问，陈峻一轻咳了一声，“嗯……你也知道我这个性格，随手就要撩一撩……”

苏情生：“……”

可作为朋友，苏情生总还是要提醒一句：“安洁的情况毕竟与旁人不同，你若是不是真心就不要招惹她。”

陈峻一的态度也已不似往日那般玩世不恭，透着些许的迟疑，他低声应道：“我知道。”

但还没等陈峻一想明白，就被他的母亲发现了。

因为同在高干病区，陈老爷子的病房离安洁的病房不算远，早先的时候因为老爷子要静养，陈父和陈母忙于公司的事，来探望的不多，但今日消息灵通的陈父听说苏家似乎扯进了一桩人命官司里，虽然具体情况并不清楚，但对公司而言也是件极大的事，因而两口子一起来到了医院，找老爷子商谈。

彼时陈大少爷正在安洁的病房门口，犹豫着在安洁回国之前要不要在和她聊聊，最起码把自己的感受告诉她，就算她不接受，他也不希望她对他依旧停留在那个轻浮的印象上。

他是这样想的，可当真的来到这里，隔着一门之遥，他却忽然有些情怯，如果安洁是真的讨厌他、纯粹的讨厌他怎么办？他这样屡次三番自找上门，岂不是给人家添堵？

正想着，就听到有人叫他的名字：“峻一？”

他本能地应了一声：“嗯。”却又忽然觉得这声音有些熟悉，抬头看去，只见自己的母亲在不远的地方看着自己。

他心里顿时一紧，有种被人抓了现行的心虚感，生怕自己的母亲发现什么，赶忙迎了过去，“妈，你怎么来了？”

陈母蹙眉，“我来看你爷爷，你在这间病房门口站着干吗？”

陈峻一睁着眼睛胡编道：“我也是来看爷爷，但刚才接了一个电话，有点儿事，就在这边先想想。”

陈母听到他的话也没有多想，“那你跟我们……”

话还没说完，正好过来要给安洁换液的小护士见到陈峻一用颇为熟稔的语气叫住他：“又来问安洁的病情了？安洁她……”

陈峻一再三用眼神示意她不要再说了，那小护士这才注意到陈峻一身边的陈母，愣了一下，随即道：“我……我进去换液了，你们聊！”

完蛋！

那小护士前脚推门进了安洁的病房，陈母后脚脸就已经垮了下来，她一脸严肃地质问自己的儿子：“谁是安洁？”

陈峻一欲盖弥彰：“没谁，就一朋友……”

陈母哪里是那么好糊弄的？看着自己儿子的表情就料定这里必有蹊跷，脑海中闪过的第一个念头就是陈峻一是不是又在外面胡闹，把哪家的姑娘弄进医院流产了，当即拿出电话让自己的助理去查，任凭陈峻一怎么拦也拦不住，助理是陈母手下的得力干将，没过两分钟就把这病房里的人查了出来，加拿大籍华人，安家的女儿安洁，住院的病因倒还真不是流产，清清楚楚的三个字：“白血病。”

再学术一点：“慢性淋巴细胞白血病。”

挂掉电话的时候，陈母的表情有些凝重。

到了老爷子病房的时候，陈母才转过头来认真地问陈峻一：“你是不是喜欢那个安洁？”

虽然连那姑娘的面都没有见过，但她自己的儿子她了解，平日里胡闹起来没个数，能让他站在病房门口犹豫半天，连门都不敢进的人，必定是他真正在意的人。

陈峻一蹙紧眉，“妈，你别……”

却又说不下去。

看着陈峻一的表情，陈母知道自己猜对了，她的神色凛然，“听说这姑娘的白血病很严重？”

都已经是被她查出来的事实，实在算不上什么问题，陈峻一没有说话，只是看着母亲等着她接下来的话。

陈母面容沉静，“一时的喜欢也没什么大不了，正好这姑娘家在加拿大的影响力不小，也有助于我们进入国外市场，但你可记得分寸，别生出什么长久的事端来。”

陈峻一的心一下子凉彻底了。

在他父母的眼里，爱情也好、婚姻也好，竟都能这样的利益分明，安洁是白血病重病人，按常理，他们是绝对不可能接受安洁的，可因为安家在海外势大，想要向安洁借力的他的父母第一个念头竟然是利用安洁。

他们为什么就没有想过，这对安洁而言意味着什么？

一时的喜欢也没什么大不了，是啊，这么多年来，他交往过的两只手可能都数不过来了，他的喜欢真是廉价又泛滥，这样的他有什么资格打着喜欢的名义去打扰安洁？

他低下头，忽然有些说不出话来。

母亲的话还在继续：“眼下既然喜欢，你可以对她好一些，合适的时候，我们会去和她家人接触一下……”

陈峻一只觉得心里莫名的烦躁，突兀地打断了自己的母亲：“我不喜欢她！”

陈母一怔。

陈峻一却已是下定了决心，斩钉截铁道：“我一点儿也不喜欢她！”

安洁回加拿大的那天，陈峻一只是远远地看着她离开。

苏情生问他：“你想明白了？”

他说：“我可能……是真的喜欢安洁。”

就算带着同情，他也是真的喜欢她。

他又说：“可这些都不重要了。”

反正他从来没有纯粹去喜欢谁的资格，他姓陈，是陈氏的太子爷，从来过着养尊处优、玩世不恭的纨绔人生，可这世上的事总有代价，他的婚姻是对他全家都意义重大的投资，正是因为喜欢，他才不能让安洁因此受伤。

苏情生看着陈峻一的表情，已经许久没看见过他这样认真难过的样子，她想了想，终究是没告诉他，安洁的手机屏保，是那晚的烟花。

第六章

[1]
无罪

而这之后没过多久，顾北城正式以被害人家属的身份将证据提交给了检察院并要求同时向W和苏同辉及程玉琳以纵火罪、故意杀人罪和教唆杀人罪的罪名提起公诉。

收到法院传票时是一个阳光明媚的午后，程玉琳正在家逗小孙子玩，突然有人敲门，她接过一看竟然是法院传票，她看着上面的字，一个字也没看进去，却又比谁都清楚上面都写了些什么。

该来的总归是来了。

苏明尚接到电话很快赶回了家，只见自己的母亲面无血色的坐在沙发上，面对着桌面上的那张纸一言不发，而苏同辉闻讯赶回的时候，却是长叹了一声："我就知道早晚躲不过……"

沉默了许久的程玉琳在这个时候突然抓过那张传票，铁着脸生硬道："不，这只是开始，远不是结束！"

她说着，拿起手机拨通了律师段明仁的电话，短暂的等待过后，电话被接通了，她刚要开口说明，还没说两句话，就听段明仁说："我已经知道了，您女儿正在我这里和我讨论这件事。"

程玉琳一怔，"情生？在你那？"

程玉琳带着苏同辉和苏明尚很快也赶到了段明仁的办公室，

原本背对着门口坐的苏情生转头见他们来了，也随之站起了身，“爸、妈……”

“哥”这个字来没来得及叫出口，就被大步流星走进来的苏明尚扬手啪的给了一耳光，那一声清脆而又响亮，突兀地响在安静的办公室里，一旁的段明仁直接惊呆在了当场。

“苏先生，你这是……”

苏明尚举起手示意段明仁不要管，他怒视着自己的妹妹，眼里几乎要冒出火来，“妈刚收到的法院传票，怕你担心和为难都没告诉你，你是怎么提前知道来找段律师商量的？你说啊！”

因为怒意爆发，最后三个字，苏明尚指着苏情生，几乎是怒吼出来的。

提前得知这张传票的内容意味着什么？苏情生在此之前就知道自己的父母要作为被告上庭了，她是怎么知道？又为什么没有阻止！

从前她再怎么胡闹苏明尚从来都只当作她年纪小不懂事而已，没有怀疑过作为苏家的人，她终究是要支持自己家人的，可她做了什么？她眼睁睁地看着自己的父母被告！眼睁睁地看着啊！

苏明尚的这一巴掌打下来，霎时间苏情生的半张脸红了一片，连带着脑子里也嗡嗡地响，她扶住沙发的靠背，勉强没有摔倒，面对自己哥哥狂怒之下的举动，她并没有恼怒，甚至连委屈都没有，作为苏家的女儿，她帮外人收集证据、怂恿外人状告自己的父母，是她的错，这一巴掌是她活该。

程玉琳眼见着苏明尚下手这么重，也是吓了一跳，上前就要把苏明尚拉开，苏明尚甩开她的手气闷道：“妈，您别再护着她了，不打她她不知道自己究竟姓什么！”

“我和顾北城离婚了”，先时沉默的苏情生在这时终于对自己的哥哥开了口，“从此以后他是他、我是我，所以我很清楚自己姓什么。”

“那你还……”

苏情生的语气平静，似是在说着和自己无关的事，“上一次W之所以证据不足逃脱罪责，不是因为没有证据，而是因为顾北城怕伤害我、怕牵连到我们家没拿出来罢了，如今我们已经没有关系，他为自己的家人伸张正义无可厚非。”

苏明尚蹙眉，“你既然提前知道，为什么不阻止他？”

“怎么阻止？”

苏明尚几乎是想也没想，“我不管，去找他哭、找他闹、跪在地上求他、剪刀架在脖子上威胁他，他不是怕伤害你吗！”

苏情生只觉得可笑，“你们口口声声要我和他划清界限，如今我和他已经离婚了，我又凭什么去要求他顾念我而放弃对他而言那么重要的事、让他一个受害者替我们去承担痛苦？你难道不觉得自己很卑鄙吗？”

“卑鄙又怎么了？这就是你眼睁睁看着爸妈面临牢狱之灾甚至性命之忧的理由吗？”

“不！”苏情生回答得斩钉截铁，“我从没有眼睁睁地看着，我和顾北城已经离婚了，我是爸妈的女儿，自然会全力以赴帮助爸妈。”

苏明尚嗤笑了一声，“你能做什么？你的心里还抱着对顾北城的余情和愧疚，觉得爸妈的罪名定成什么样你就满意了？十年？二十年？”

“无罪”，面对着包括段明仁在内震惊的目光，苏情生坚定地重复了一遍自己的话，“我要打到无罪。”

这一场讨论直接进行到了后半夜，及至苏情生看出段明仁都已经有些撑不住了，她这才将高速运转的思维从案子上抽离，用发冷的手捂了捂脸，想让自己冷静下来。

段明仁长叹了一口气，“今天说到的内容已经很多了，我要再仔细论证一下，你们也回去想想有没有漏掉的细节和证据，目前的形势本就对我们不利，这件事只怕不久就会传出去，对方一定会充分利用舆论，找媒体煽风炒作，虽说舆论不能影响司法，但若说真的一点影响也没有，也是不可能的。”

苏情生考虑过段明仁说的问题，她的心态倒还算乐观，“就算对方不找媒体，这件事也一定会闹得很大，因为它本来就很大，也因此，比起锱铢必较地与W去争在这桩事里的责任轻重，打无罪才是更好的选择，大家已经见过了足够多的反转，只要我们能给出合理的解释，而他们又找不出更有力的证据，面对两种截然不同的说法，舆论也未必会一边倒。”

苏母凝眉，目光中透着狠戾，“去买些‘水军’也未必不可，炒热度带节奏也并不是他们的专权。”

苏情生拦住自己的母亲，“如果买水军被爆出来只怕会更不利，不必为这些事情分心，无论是庭上还是庭下，最重要的是我们的故事没有漏洞。”

段明仁点头应道：“没错，无罪虽然不是我最赞同的选择，毕竟风险很大，但既然已经决定了，这第一步是有了，接下来就是如何把这条路走通了。”

苏明尚第一个站起身，“当年警方的几次调查，爸妈都扛过来了，这一次不管多难走，我们都会坚持到底。”

苏情生附和自己哥哥的话，对段明仁道：“是的，我们无论如何都不会放弃，也请您一定要帮我们。”

段明仁看着苏情生恳求的神情，再次长叹了一口气，许久，点了点头，“我知道。”

苏明尚让苏同辉和程玉琳在一层稍等，自己和苏情生下地下车库去取车，苏情生明白他是为了躲开父母有话要对自己说，只是直到坐到车上，苏明尚始终是沉默，倒让苏情生先有些撑不住了，她轻声唤：“哥……”

苏明尚启动车子，低头系着安全带，再抬起头的时候，也没看苏情生，却突然开口道："你今天说的话最好都是真心的，我不是爸妈，自然不会像他们那样容忍你，如果让我发现你有什么别的心思……"

他说着，微偏头，目光自苏情生的脸上扫过，其中的威慑力不言而喻，不管苏情生怎么闹，别的事他都可以容忍，但事关父母的生身性命，他输不起，如果苏情生敢在这种事上动手脚，她就不再是苏家的人，对于外人，他从不客气！

面对自己哥哥的质疑，心神俱疲的苏情生费力地牵了一下唇，想要露出一个笑，可刚动一下嘴唇就破了，血腥味一下在嘴里弥散开来，终归是这世间的事难以两全，她之前的所作所为让她的家人产生了背叛感，不信任她她也无可辩解，她说："哪儿能啊，对爸妈我怎么还会有别的心思？"

苏明尚只是冷哼了一声，是一种谅她也不敢的神情，随后转过头看向前方，踩下了油门。

苏情生看着声色俱厉的苏明尚，又很淡地轻笑了一声，"不过，哥，你这话说得倒像是你会把我怎么样似的，小时候爸妈训我，哪次不是你护着我？"

苏明尚白了她一眼，语气终于软了半分，"亏你还记得。"

苏情生低头看向自己的手，"记得，都记得的。"

开车中的苏明尚只觉得苏情生的声音有点儿怪怪的，后来回了家，他才想起，那是哭腔。

[2]

哥哥会想着你的

但苏情生第二天是笑着出门的。

等到被起诉的消息被传出去，陈家很有可能会借机将苏家的人彻底踢出公司，那个时候家里的经济状况只怕会更加不好，她还要好好上班、保住工作、养家糊口。

刚一到办公室，就听前台说有人在治疗室等她，她有些奇怪，但还是第一时间前往治疗室查看，推门进去，只见一名男子坐在沙发上，很陌生的看着她，“你是？”

来找她却又不认识她，而更让苏情生感到奇怪的是自己看着他居然有几分熟悉，却又一时想不起来在哪里见过，就在她正要向对方做自我介绍的时候，只听嘭的一声，她留在身后半开的门被人关上了，她一转头，只见不大的屋里又多了一个人。

是一个真正的熟人，W。

苏情生只觉得脑海中电光闪过，在这一瞬间她终于知道自己在哪里见过沙发上的这个人了，那是W同父异母的弟弟，陈易书，她曾在W的资料上见过陈易书的照片！

苏情生的心一沉，这是W布的局，无论W要做什么，和他怨了那么多年的弟弟出现在一间房间里，绝不是什么好事！

W锁好门，向屋里走了两步，苏情生本能地向后退，自听到落锁的声音起，她的脑海中就已然不受控制地浮现出了伦敦电视台她被扼住脖颈儿之时W那张骇人的面孔，就连呼吸都变得局促。

看到她的反应，W却是笑了出来，“怎么？天天在查我，见到我却害怕成这样？”

苏情生戒备地看着他，没有说话。

W却又是轻笑了一声，“你放心，我对你不感兴趣，我正在告诉我的弟弟我们的父亲是个什么样的人，但我这弟弟年幼无知，我说什么他都不肯信，既然你花了那么多的精力来了解我，不如你替我告诉他吧！”

苏情生看向陈易书，对方也在同时看向她，比起她，陈易书显然更为惊讶，“不是说这里要买我们公司的程序？”他说着，看向堵在门口的W，“怎么又是这个疯子？”

苏情生向他摇了摇头，不仅是在说买程序的事是骗局，更是在告诉他不要激怒W。

W已经有些不耐烦，他厉声对苏情生道：“快说！”

苏情生本能的一个激灵。

此刻这般受制于W的感觉让她的心里恨得厉害，然而她还记得W连环杀人犯的身份，更记得W这样偏执到人格障碍的人不能激惹。

她迎着陈易书困惑又戒备地目光，深吸了一口气，开口：“我姓苏，在一年前差点儿被他掐死，我前夫一家六口被他害死，我不想帮他说任何话，但他确实是你哥。”

陈易书瞪大了眼睛，用一种看疯子一般的目光看着他，“你们……你们都疯了吧！”

他说着，站起身就想离开，还没走到门口就已经被W拦了下来，W冷声道：“把话听完了再走也来得及！”

苏情生看着W的神情不太好，怕陈易书硬闯出去，两个人再打起来，陈易书虽然年轻，但怎么可能比得过杀人犯的心狠手辣，从W身上只怕是占不到便宜，她赶忙继续道：“你或许很难接受，但你的父亲确实骗了你，W不是什么邻居的孩子，是你父亲为了攀高枝儿，抛妻弃子，在这件事上，你的父亲对不起W。”

这已经不是陈易书第一次听到这种说法，可他始终牢记的父亲曾经那样确切地告诉他，那些都不是真的。

他想也没想就否认：“我不信，这不可能，你们肯定是串通好的！”

苏情生却是平静道：“你若不信，大可去做DNA鉴定，我没必要帮着W骗你，因为你们的父亲，W的确有个悲惨的过往，这就是他想告诉你的。”

苏情生说着，用余光观察着W的表情变化，她需要他冷静下来，需要他更多地关注在陈易书的身上，这样，她就有机会全按下他身后墙上的那个红色的按钮，那是上次她被祝之言挟持后公司在治疗室内加上的紧急呼叫系统。

对于她的话，W不置可否的轻笑了一声，他向前走了两小步，仗着自己身高的优势，居高临下地审视着站在自己面前的陈易书，“陈易书，随母亲姓陈，取名易书，寓意人生顺意、饱读诗书。那个人为你取名的时候倒真是费了心思，不像我，母亲姓魏，就直接取名王魏生，有的时候想想，要是我母亲姓朱，我岂不是就叫‘猪生’了？”

W说着，竟笑了几声，面对他这不像玩笑的玩笑，陈易书没有说话，依旧戒备地看着他。

“但想来也是，我母亲没有文化，连结婚的程序都分不清楚，还以为办了酒席就算是结婚了，知道被抛弃了才知道自己连个身份都没有，这样低微的母亲和我，怎么能跟达官显贵家的你们比呢？”

“你到底想说什么？”

“你把那个人看成完美的父亲，可在我的心里，他却是这世间的渣滓，我还记得当年他说我是邻居家的疯小孩儿时你那怜悯的目光，但其实你不必怜悯，因为你我是一样的，我们都是那个卑鄙、自私、无耻的人的孩子。”他停顿了一下，用极其讽刺的语气唤他：“我的好弟弟。”

W的这一番话正刺中了陈易书心底最惶恐的部分，他如遭大难，低头慌乱道：“这……这不可能！我爸……我爸他不会做出这样的事的！”

“当年的事你若真的去查也并非什么难事，照片、笔迹什么的我那里还存着一些，可以给你当作开始，只是你敢不敢去查就是你的事了，毕竟得知自己父母的真实面目是什么心情……”W看向苏情生，“相信苏小姐有很多经验可以给我这个不争气的弟弟借鉴。”

苏情生一默，随后冷声道：“真实就是每个人都有好的部分也有不好的部分，算不得稀奇。”

W依旧是冷笑，“对你而言算不得稀奇，可对我这个自以为是真善美化身的弟弟而言，可是稀奇得很，天天做着慈善公益项目，身上却流着人渣的血、和杀人犯是亲兄弟，我倒想看看他以后还怎么装模作样地活在这个世上！”

苏情生的目光直直地看向他，似要洞穿他的心底，“所以这就是你的目的？毁了你弟弟的信念？”

“是又如何？”

“我没想到你这么大的人了，居然还这么幼稚！明明是你父亲做错的事，可你当年不敢面对自己心中的恐惧，蹉跎至他去世，你再没有机会当面找他报仇，就把所有的气撒在原本无辜的弟弟身上”，苏情生说着，转身看向陈易书，“W所说的固然是真的，他的经历的确让人心生不忍，但恶徒大多有段悲惨的经历，却不是每个有着悲惨经历的人都是恶徒，你父亲和W做出的错事是他们的选择，与你无关，你父亲尚有善恶两面，他将善留给了你，就请你带着这份善意活下去，如果因为W的这些话而影响到你，那我会后悔我先前所说的每一个字！”

苏情生的话音落，只见W扬起唇，向苏情生走了过来，苏情生趁势向后退了几步，表面上看是因为W的逼近而恐惧，她的心中却在计算着方向和距离，直到后背靠到了墙上，感觉到身后有些硌，她用力向后压了一下。

报警。

这个报警按钮的设计是可以迅速通知保卫科和警方他们所在的位置，在这个时候摄像头会开启，保卫科可以看到屋里的画面，确认发生危险情况，将紧急汇报给上级，进行援救。

苏情生知道此时自己要做的就是尽量拖延时间，已经按下了警报，此刻屋里又是她和陈易书两个人面对着W，她已不似最初那般害怕。

而W也在离她还有一米远的地方停了下来，并没有再靠近的意思，他轻笑了一声，像是想起了什么有意思的事，“真是奇怪，明明我们才是队友，怎么苏小姐每一次都是帮着旁人说话？”

苏情生瞪着他，“我永远不会和你成为队友！”

W也没有恼，反倒很有趣地看着她，“苏小姐的话硬气了不少，看来报了警，人也越来越有底气了！”

苏情生一僵。

他知道！

所以……

他一直在等着她报警！

“我一直记得当初在伦敦电视台苏小姐来找我时提到来访者被父亲抛弃时那种愤愤不平的语气，我还以为苏小姐是同仇敌忾的队友，却没想到那是苏小姐为我布下的一个局，你说我生不生气？”

W说着生气，人却是笑着的，不急不缓，轻风和煦，苏情生的后背却起了一身冷汗。

而 W 的话还没完，“苏小姐明白大是大非，自诩正人君子，视我为小人，那不报复苏小姐岂不是对不起我的小人之名？”

苏情生心里一紧，质问他：“你要做什么？”

W 没有说话，只是转头走向了陈易书的方向。

屋外，保卫科的人已经就位，从平板上的实时监控影像上可以看到 W 的手里并没有危险的武器，钥匙放进锁眼，三、二、一……

门被推了开，保安一时之间全部冲了进来，冲上前去按住了 W，而 W 竟然没有丝毫挣扎，只是抬着头，目光紧紧地盯着陈易书，神情中没有半分被抓的颓唐，他的唇角微向上扬，喜悦中透着几分狰狞，他说：“记着我是你的哥哥，以后不管在哪里，哥哥会时时想着你的！”

[3]

近在咫尺，却又隔着万水千山

W的目光就像是一记重击，苏情生猛然从梦中惊醒。

已经过去了一个月，然而回想起那日W的表情，她只觉得愈发的不安。

若非胸有成竹、另有图谋，W绝不会束手就擒，一定是她忽略了什么，可她究竟忽略了什么呢？

想到这里，苏情生只觉得头愈发的痛，她看了一眼表，凌晨4点，再过5个小时，就是第一次开庭的时间了，她已然了无睡意。

洗漱，再一次核对好去法院要带的材料，确认无误之后，她蹑手蹑脚地走到厨房，开始为家里人准备今天的早饭。

七点，一家人准时坐在餐桌前进餐，饭桌上异常安静，所有人都不约而同地沉默，气氛异常压抑。

七点半，带好东西出门。

八点，法院门口和段明仁会合。

等待已久的记者们见到苏家的人出现，一窝蜂都聚了过来，若说这段时间本市闹得最大的新闻，莫过于十多年前的纵火杀人案终于上了法庭，而嫌疑人居然是本市的名门，一时之间全城哗然，谁也不知道时隔这么多年，这桩事究竟在什么证据的支持下重新被翻了出来，更不知道作为被告的苏家，此时是什么模样。

对于这样的场面苏情生早有预料，段明仁在前，她与苏明尚一人一侧护住父母，挡住闪光灯和不断向前伸的话筒。

“请问你们对于这次被起诉有什么要说的吗？”

“十四年前顾家的火灾真的是你们买凶放的吗？”

“听说当年你们和顾家在制药行业是对手，买凶放火烧死一家六口就是为了解决自己商业上的对手吗？”

一直目不斜视拥着自己父母向前的苏情生突然转过头，目光凌厉地看向了提问的男记者，她沉声道：“法院尚未开庭，你就在这里诽谤？”

她的用词很重，那个男记者一怔，就见苏情生已经扶着程玉琳走完了法院门前的台阶，她让苏明尚和段明仁陪着父母进去，自己则在法院的门口转过了身。

她的身高原本就不矮，加上高跟鞋的高度又有着台阶的优势，更显得居高临下，一身黑色的大衣下，原本清秀的气质在严肃的神情中被衬得清冷而不近人情。

面对着那些不怀好意的面孔，和直对着她的闪光灯，苏情生严肃道：“在这一次的案件调查中我们全力配合警方的调查，我们此刻的沉默是我们相信最后的结果会证明我们的清白，却并不意味着我们可以任人构陷，如果有人做出任何不实的报道毁坏我家人的名声，我绝不会坐以待毙，势必会以《刑法》第二百四十六条第二款诽谤罪让他陪着我们一起上法庭！”

在这一瞬间，四周忽然寂静，只有闪光灯伴着咔嚓的声音响起。

不知道谁忽然说了一声：“顾家的受害者家属来了！”

一时间，大家纷纷赶了过去，争先恐后地围住了循阶而上的人。

“请问您觉得这次的犯罪嫌疑人是凶手吗？”

“请问这次案件的重新调查与您有什么关系吗？”

“请问您希望凶手得到怎样的判罚？”

苏情生望向那热闹的人群，只一眼就看到了面无表情的顾北城，一身如常的西装，剪裁得体，身形挺拔，神情冷淡的眉眼未曾因周围纷扰的人群而斜视半分。

她看着他自台阶下一点点走近，就在这时，留在她身边的一位女记者大声问道："请问您对这次您父母的罪名是怎么认为的？"

这一句话，让所有人的目光又重新聚集到了苏情生的身上，也正是因为顾北城的到来，使得这个问题变得格外令人期待。

嫌疑人的家属和受害者的家属近在咫尺，那些探究的视线是那么想要洞穿他们的心底，而顾北城就在这片无声的喧嚣中安静地向前走着，并肩，直至即将错过，却听到苏情生在这个时候忽然开口，轻且坚定的两个字："无罪。"

顾北城的脚步有一瞬的停顿。

那女记者又追着问了一句："您说什么？"

苏情生深吸了一口气，抬眼正对上那记者身后的摄像机，简短而有力道："我说无罪！"

九点，开庭。

为数不多的旁听席位早已被坐满，苏情生和苏明尚坐在靠近父母的那一侧第一排，而另一侧的第一排，是顾北城和沈慕言。

法官入席，全体起立，正式开庭。

检方宣读了对W和苏家夫妇的指控，对于检方提出的罪名，段明仁一一予以否认，然而与他们不同的是，面对纵火杀人这样的重罪，W的律师竟然都没有否认，苏情生只觉得不对，随着W的律师承认的罪名越多，她的心一点点的沉到了谷底。

W这是……

"我的当事人承认以上所有的罪行，但我当事人因自幼被父亲抛弃，精神状态并不正常，而另一被告程玉琳和其丈夫苏同辉正是利用此犯下了罪行，他们利用我当事人对父亲的怨恨，刻意煽动我当事人的情绪，让我当事人产生了是被被害人抛弃的错觉”，那律师说着，随即拿出了几张纸，“这是我当事人的精神病诊断报告，可以看出，经权威精神科专家认证，我当事人有明确的精神分裂症，时至今日，我当事人也并未从当年被父亲抛弃的阴影中走出，事实上在此次开庭前，我当事人之所以被捕，正是因为他去找了自己同父异母的弟弟，想要告诉对方他们的父亲究竟做过什么！”

精神分裂症……

果然。

早有预谋。

可以提出年幼时悲惨的经历不仅博取了同情，还为他患病的事增添了可信度，W在重罪之下不仅保全了自己的性命，而且还把所有的罪责都推到了她父母的头上，她想起那日在心理治疗室W所说的报复，原来是在这里。

当年在伦敦，她帮着顾北城为W做了一个局，而现在，W还了她一个局，为了让他精神病的诊断更逼真、为了凸显幼年时的经历对他的伤害，他要在陈易书的面前被捕，而之后，只怕他的律师还会请陈易书来做证，W曾多次找过他想要告诉他当年的事。

苏明尚只觉得荒唐，强压着怒意低声道：“那个W不是什么世界知名的催眠师？精神病人能做到这样？”

苏情生的手攥紧成拳，心中自然也是恼怒，但人却还算冷静，她按住自己的哥哥，轻摇头示意他不要激动，W熟知所有精神科的检测方法，伪装成精神分裂症对他而言并非难事，至于精神分裂症患者能不能做出W这么多的成就，W方自会请上多位心理学和精神病学专家，从各种角度分析，举出各种各样的事例，直到法庭上的人都听累了、不懂了，只记得最后的结论，那就是这种情况确实是可能出现的，这就是他们的策略。

而比起这策略更重要的是，这个策略一旦失败，在这之前W已经承认了所有的罪名，那他就会输的一无所有，在这样的情况下他敢这样做，只能说明他已经做好了充足的准备，他有十足的自信，这个精神分裂症一定会成立！

他是从哪里来的这样的信心？

法庭中惊讶声一片，顾北城似是随意的偏头，目光扫过不远处的苏情生，他知道W此时提出精神分裂症意味着什么，这对苏家极其不利。

他看到她的手攥紧成拳，面色苍白，但万幸的是，此刻长凳上的女人虽然身形瘦弱，但却又坚韧如山。

此时的苏情生很清楚，比起W的说法，讲好他们自己的故事才是更重要的，举证环节随后开始，由于W对所有的证据都不否认，进程一度飞快，检方随后开始接连拿出证据针对苏同辉和程玉琳，包括留有苏同辉笔迹的顾家房型图。

对此苏情生与段明仁准备充分，段明仁直奔核心："那不过是寥寥两个字，笔迹鉴定的结果虽然与我当事人字迹相像，却并不能确定那就是我当事人的字，存在模仿嫁祸的可能。"

其余的更都是间接证据，效力不足，段明仁一一予以反驳，反倒是他们请来的证人，在回忆起苏母发现自己女儿丢了，在人群中痛哭着要冲回去的场景更加感人。

虽然W声称自己有精神分裂症有脱罪的可能，但在W承认自己有精神问题之后，他的证词效力也因此受到了影响，当他坐在证人席承认自己收到了苏同辉和程玉琳的佣金时，早有准备的段明仁直截了当道："证人既然声称精神异常，已经是十多年前的事情又怎么可能记得清楚？人的记忆会出错，但当年警方的调查却是一清二楚，我方当事人当年的确有巨额支出没错，但在详尽的调查后已经确定，那笔钱是转给了家人，而并非去当作什么佣金！"

当年是W小心谨慎要的现金，为的就是不留痕迹，时隔这么多年，这笔交易只怕更难验证。

几个回合下来，双方各有胜负，苏情生预料的不错，仅凭现有的证据，过了这么多年，他们是无法对她父母定罪的。

随着辩方的最后一名人证问询结束，第一次庭审也已经接近了尾声。

散场。

漫长的庭审过后，一出法院的大门，刺目的阳光直照在脸上，苏情生眯起眼，深吸了一口气，紧张的神经终于稍稍松弛下来，苏情生这才感觉到了疲惫。

法院外等候的记者不减反增，卷入本市两家族的纵火杀人大案，近期之内很难找到比这更轰动的新闻了。

“请问您如何评价今天的庭审？”

“对赢得官司有信心吗？”

这一次，段明仁没有再回避镜头，而是特意停下了脚步，他本就是行内有名望有资历的律师，丰富的阅历加上多年的庭审经验，气场自不必多言，他面对镜头站定，一字一句道：“今天的庭审进行得非常顺利，我们有十足的信心赢得这场官司，洗脱我当事人的不白之冤，同时，我们请大家对于案件客观公正的进行报道，因这起案件已对我当事人名声造成了无可挽回的影响，我方拒绝一切捕风捉影的恶意诽谤！”

十足的信心，但仅仅是这样的话，那些记者又怎么会满意？

他们追着段明仁问道：“既然苏家与当年的案子毫无关系，又为什么会被检察院调查？”

段明仁冷着脸，“无可奉告！”

就在这时，顾北城和沈慕言一行人从里面也走了出来，那位记者紧接着又追了过去，努力地将话筒递到顾北城的面前，“顾先生，请问您对这次庭审的过程满意吗？”

“顾先生，请问您认为检方对被告的指控是证据确凿的吗？”

“顾先生，作为被害人家属，请问您有什么话想对被告说的吗？”

顾北城在人群前停下了脚步。

沈慕言会意，和律师说了一句什么，就听那律师清了清嗓子，面对无数双期待的眼睛，严肃道："我当事人认可检方的工作，正义可能会迟到，但永远不会不到，对于行凶作恶者，无论他们有多巧舌如簧，都无法逃脱法律的制裁！"

两群人就隔着不到一米的距离，此刻这样的话都已算不上是含沙射影，已然可以用直白来形容，记者的闪光灯疯狂闪烁，都想要捕捉住这一刻双方的神情。

隔着层层人海，苏情生看向顾北城，那个人是那样的熟悉而又陌生，就在这一瞬间，他的目光似也看向了她的方向，只是短短的片刻，只字未说却又像是说尽千言万语，近在咫尺却又像隔着万水千山。

苏情生抿唇，收回视线，握住了自己母亲的手，她抬起头看向前方，轻却坚定道："妈，我们走！"

全公司哗然。

知道他们夫妻关系的人几乎没有人会想到居然会在被告人家属和被害人家属这样的两张照片上看到苏情生和顾北城两个人，而且还是在纵火杀人这样大的案子上！

苏情生上班的时候就注意到周围的人看到她都在窃窃私语着什么，大概谁也没有想到，在这样的情况下，苏情生居然还会来这家公司上班，谁也没有想到，苏情生居然还能来这家公司上班。

中午午休的时候，苏情生在公司餐厅里看到了风尘仆仆的陈大少爷，彼时陈峻一刚刚从外地出差回来，就直接杀到了苏情生的工作地点。

见到他，苏情生显然有些意外，"你怎么来了？"

陈峻一白她，"电话不接、消息不回，你说我怎么来了？"

见他生气的吹胡子瞪眼睛，苏情生倒是不以为意地轻笑了一声，“就为了这事？”

“就？”陈峻一不可思议地看着她，“我的姑奶奶，你知不知道因为你们家和顾家的事，全城的人都快疯了？我生怕你想不开……这到底是怎么回事？”

苏情生轻描淡写道：“没事。”

“你和顾北城……你们……是不是因为……”

陈峻一早就觉得当初顾北城对苏家下手有些莫名其妙，苏情生和顾北城分手分的也莫名其妙，事情发展到这个地步，他再迟钝也能猜出些什么。

苏情生装傻地耸肩一笑，“我们怎么了？”

陈峻一却没理会她，又小心地问道：“叔叔和阿姨……他们到底……”做没做过？

想要问，却还是没敢问出口。

但苏情生已经明白了他的意思。

原本还玩笑的人在这一刻收敛了笑容，她沉了声音：“不要胡乱猜测，我会当作诽谤的！”

陈峻一一怔。

就见苏情生又突然像是没事一般扬起了唇，“不过，你就因为担心我所以急匆匆从外地赶回来了？”

陈峻一看到她这前后的变化，明白是自己问了不该问的话，也若无其事的一笑，“那倒不全是，主要是我家老爷子准备召开董事会议，将你父母从公司彻底清除出去，他要让我接手之后的事宜。”

早有预料，对陈家而言，这是正确的决定，无可厚非。

苏情生点了点头，只是笑容已经不似之前那般自然了，她说：“自我记事起，爸妈他们除了偶尔陪我们的时间，就是在公司，那是他们一生的心血。”

苏情生深吸了一口气，努力地牵起唇，露出一个更大的笑容，

“好好对待它。”

陈峻一认真地点了点头，“我明白。”

又说：“要是过不下去了，别忘了来找你陈哥哥。”

也说不清为什么，面对那么多人背后的诋毁和谩骂、面对铺天盖地的质疑和嘲笑，她没有哭，可在这一刻，她忽然眼眶一热，她想起两年前的英国伦敦，那个时候也是她故意不接他的电话，他一气之下找上门来，所说的也是这句话：要是那天过不下去了，别忘了来找你陈哥哥。

那个时候，她的一切都还好好的，可一转眼，一切都不一样了。

她忽然有些委屈，凭什么他还可以像当初一样？

又忽然有些感激，为什么他还可以像当初一样？

他有些慌张道：“哎，苏情生，你别哭啊！”

苏情生伸手摸了一把眼睛，故意用最戏谑的语气道：“我家就要变成穷光蛋了我能不哭吗！”

陈峻一说话根本不用脑子：“我家更有钱了啊！”

苏情生：“你去死！”

话音落，两人相视而笑。

[4]

她终究懂得了什么叫恨，可她还是喜欢他

第二次开庭。

控辩双方继续交叉对证人进行询问，漫长而艰难的过程后，眼见着这一轮问询已接近尾声，苏情生松了松拳，手心里很黏，心里的紧张不言而喻，仅仅坐在旁听席上就已觉得心力交瘁，她看着被告席上的父母面色苍白，透着深深的疲惫，但再坚持一下，再坚持一下检方的证据已经见底，他们就可以完成漂亮的防守！

可与此同时，她的心里隐隐有些不安，截止到目前庭审的内容并没有超出他们预期的内容，可就算是检方没有新的发现，顾北城又怎么会让他们这么轻易过关？

想到这里，苏情生随即看了一眼顾北城所在的方向，对方依旧是一贯的样子，面无表情，无喜无悲。

她微低头，只觉得……

还未来得及想些什么，就听检方再次开口道：“对于刚刚列举出的顾宅的房型图被告人声称从未见过对吗？”

对于刚刚已经出现过的证物再次问起，程玉琳虽察觉到有些不对，还是迟疑着点了头，“是。”

“在此之前，被告也从未去过被害人家中，对吧？”

“对。”

“根据当时你们在警察局做的笔录，火灾的时候因为你们的女儿走失，你们曾经在餐厅停留过一段时间没错吧？”

“没错。”

“请问这之后你们是从哪里逃出去的？”

检方的问题必然有他的用意，虽然程玉琳还没有明白具体的用意在哪里，但已经察觉到危险，她模糊道：“时间太久，记不清了……”

果然，检方也没有想要她的回答，“虽然被告记不清了，但当年的调查记录却是记得一清二楚，受害者房子的出口前后各有一个，起火之后房子里乱作一团，大堂的人群大多就近从前门走了，这没有问题，但当时被告位于餐厅，又因寻找女儿耽误了许久，在这样危急时刻，理应向离得更近的后门跑，为什么选择了离的更远的前门？”

“我们……我们只是跟着人群跑……”

“人群？据案发时的记录，当时在餐厅的人并不多，其中有三位是受害者家的用人，起火之后，他们都是熟悉顾家房型的人，在危急关头都选择了离的更近的后门作为逃生出口，却都没能逃出火海，被告第一次到受害者家中，危急关头会如此果决的选择更远的逃生路线，因为被告知道起火源在哪里，他们与共同被告早有协商，所以才会在逃生时舍近求远！”

检方的话音落，旁听席上一片哗然。

多年前的笔录，谁也没有想到这里面竟然还埋藏着这样深的信息。

这是顾北城的手笔，只有他才会对顾家的房型如此熟悉，也只有他才会这样详尽的推演每一个细枝末节的地方！

是她的疏忽。

苏情生攥成拳的手一用力，指甲就嵌进了肉里。

段明仁当即站了起来，“反对，这是检方的主观臆测，案发当时只有两条求生路线，当中无论选择哪条都有可能是巧合！”

“检方申请传唤第五位证人出庭做证。”

第五位证人……

袁玉玲！

看到袁玉玲出现在检方的证人名单上，苏情生原本以为她是检方找来证明W精神状态的，可检方在这样的时机传唤她，苏情生忽然变得不确定了。

袁玉玲究竟是来做什么的？

答案很快揭晓。

“请问证人在案发时与共同被告是什么关系？”

“在交往，订了婚。”

“又为什么取消了婚约？”

“有人给他重金，让他去杀人。”

“谁？”

袁玉玲抬起手，不偏不倚，正指向苏同辉的方向。

被告席上，苏同辉的神情中是难以掩饰的错愕。

检方继续问：“后来呢？”

“魏生他没答应，对方却一直不肯放过他，用魏生小时候的事情刺激他，说顾……受害人抛弃过一个孤儿，就像当年魏生的父亲抛弃他一样……”袁玉玲说着，似是有些不忍，停顿了一下，“他们还威胁魏生，如果他不答应就要把他精神异常的事说出去，后来魏生敌不过他们，又怕连累我，只能答应了……”

不对，在心理咨询的时候袁玉玲从未提过W精神异常的事情，而此刻竟能与W口径如此一致，这一定不对！

可是已经晚了！

庭审现场，旁听席的议论声越来越大，已然压制不住，法官开口维持法庭秩序，在这样的情况下，检方对袁玉玲追问道：“你有什么证据证明你所说的是真的？”

“我有被告支付酬金的证据，魏生临走之前，曾给我留了一些钱，但我从没敢动，一直留到了现在。”

“检方请求展示第七项证物。”

是厚厚的一摞旧版崭新百元钞票，就在苏明尚有些不明所以的时候，苏情生的心里已经凉的彻底。

检方的话还在继续：“因为当年被告在案发前后有巨额款项支出，警方曾对被告进行过详细的调查，虽然后来在被告母亲家找到了相应数额的现金，但对这些现金的编号有所记录，而此刻证人所提供的这一沓沓连号百元钞票的编号均在当年的记录中，足以证实被告确有买凶的行为！”

她被袁玉玲骗了！

袁玉玲早就知道她是谁、要做什么，在心理咨询的时候早就有所防备，她还记得母亲曾说在火灾结束之后，曾有人打电话向他们再次索要钱款，要的就是姥姥家的那部分钱，如果……

如果袁玉玲此刻手中的钱不是W给她的，那说不定当初的事就连袁玉玲也逃脱不了干系！

苏情生只觉得脑子里有些空白，为什么她先前那么轻信袁玉玲的话，却不肯相信自己的父母？

她早就发现了袁玉玲的故事与母亲所说的经过有所出入，如果她没有对于母亲的解释那么抵触、如果她没有那么自以为是，她或许可以早有防备，可现在……

可现在啊……

她忽然胸口有点儿闷，应激之下只觉得恶心，伸手扶住了前面的栏杆，全神贯注于庭审的苏明尚并没有注意到她的异样，她蹙紧眉，不经意间偏头，隐约看到另一侧的那个人似乎在看她，可当她望过去的时候，对方已经在看庭审了。

苏情生深吸了一口气，强压住不适的感觉，假装没事儿地坐直了起来。

庭审结束，回到段明仁的办公室，苏明尚大发了一通脾气，段明仁却只是板着脸，这样的沉默比什么都让人绝望。

庭审现场的事情很快被报道了出去，面对这样确凿的证据，舆论开始一面倒，全部都是对苏情生父母的指责和谩骂，所有来找苏情生做心理咨询的都取消了预约，就连她的手机也经常会收到辱骂的电话和短信，一时之间，天地之大，却再也没有他们一家人容身的地方。

苏明尚不甘心，买通了几个公众号，发了几篇文章，“揭秘”当年的真相，说的尽是顾家如何不择手段抢夺他人的成果，用的手段多么肮脏和卑鄙，原本在一定范围内流传了起来，却在半天之内就被删得一干二净。

苏情生得知这件事以后赶回家质问苏明尚：“哥，你是不是疯了！”

苏明尚正不知要去哪里撒气，毫不示弱地吼了回去：“许他们利用舆论，就不许我们还击吗？怎么，到现在你还在向着他？要不要去向他道歉，告诉他这些文章不是你的主意？”

苏情生咬着牙，“我没有在向着他，我既然是苏家的人，哥你所做的事，与我亲手所做并无区别，可是，哥，将当年生意场上的恩怨说出去于我们没有半分好处，这是在证明爸妈的作案动机！无论对方做了多过分的事，都无法和六条人命的过错相比啊！”

这就是苏情生一直在怕的，被逼至穷途末路，人会做出许多连自己都想象不到的难看事！

苏明尚一拳狠狠地砸在桌面上，怒吼道：“那我们还能怎么办？再这样下去，爸妈他们就要被判刑了你知不知道！之前顾北城明明放弃了诉讼的，你为什么！为什么要去动摇他这个决定！”

苏情生咬着牙说不出话来，手上却已是颤抖的，纵火杀人会是多重的罪她根本不敢想象，过了许久，她才轻颤着开口道：“不会就这样的，一定还有转机，结果不会就这样的……”

可这就是穷途末路。

宣判的那天，庭审现场站满了人，摄像机架齐了一排，生怕错过哪一个微小的细节。

被告人家属早已被挤得没了位置，苏情生站在黑压压的人群里，透过层层缝隙，等待着法官的最后判决。

“被告人程玉琳、苏同辉买凶纵火杀人，造成六人死亡，十二人受伤，性质恶劣，造成了极其不良的社会影响，根据刑法第一百一十四条、一百一十五条第一款、第二百三十二条，判处程玉琳、苏建成死刑，缓期二年执行。”

法官的话，一字一句，念得格外清晰，可苏情生却觉得自己好像已经听不懂他在说什么，只是“死刑”这两个字出来的时候，她整个人一个激灵，而一旁，嫂子殷嘉颖已经瘫坐在地上了。

就算早有猜想，却无论如何也不会想到竟会是最差的结果。

苏情生的脑海中一片空白，嗡嗡作响，她只觉得有些恶心，弯下腰，伸手扶住前面的椅背，干哕了两下，她深吸了一口气，尽可能地让自己平静下来，法官的判决还没有读完，现在在说的是对 W 的判决，她……

原本看似已经平静的胃里突然一阵剧烈的翻腾，酸水已经返到了嗓子眼儿，她几乎就要不受控制地吐出来，她用手捂住嘴，转身飞快地向法庭外冲了出去，到了卫生间狠狠地吐了一场，剧烈到五脏六腑似乎都要被她一起吐了出来，直到最后吐无可吐，她又干哕了几次才停了下来。她用凉水拍在自己的脸上，在卫生间站了许久，因为恐惧，害怕到连哭都哭不出来，靠着墙坐到了地上，又干哕了一会儿。

段明仁代表程玉琳和苏同辉当庭提出上诉，与他们截然不同的是 W 因精神分裂症的诊断被判处终身强制在精神病院治疗，W 欣然接受了判决。

苏情生狼狈地回到法庭的时候只来得及看到父母和W被带走，她看着面如死灰的父母，还没来得及说一些什么，就见W对着她笑得灿烂。

她只恨不得拿起什么就向W砸去，可念头刚闪过脑海，胃里却又是一阵挛缩，她连一个字都说不出来。

原以为已经干涸的眼泪在这个时候一下子涌了出来，她扶着栏杆，滑坐到了地上，终于痛哭失声。

是她托大，害了父母。

若不是为了找她，当年火灾现场父母也不会留下把柄让人抓住。

如今因为她自以为是，他们选择了无罪辩护，却输得一败涂地！

这些都是她的错！

闪光灯对着她不停地闪烁，苏明尚护住自己的妹妹和妻子，他扶起情生想要将她带出法庭，可苏情生的胃里又是一阵不适。

后来，第二天的报纸上，有人拍到宣判时受害者家属竟一直在看着被告家属，那样子就好像下一秒，他就会走过去抱住她、安慰她。

看守所内。

W看着坐在自己对面的顾北城，毫无意外，口中却还是装模作样地说："能让顾总屈尊到这里探望杀父杀母仇人，我还真是惊讶啊！"

还有几天，他就要被转送至精神病院，他早就料到顾北城会在这个时候来找他。

顾北城没有理会他的虚情假意，直截了当地问："是袁玉玲，对吧？"

帮助他完成这一切，以精神分裂症的诊断逃脱牢狱之灾、又将一切动机甩给了程玉琳和苏同辉的，是袁玉玲。

W没有说话，是笑着默认了。

“她为什么要帮你？”

W却是有些无趣地耸了耸肩，“你我之间何必多问？想要答案，自己来拿就是！”

催眠。

明知直接问绝没有实话，他们都是催眠师，想要得到答案，最有效的方法就是直接将对方催眠，可是……

W双手环胸微扬头，用一种挑衅一般的目光看向顾北城。

你能做到吗？

这是对决。

十多年前W曾在他年幼时将他催眠，一年多以前他们曾在伦敦的电视台对决，但那都算不上胜利，如今他们面对面，谁能将对方催眠，或可以知道想要的答案、或可以诱导对方。

顾北城看着他，没有说话。

……

原本预想半个小时的探视时间，可不知不觉已经将近一个小时。

看守所外，沈慕言等时不时地看看手表、再看看始终未开的大门，内心莫名的焦灼。

吱——

门在这个时候被打开了，顾北城终于走了出来，沈慕言看着他没事，这才轻舒了一口气。

沈慕言也是见过大场面的人，一般情况他也不会露出这样明显的表情，顾北城看了他一眼，“怎么？担心我？”

沈慕言启动车子，踩下了一脚油门，也没看他，“担心你一时冲动做出点什么事，也跟着进去了。”

沈慕言的话并非全是玩笑，他还记得宣判那日，W最后对苏情生的那个嘲讽的笑容，堪堪落在了顾北城的眼里，当着在场所有人，顾北城纹丝未动，可从他的眼神和攥紧的拳头里，他知道顾北城绝不可能善罢甘休！

沈慕言随即问：“怎么样？知道你想要的答案了吗？”

“的确是袁玉玲。”

沈慕言愈发不解，“但袁玉玲为什么要卷进这件事里？”

“当年苏家总共付了两笔钱，第一笔是W的酬金，但第二笔却是袁玉玲借机的敲诈，袁玉玲在得知我回来了以后怕这件事败露，但她又联系不到W，接近苏情生找她做心理治疗是为了误导她，借她的手找到W，等到我们将W逼到绝路，W别无选择只能和她合作，她保W性命无忧，W保证不会供出她。”

若在平常，W也绝非如此好控制的人，可袁玉玲与W之间还有旧情，在W去英国之后，袁玉玲生了一个孩子，是一个唐氏综合征患儿，在六岁那年去世，这件事W一无所知，十多年后听闻，已是震惊得说不出话来，于是对袁玉玲满心愧疚，言听计从。

顾北城说完停顿了一下，才又说：“是我把这件事想简单了。”

他们之前的注意力都在苏家身上，以为苏家和W就是这件事的全部，才给了袁玉玲这样的机会，可原来并不是。

沈慕言看向顾北城，他还是一贯的面无表情，可沈慕言知道，此刻的顾北城已不同往昔。

他问：“你打算怎么办？”

顾北城的双眼微微眯起，“既然是装出来的精神分裂，必然会有破绽，编出来的故事也注定会有漏洞，我会让W和袁玉玲付出代价！”

沈慕言迟疑了一下，又问：“那苏家那边呢？一审被判了死缓，他们还在上诉，你……”

沉默。

就在沈慕言以为顾北城不会再开口的时候，却听顾北城低声道：“我会作为被害者家属为他们求情。”

意料之外，却也是意料之中。

沈慕言犹疑着问：“你……原谅他们了吗？”

顾北城回答的决绝：“我永远也不可能原谅他们！”

“那你……”

“可他们是情生的父母”，顾北城停顿了一下，他看向前方，迷雾重重，看不清前路，可他的语气中却是坚定，“我所经历过的那些痛，我希望情生永远都不会明白。”

星期日是一个晴天，万里无云。

苏情生拿着化验单从医院走出，原本以为只是胃病，却被医生打发去做了一圈的检查，她一脸懵地回想起刚刚那位一脸笑容的医生，她说什么来着？

妊娠……十二周？

——完——

番外——裴雪晴篇

很久以前的那个公主

阳光正好的时候，裴雪晴醒了。

麻木的手臂先开始微小的动作，而后才不情愿地将头从桌子上抬起来，对，是桌子，她就这样趴着睡了一晚。

满桌子摆的都是文件，她的手一动，不小心就碰倒了一摞，她一惊过后苦了脸，揉了揉脸，正准备起身去捡，忽然就看到了在一旁不知待了多久的郑绍廷。

眉梢染上几分喜色，她径直走过去坐到了郑绍廷的腿上，双手环绕着他的脖颈，开心地用额头在他脸上蹭了蹭，撒娇道："你在这里多久了？"

他随口道："没多久。"

"胡说！是不是我的睡相越看越可爱，都舍不得走了？"

听到这话，郑绍廷竟难得的笑了一声，用拇指拭过她的唇角，微湿，他调笑她说："我是怕你把我的文件给淹了。"

裴雪晴狠狠地"切"了一声，心有不满，故意闹他，仗着自己刚醒还没洗漱，凑过去就要亲他。

郑绍廷嫌弃地向后躲了躲，没躲过裴雪晴的"追杀"，又往后躲了躲，眼见着可怜的轮椅要被两个人压翻了，郑绍廷就没再避开，只是伸手揽住了裴雪晴的腰，制住了她。就在裴雪晴微怔的瞬间，他的手在她的脖颈上飞快地绕了一圈，将什么东西戴在了她的脖颈上，裴雪晴低头一看，只见链子中间挂着一个雪花形状的坠子，没有密布的钻石，是简简单单的白金坠子，是她喜欢的风格。

她的眼睛一下子就亮了，“这是……”又忽然想起了点什么，“生日礼物？”

郑绍廷没有应声，算是默认了。

也不知是爱屋及乌还是爱乌及屋，她只觉得心里欢喜得很，重整旗鼓地扑过去抱住了郑绍廷，一面恣意地笑、一面又在郑绍廷脸上轻啄了一下。

她心里正得意，哪知下一刻忽然天翻地覆，她的后脑被人箍住，而后便是他给予的蛮横的深吻。一瞬的惊愕过后，她觉得鉴于自己还没洗漱这个事实，自己应该推开他，然后……

事实上，她开心地从了。

这一吻时光绵长，待他放开她之后，裴雪晴将自己的脸窝在了他的颈窝处，先是沉默，而后又突然忍不住轻笑了一声。

郑绍廷今天的心情也还不错，向她的方向微微偏了偏头，脸颊抵住她光洁的额头，问她：“笑什么？”

她抱住他，像是趴在他身上的抱抱熊，完全依赖的姿态。想了想，说：“他们都说两个人先动心的那个爱得更多一点，期望得也就更多，所以常常失望，我有时候觉得这话很对，想着要是我没有那么喜欢你就好了，可有时候我又觉得其实现在这样也很好。”

沉默，不知过了多久，郑绍廷伸手揉了揉她的脑袋，“瞎想什么。”

又说：“你母亲早上又打电话来了，让你今天必须回裴氏一趟。”

裴雪晴了然地点了点头。

从大半个月前母亲就叫她回去，她身上还担着自家公司里的职位，裴氏近来遇到了些杂七杂八的问题，正需要人手，按理说她早该回去，可偏偏这段时间郑绍廷的 Solo 这边也出了些状况，她想着自家公司根基深厚，遇到的不过是些不痛不痒的小事，她在不在也没多大区别，就毅然决然地留下来帮郑绍廷了。

父母起初没怎么管她，但前段时间裴氏的问题似乎严重了一些，因而母亲又来叫她回去，这回躲是躲不过了，还是要回去看看的。

轻叹了一口气，裴雪晴认命地站起身来，已经是中午了，再晚一点过去只怕母亲就要发火了。

收拾好自己准备出门，临走之前想要和郑绍廷再打声招呼，见厅里没人，管家站在书房门外，便知郑绍廷多半是在里面。

她走过去刚要开门，就被管家拦了下，“裴小姐，有客人来了。”

裴雪晴牵唇笑道：“我知道了。”

抬手从容而礼貌地叩了三声门，听到里面的郑绍廷微沉的声音传来：“进。”

开门，宽阔的书房里一张简洁的大办公桌，面对面的坐着两个男人，背对着她的是一位紫色衣服的先生，从头上的白发来看，起码是中年了。

郑绍廷极少会让旁人到家里来，更别说在自己的书房里接见，想来是位十分重要的人物。她想不起曾听郑绍廷提过任何可能有关的事情，因而也无从猜起，只是从后面多看了那人两眼，但很快便也不在意了。

因为有外人在，她也没往里面走，就在门口和郑绍廷打了声招呼：“我先走了，晚上要是回来得早给你煲汤喝！”

郑绍廷幅度极小地点了一下头算是回应，裴雪晴见后，开心地出了门。

书房里，坐在客位的中年男人待到屋外的脚步声远去，才开口道：“这就是裴家的那位小姐？”不等郑绍廷回答，他却已确定了答案，继续道：“最近事情正到关键时期，她要是像这样老在你身边的话，你要仔细提防一些，别让她发现什么。”

眼前的这位对于郑绍廷而言概算是贵人吧，意外相遇，得知他的遭遇后，这位如师如父一般的先生便提出了愿意为他的复仇提供帮助。

最初的时候郑绍廷并未把他的话当真，但当这位贵人把裴氏机密的项目资料拿到面前的时候，郑绍廷才知道原来他并未夸口。

同路人，从第一次见面的时候彼此就又强烈的感觉，帮他就像是在帮自己，在郑绍廷的理解里，这位贵人大概就是这样想的。

整桩复仇的计划在贵人的帮助下变得天衣无缝，万事俱备，只等时机一到，一切就水到渠成。

却在那个时候，出了个不大不小的意外。

写字台的对面，见郑绍廷许久没有答话，贵人蹙眉道：“当初你在裴家的晚宴上将裴家的女儿引到这个局里是步不错的绸缪，这位裴家小姐的出现让我们的计划确实顺利了许多，我都没有动过她的念头，你却做到了，果然是青出于蓝。”

“我没有想把她引到这个局里。”

开口，郑绍廷的话异常坚决。

从来没有。

贵人的眉蹙的更紧，“那她……”

“她是我真心在乎的人。”

裴雪晴总是以为她喜欢他要更多一点，可其实，他从来没有告诉过她，晚宴纷乱的人群里，他第一眼看到她时是一副怎样的情景。

还有舞池中央，众人的注目中，她脱下高跟鞋的那一刻，是那样骄傲的一个公主。

他记得那天的最后，她坐在他轮椅旁对他说：“来之前母亲告诉我要在今天来的名门公子中选一个作为以后交往、结婚的对象。”

他故作平静道："哦？"

她拿出一张纸条，将自己的手机号写在了上面，交到了他的手里，"你要是想起什么合适的人记得告诉我。"

他看着她巧笑嫣然地转身离开，手上一用力，就把那张纸条团成了球，他在心里告诉自己，永远都不要打这个电话，永远都不要将她牵连进来。

可他的人生里，哪里有过如意的事？

或许她永远也不会知道，其实他才是动情更深的那个人，深到明知自己会后悔，却没有办法拒绝她。

他看着她悲、看着她喜、看着她憧憬他们的未来，却迟迟不敢说一句话，因为他比谁都清楚，未来未必会来。

须臾之间，贵人的神色中已带起了些许怒意，郑绍廷却缓缓扬起了唇，眉眼间却没有分毫笑意，"不过这无关紧要。"

登报澄清之前用于和裴父亲子鉴定的样本被污染，鉴定结果出了问题，郑绍廷随后公布再次和裴雪晴订婚的消息，前前后后分分合合，看热闹的大多觉得莫名其妙，只不过郑绍廷他们得罪不起，所以也就赔着笑祝贺罢了。

结婚的事公诸于世之前，裴雪晴并没有和父母有任何的沟通，只是在这之后，裴雪晴时隔已久地回了一趟裴家。

按下门铃，视频对讲机很快亮起，她向陈妈表明来意："我来看看爸妈。"

听到她的声音，裴母声音冰冷道："陈妈，让她走。"

裴父拦住自己的妻子，轻叹了一口气，"雪晴好不容易回来一次，让她进来坐坐吧。"

时隔一年多，裴父的身体终于恢复了大半，裴雪晴进屋以后，看到裴父坐在沙发上看着她，脸上还带着温柔的笑意，他问她："回来了？”

恍然间，就好像他还是郑绍廷出现以前的那个慈爱的父亲，而她还是他疼爱的女儿。裴雪晴眼眶一热，险些掉下泪来。

她走到父母面前，勉强撑出了一个笑，“我这次回来就想看一眼爸的身体恢复得怎么样，不会待很久，一会儿就走。”

裴母冷笑了一声，“你不来，你爸的身体就挺好。”

裴父有些无可奈何地看了一眼裴母，摇了摇头，伸手拍了拍自己身边的位置，让裴雪晴过去坐，看似轻描淡写地问她：“要结婚了？”

裴雪晴迟疑了一下，没敢去坐，点了点头。

裴父又问：“你喜欢他吗？”

裴雪晴知道裴父指的是谁，这一次没有迟疑，点了头。

其实问这话之前，裴父心里就已经有了答案，若非是喜欢，当初裴雪晴也不会非他不嫁，后来裴雪晴也不会隐忍地陪在他身边那么久。

裴父叹气，再问：“他对你好吗？”

裴雪晴仔细思索了一下，想来她认识郑绍廷这么久，除去因为他为报复裴父所不得不牵扯到她的那些事情，他待她应当也算周到。

裴雪晴看着裴父，再次点头。

裴父长叹了一口气，过了一会儿，裴雪晴听到他问：“婚礼上需要我牵你走过红毯吗？”

裴雪晴犹豫了许久，还是摇头，“我当然希望父亲能陪我走过那段路，可这不止是我的事，能够放下仇恨对于绍廷而言已是极限，逼着他若无其事像亲人一样和平共处总归是太残忍了。”

裴父没有预料到裴雪晴会拒绝，也没有预料到她会这样直白的说出来，他有一瞬的愣怔，但随后还是平静点了点头，“你说得对。”

裴雪晴看着父亲难掩落寞的神情，又不由有些心疼，她握住父亲的手，一字一句道："爸，给我们一点时间。"

离开裴家，拐过街角，郑绍廷正坐在轮椅上等她。

她一扫低落的情绪，换上最甜的笑容走到他身边，"是不是等久了？"

看了看周围，又问："车呢？"

"让管家开到下一个路口等着去了，看你最近每天吃的越来越多，再不运动一下怕你婚礼上后悔，"想了想，又说，"以前怎么没见你这么能吃？"

裴雪晴得意地看着他，"要结婚了，我心情好，胃口就好，多吃点也没关系，反正我不管，下个路口那么远，你坐在轮椅上又不知道累，我才不走！"

郑绍廷凉凉地扫了她一眼，"那我走了。"

说着，他按下轮椅的按钮，做出一副不管她了的样子。

眼见着他要走，裴雪晴赶忙跑上前去，揽着他的脖子，直接坐进了他的怀里，随后又是得意的一笑，"走吧。"

她倒是会偷懒！

偏偏他又舍不得把她推下去让她自己走，她真是越来越吃定了他的心思。

看着眼前笑颜如花的裴雪晴，也不知怎么，郑绍廷忽然想起裴家出事后、刚刚得知真相时她的样子，在那之后她隐忍、卑微、小心翼翼、如履薄冰的陪在他的身边，再没有过真心的笑，甚至患上了惊恐症，那段时间的她是那样的压抑自己，再不像从前那个骄傲的公主，直到她假装失忆的事被戳穿、直到他不得不对她妥协，她终于一点点、一点点，慢慢地又有了当初的影子。

轮椅在慢慢地往前走，怕她掉下去，郑绍廷伸手，将裴雪晴往自己怀里又按了按，嘴上却不忘了揶揄她："你有没有觉得轮椅速度变慢了？是你压得轮椅都走不动了。"

裴雪晴才不管他这套，一扬头，理直气壮道："我就胖，你有意见？"

郑绍廷忍不住低笑了一声，"没有"，又问，"结婚真这么高兴？"

裴雪晴没有丝毫犹豫，"高兴。"

"就算……经历了这么多事，结婚还这么高兴？"

裴雪晴点头，"高兴！"

郑绍廷沉默了半晌，随后轻吻她的额头，"对不起。"

他该早点醒悟的。

不是要去比较裴父对他和母亲的伤害和他的裴雪晴的爱哪个更重要，而是要问自己为了一个伤害过自己的人而失去一个真心爱护他的人，值不值得？

他选错过一次，好在是她没有放弃，好在他们还有机会。

从今以后，他希望她可以放肆哭、放肆笑、放肆去爱、放肆去活。

从今以后，她是他的公主。